Las herederas

Aixa de la Cruz

Las herederas

ALFAGUARA

Penguin
Random House
Grupo Editorial

Primera edición: septiembre de 2022

© 2022, Aixa de la Cruz
Autora representada por The Ella Sher Literary Agency, www.ellasher.com
© 2022, Penguin Random House Grupo Editorial, S.A.U.
Travessera de Gràcia, 47-49. 08021 Barcelona

© Diseño: Penguin Random House Grupo Editorial, inspirado en un diseño original de Enric Satué

Printed in Spain – Impreso en España

ISBN: 978-84-204-3238-0
Depósito legal: B-11884-2022

Compuesto en MT Color & Diseño, S.L.
Impreso en Unigraf, Móstoles (Madrid)

AL3238A

Para mi abuela y para mi madre,
que me enseñaron a transformar las voces en voz

Pero si lo que ocurre, doctor,
es que tengo algún mal que se produce
a causa del amor
y el pensamiento de la resistencia,
entonces, déjelo; esto no es
más que nuestro sonido natural.

ANTONIO GAMONEDA

Yo manejo mi abismo,
salid de él de una vez. Dejad de curarme.

SARA R. GALLARDO

I. Farmacología familiar

I

Cajas, cajitas, joyeros, pastilleros, urnas, estuches, jarrones. Esta casa que ahora les pertenece alberga un museo de recipientes. De marfil, de madera de pino, de ébano, de barro, de porcelana, de cristal, de los papeles satinados que se utilizan en papiroflexia. Nora los revisa de uno en uno, peinando de abajo arriba y de izquierda a derecha cada superficie del salón, y casi siempre tantea vacío, o papel de mocos, o monedas de céntimo y pilas gastadas, pero de vez en cuando grita ¡bingo! y se guarda un Valium en el bolsillo trasero del pantalón, que, después de una hora de rastreo, comienza a estarle prieto. También tiene la boca pastosa de masticar polvo antiguo y le gustaría hacer un descanso para tomarse una cerveza, pero no puede parar, no puede parar; está en plena contrarreloj y no puede, no puede perder. Escucha los pasos nerviosos de su hermana en el piso de arriba y sabe que, en cuanto las diligentes manos policiales de Olivia terminen de inspeccionar los dormitorios y el cuarto de baño grande, volverá a la planta baja y requisará lo que quede. Así que Nora, en mitad de sus vacaciones sin sueldo, se encuentra de nuevo a la carrera, trabajando bajo presión, midiéndose con un *deadline*... Encerrada en la vorágine compulsiva que se ha tragado su vida adulta, vaya. Esto haces, esto eres. Toda una infancia de competir y perder contra Olivia la preparó para ser una buena mártir del periodismo freelance y ahora el periodismo freelance la arroja anfetamínica e imbatible de vuelta al ruedo original, a cerrar el ciclo. Ha esnifado una raya en cuanto ha llegado, para sobrellevar la intensidad agotadora del reencuentro familiar, y otra más pequeña, de recordatorio, después de que su hermana decretase la inauguración de esta gincana con un comentario tan preciso como excéntrico: «Hay que seguir el rastro de las drogas». Parece que alguien ha estado viendo demasiadas series de televisión de esas en las que los antivicio son los héroes y la gente como yo somos basura, piensa, y se divierte imaginando la cara que pondría Olivia si supiera que compite con dopaje. Siempre haciendo trampas, le diría, y alguna cosa peor. Pero no hay dopaje que obre milagros, hermana. Le gustaría explicarle que el dopaje es a veces discriminación positiva, unos segundos de ventaja para los corredores que llegan lesionados a la línea de salida, y otras veces, simplemente, un requisito encubierto de la competición en sí. Porque el cuerpo tiene límites que ignoran los ideales de progreso y superación. Porque nuestras fibras no se concibieron para coronar etapas de montaña en bicicleta, siempre un poco más deprisa que nuestros padres, ni hay forma de contestar cincuenta mails, realizar cuatro entrevistas por teléfono y dos por WhatsApp, escribir cinco mil palabras, mantener activas las redes sociales, actualizar el currículo, ducharse, vestirse y maquillarse para asistir a la presentación de ese nuevo suplemento cultural donde quizás, si sonríes lo suficiente, entablarás contacto con esa gente que podría encargarte otras cinco mil palabras para mañana, y así con todo, al finalizar el día, dormir seis horas.

El dopaje no obra milagros, no, y lo cierto es que, ahora mismo, agradecería un poco de ayuda. Pero su prima Erica, que juega en el suelo con la baraja de la abuela a algún solitario arcaico, no parece interesada en su búsqueda.

—Oye, tú, ¿por qué no mueves el culo y revisas los cajones del secreter?

Erica ni siquiera se incorpora para contestarle. Recoge las cartas dispuestas en círculo sobre la alfombra, las integra en el mazo y baraja.

—Me parece que ya tienes pastillas para dormir durante un año.

Lo cierto es que apenas tendría para un mes, pero no lo dice, porque la cuestión no es esa.

—Venga, Erica, que ya sabes que no es por eso.

Y es que no es por eso. No la guía la codicia. Lo que pasa es que no quiere que Olivia se quede con todo el alijo para devolverlo a la farmacia como dicta el protocolo, como debe hacerse, como debe ser. Al fin y al cabo, este es el tesoro de su abuela. El trabajo de una vida. Pero parece que solo una yonqui entiende a otra yonqui. El esmero con el que se dispersan las migajas, siempre ocultas y siempre a mano, en los mejores escondites; los remanentes de hoy dispuestos para la escasez que podría depararnos el futuro. Tiene un algo de juego infantil, porque a los niños, como a los adictos, les encanta acumular por el placer simple que da lo mucho frente a lo poco. Lo ha aprendido del pequeño Peter, que ahí sigue, en el jardín, recopilando hojas secas en el remolque de su tractor de plástico y clasificando en montoncitos los frutos que arrojan las distintas variedades de coníferas que lo ensombrecen. Busca al niño de vez en cuando a través de los ventanales porque sabe que su madre, de pie a su lado, no lo ve. Lis tiene desde que ha llegado los ojos turbios y perplejos, fijos en cualquier lugar de ningún sitio. A Nora le recuerda a los gatos que se paran en mitad del pasillo a maullarle a un fantasma. No sabe qué es lo que toma, pero es obvio que está narcotizada, tanto o más que ella. La diferencia es que su consumo de psicofármacos no debe alarmarlas porque está pautado por un psiquiatra. Los detalles de su crisis, que la tuvo apartada de su propio hijo durante las últimas navidades, siguen siendo un misterio, pero Nora sabe que su prima Lis ha pagado el peaje: se dejó evaluar —diga del uno al nueve cuánto le apetece arrojarse por la ventana—, despersonalizar y etiquetar. A cambio, obtuvo su receta. Nora se resiste a pedirla. Ella solo cree en el consumo autoprescrito, y por eso es tan alto el valor que les confiere a estas pastillas que les ha legado la abuela junto con la casa. Por lo pronto, significan que la próxima vez que necesite benzodiacepinas legales para gestionar los efectos secundarios de la anfetamina ilegal que consume no acabará en urgencias. No tendrá que inventarse un cuadro de ansiedad ni, cabizbaja, humillarse ante el médico de turno: perdón perdón doctora me da mucha vergüenza pero es que ayer tomé alguna droga no sé muy bien qué era si es que yo nunca antes pero ya sabe qué tontería y ahora me duele el pecho y me hormiguea el brazo izquierdo y tengo taquicardias y lo cierto es que hace horas que solo pienso que voy a morir.

Han sido cuatro veces este invierno y cada una en un hospital diferente, alternando la seguridad social con el seguro privado que se paga con este único fin, para no crear suspicacias, pero en las cuatro se sintió de vuelta a un mismo escenario de la adolescencia, firmando de nuevo aquel papel en el que adujo fragilidad mental para que el ginecólogo le concediera el regalo de un aborto farmacológico. Misma alienación, misma rabia. Así que no me digas que es por vicio, Erica:

—Es para honrar la voluntad de los muertos.

La prima se carcajea porque no es posible tomarse en serio algo semejante fuera de un telefilme, lo reconoce, y su risa es puro óxido nitroso que se propaga por el aire, así que Nora inhala y después se dobla, se atraganta, ríe como rebuznan los burros, y esto disgusta mucho a su hermana Olivia, tan enemiga de la felicidad ajena (la propia ni siquiera la conoce), que trota escaleras abajo a reprimir su tontería.

—Espero que no estéis haciendo el imbécil con esto de las pastillas de la abuela.

Ambas callan, se contienen con los mofletes hinchados y rojos. Olivia no es su madre (no es madre de nadie) pero las encierra en el rol de hijas menores, primas asilvestradas por el verano campestre que acaban de derruir la montaña de grano trillado, que se han bebido el orujo de hierbas o han dejado suelto al perro sin guardar primero a las gallinas. Ha sido así desde que tienen memoria: Erica y Nora frente a Olivia y Lis. Primas que se prefieren por encima de sus hermanas. Hermanas erróneas. Mutuamente incomprensibles.

—Por favor, antes de robar nada, enseñádmelo. Para que lo identifique. Por favor.

Ahora Olivia suena lastimera, suplicante, y esto Nora no se lo permite. Da un paso al frente y la confronta con la gestualidad de un animal que protege su porción de carroña.

—A ver, que tampoco hace falta tener una carrera en medicina como tú para distinguir los Valium de los ibuprofenos. Y ya te digo yo que aquí no hay más.

Con su agresividad, Nora consigue que su hermana, tan poco dada a alzar la voz, se deje arrastrar por la inercia y adopte el mismo estilo de pelea de gallos con el que la azuza. Sin bajarse del primer peldaño de las escaleras, ostentando ese pequeño pedestal que simboliza su estatus de hermana mayor y de ciudadana exitosa, Olivia traga saliva y le responde a gritos.

—¿Pero tú eres idiota o te lo haces? ¡Idiota! ¡Idiota! ¡Idiota! ¿Es que no tienes respeto por nada, joder? ¿Ni por lo que le ha pasado a la abuela?

Nora definiría a su hermana como una de esas personas que, en los funerales, censura el llanto excesivo de los familiares lejanos y fuerza el de los allegados que se mantienen serenos, utilizando para ello la violencia que estime necesaria. Porque el dolor se tiene que sentir cuando toca, donde toca y como toca. Sin prórrogas, sin anestesia y, por supuesto, sin sentido del humor. No le sorprende, por tanto, que les restriegue su duelo, insinuando que, como Erica y ella ríen, están menos afectadas por la pérdida; que tienen revestimientos callosos o, simplemente, sufren menos. Lo que no acaba de entender es la obsesión fiscal que la ha poseído, esta necesidad de registrar e inventariar cada pastilla como si quisiera imponerle un diagnóstico al cadáver, etiquetado y medicalizado más allá de la muerte. ¿Será que tiene miedo de que haya fármacos peligrosos a nuestro alcance?, se pregunta. ¿Será que asume la tentación de seguir los pasos de la abuela como esa inercia irresistible que atrae a la bella durmiente hacia el huso que ha de pincharla? El pensamiento está ahí, supone; latiendo, latente en sus cuatro cabecitas. Parece que un suicidio en la familia constata lo que siempre se sospecha, que la locura corre en los genes, que estamos bíblicamente perdidas. Pero, aunque Nora entiende la aprensión, no la secunda. Es pensamiento mágico contra la materialidad que las aplasta. Si estamos locas, sostiene, será porque nos han enloquecido.

II

Erica busca la tierra, su cercanía, el calor intenso que su cercanía le libera en la zona sacra —justo ahí donde se acaba la columna y comienza esa cola de animal que ya no está pero una vez estuvo; ahí donde el cuerpo recuerda un pasado tigre y un pasado reptil— y por eso ha encontrado su espacio sobre el suelo del salón, sobre un mosaico de baldosas curvas, rotas y desiguales, que acusan la cantidad de veces que, a lo largo de los años, las raíces de los árboles se han intentado adentrar en la casa. Celebra estas cicatrices de la mampostería porque dan cuenta de que, en el campo, no tiene sentido amurallarse. Es absurdo intentar que la naturaleza respete la diferencia entre lo que está dentro y lo que está fuera, o fingir que una vivienda se erige sobre algo que solo la contiene. Pero esto apenas lo entiende nadie. Ni siquiera la abuela, que lo entendía casi todo, llegó a trascender su ilusión de membrana, esa trinchera interior que divide lo humano de lo que no lo es. A doña Carmen, como la llamaban los del pueblo, le gustaba enseñorearse con los obreros que le desahuciaban a machetazos la vida arbórea, y le gustaban las puertas, las paredes, las hornacinas y los compartimentos secretos. Erica ha encontrado la baraja de echar las cartas allí donde siempre jugaban a esconderla: en la caja fuerte oculta por el espejo del recibidor, con la clave 7-4-90, la fecha de su nacimiento, *porque ni tu madre ni tu hermana ni tus primas tienen ningún respeto y me las manosean echándose solitarios, pero tú, mi pequeña vikinga, tú sí que entiendes que hay cosas sagradas y sabes cómo se las tiene que cuidar.*

Y es cierto que Erica entiende lo sagrado. Lo entiende o lo intuye, pero, sobre todo, lo busca. Cada noche, a oscuras sobre su cama, cierra los ojos e inhala lenta y suavemente hasta colmar los límites de su capacidad torácica. Contiene la respiración, cuenta hasta tres, y elige la zona de su cuerpo que se va a apagar cuando exhale. Ahora los pies, decide, y, mientras sus pulmones pierden aire, un cosquilleo de miembro dormido se extiende a través de sus empeines, rodea sus talones y, finalmente, los desconecta del resto del cuerpo. Músculo a músculo, región a región, conquista la ligereza, una ligereza que le permite visualizarse como una embarcación a la deriva a través de un río selvático o como una pluma que asciende, y es así, flotante y cosa, que logra vislumbrar el acceso a las dimensiones vedadas. Un umbral de luz en los márgenes de la córnea, nuclear, chisporroteante. Sabe que aún le queda mucho para poder traspasarlo, porque su cabeza jamás se detiene por completo; es increíble la cantidad de niveles simultáneos en los que opera la conciencia. Cuando logra silenciar el flujo del pensamiento, las exploraciones del aquí y ahora y antes y ayer, irrumpe una voz notarial, descriptiva, que va radiando sus acciones. *Estás respirando. Estás intentando olvidar que respiras.* Erica solo consigue librarse de ella con grandes dosis de concentración —siempre en fase postovulatoria y casi siempre después de un ayuno largo, o en lugares como este, en los que la noche cruje—, y cuando lo hace, cuando se despoja del peso anatómico y también del lingüístico, en mitad de la ceguera comienzan a brotar imágenes. Manchas de luz, serpenteantes como las que hace el fuego y apenas sugerentes, o representaciones icónicas muy precisas, rostros y objetos que no guardan relación con ella y que parecen arrancados de las vidas de otras. Son tan extraordinarios que le cuesta dejarlos ir, pero para aprehenderlos hace falta describirlos, y entonces regresa la voz que va radiando, vuelven las palabras y vuelve con ellas al punto de partida. Solo recuerda, por tanto, las visiones que le han hecho fracasar, las que rompen el proceso de disolución hacia otros mundos. Ha visto ecosistemas en miniatura, diseños en racimo de jardines o tal vez neuronas que se interconectan y expanden, el muñón de un antebrazo de hombre, un jarrón repleto de serpientes, dos ancianas que se besan en los labios, una sombra con cuernos y ojos como ascuas —esto último pertenece a un orden ligeramente distinto de su experiencia ya que no estaba meditando sino follando, pero con los párpados prietos, al fin y al cabo— y, finalmente, anoche, una cascada de naipes, una baraja española que se disolvía en la oscuridad de su fondo de ojo y que hoy le ha llevado a revisar la caja fuerte de la abuela en busca de sus cartas de la fortuna. Se pregunta si lo habría hecho de todos modos, si la visión fue una orden o un simple recordatorio de algo que estaba en la punta de su lengua, pero no hay manera de saberlo. Es raro que no registrara la casa nada más llegar como sí lo están haciendo sus primas, pero también es cierto que a ella siempre la reclaman los exteriores, y el pueblo la recibió con el naranja fluorescente de las caléndulas. Se adelantó en un día a las demás, sí, pero lo pasó recolectando flores y preparando un secadero y pelando ramas de saúco. Y es que la abuela la inició en el universo de las hierbas, en sus propiedades activas, sus fines medicinales, cosméticos e incluso psicoactivos, pero jamás le enseñó el significado de las cartas. No obstante ahora, al sentir el lomo de la baraja entre sus manos, al doblegarlo suavemente, recuerda los gestos, la liturgia, y se deja arrastrar por ellos.

Primero hay que barajar con la mano derecha mientras se piensa en el motivo de la consulta. *Quiero hablar con mi abuela. Quiero saber si está bien. Si vamos a estar bien las que quedamos.* Luego se cortan tres mazos que se giran para descubrir tres cartas que darán las claves de la lectura. Una sota de bastos, un dos de copas, un seis de oros. Por último se reagrupa el mazo, se descartan veinte naipes alternos y se sitúan los restantes en cinco filas de a cuatro, lo que arroja una fiesta de figuras del derecho y del revés que a Erica le causan un poco de agobio, una sensación de cierre en la garganta, y muchas espadas, que no son buenas, con muy pocos oros, que sí lo son. Sabe que en las mejores predicciones siempre aparecen varios ases juntos y no es el caso, así que recoge la tirada y baraja de nuevo. Esto también formaba parte de la idiosincrasia de la abuela: cuando no le gustaba una respuesta, reformulaba la pregunta. Así que tres mazos. Tres cartas. Un dos de copas, una sota de bastos y un seis de oros. ¿No es lo mismo que le ha salido antes? Repite la operación procurando evitar cualquier simetría inconsciente y para ello hace un primer montón de apenas tres naipes y otros dos que le salen abultados como barrigas de embarazada. Descubre entonces un dos de copas, una sota de bastos y un tres de espadas, y es gracias a esta última carta, a la variación realista que introduce, que necesita seguir jugando, porque se siente en el vértice entre dos dimensiones, la lógica y la fantástica, congelada en el aire y sin saber de qué lado caerá.

—Oye, tú, ¿por qué no mueves el culo y revisas los cajones del secreter?

Erica entiende y respeta la búsqueda de su prima, su intuición apenas consciente de que hay un mensaje cifrado en el rastro de tranquilizantes, pero ahora no puede ayudarla porque está absorta en su propio misterio. Si la abuela decidió comunicarse con Nora a través de un botiquín disperso por la casa, es perfectamente lógico que enterrara su mensaje para Erica en la baraja que tiene entre manos. Pero para confirmarlo se va a saltar las normas. En lugar de regresar a la rutina de los tres mazos, esparce las cartas como si fueran pintura, de un solo gesto y en línea recta, y descubre entonces, al azar, uno de sus cuarenta reversos. Y ahí está de nuevo el dos de copas. Persistente, insistente. Tan indescifrable como ineludible. Y siniestro, sobre todo siniestro.

—La memoria de los muertos —balbucea Nora sin mucho sentido, y algo con aire explota en alguna cavidad del cuerpo de Erica. El reventón le sale por la boca con sonido de carcajada, aunque también podría haberse traducido en un grito o en un chillido, en cualquier expresión de pánico sin mucho fuelle, en todo caso, porque el susto la ha dejado sin aire. Es evidente que su prima también tiene miedo —solo hay que fijarse en la tensión que acumula en las mandíbulas, y en la expresión torcida de su rostro—, y se deja arrastrar por la risa de Erica, por este intento de desahogo que ahora comparten y las proyecta por la casa como psicofonías. No tarda en aparecer Olivia, también desencajada aunque por motivos distintos. Olivia siempre intenta poner orden, porque es su forma de controlar lo inexpresable, lo que percibe y no entiende. Olivia necesita entenderlo todo y, cuando fracasa, grita.

—¡Idiota! ¡Idiota! ¡Idiota! ¡Idiota!

La familia es una dimensión cargada, piensa Erica mientras recoge las cartas dispersas por el suelo; un espacio sin ventilación. Y tal vez sea por eso que su hermana Lis se niega a entrar aquí con ellas. Llegó hace horas, pero sus maletas siguen en la calle, junto al coche, y ha almorzado en un pícnic con Pito sobre el césped del jardín. Es obvio que posterga el momento de pisar el suelo sobre el que Erica reposa sus vértebras y su dos de copas, ahora solitario, aislado del mazo. Es obvio que algo aleja a Lis de estos muros, y tampoco necesita conocer los detalles. Cualquier aprensión le resulta comprensible porque la presencia de la abuela es densa, y con ella son cinco en total las mujeres que comparten techo. Por suerte, la casa es grande, y el campo y los cerros y el páramo en lo alto, vastos como vértices de antimateria. Aquí hay sitio para todas, Lis. Eso le gustaría decirle. Pero prefiere respetar sus tiempos, al menos hasta que el atardecer reviente el cielo con su pirotecnia nuclear y empiece el frío. En esta zona de Castilla, incluso en pleno verano, refresca al anochecer, y entonces habrá que rescatar al niño, y acostarlo, y quemar unas ramitas de artemisa que disipen la energía viciada, pero cada cosa a su tiempo. Por ahora, su atención sigue secuestrada por ese naipe que la mira como si las dos copas fueran ojos. Y algo tendrá que hacer con él. Saca el teléfono móvil y se queda dudando. Resulta un tanto chusco recurrir a la tecnología para resolver un enigma de estas características, pero ¿acaso no es internet una metáfora recurrente en sus cavilaciones sobre el más allá? Cuando piensa en la reencarnación, en la paradoja de que nazcamos vírgenes y al mismo tiempo capaces de recordar vidas anteriores, siempre se imagina que la conciencia que sobrevive al cuerpo es una suerte de copia de seguridad que se almacena en la nube; que al igual que hay contenidos que solo existen en su dispositivo y que morirán con él cuando le falle la batería o se lo roben o pierda el bolso, hay otros que permanecen incorpóreos, a la espera de un nuevo soporte en el que descargarse. Así que no es del todo estúpido lo que está a punto de hacer, o eso se dice. Abre el navegador y teclea una búsqueda rápida. Accede a un manual de interpretación de la baraja española que enseguida se guarda en favoritos porque ofrece una descripción sucinta y clara del significado de cada naipe. El dos de copas se asocia a la creación; embarazos o proyectos vitales. Erica puede descartar lo primero porque hace meses que no se acuesta con un hombre, así que la lectura solo puede referirse a sus planes de negocio, a que la abuela está de acuerdo con que transforme esta casa en un medio de vida. Junta sus manos en el pecho, con los pulgares sobre el corazón, y mira al cielo, agradecida. Sabe que no será fácil convencer a su hermana y sus primas de que no vendan, y menos aún de que le permitan convertir este mausoleo de terrores familiares en un santuario abierto al mundo, pero esta señal le sirve de empuje, la proyecta hacia un lugar que aún no existe pero que encaja dentro de un patrón cargado de sentido.

III

La tarde avanza con sus paréntesis de amnesia habituales. La quetiapina es una elipsis entre lo que vino antes y vendrá después. Un vacío acotado por la espalda de Peter. Siempre de espaldas a ella. A salvo del abrazo y de cualquier señal de apego. Lis escarba la tierra con un palo a las cinco de la tarde y amontona semillas de pino a las ocho menos cuarto. No ha habido angustia entre medias, pero tampoco memoria. Lo que sucede les sucede a las demás. En el interior de la casa, por ejemplo. Su prima Nora aparece y desaparece tras los ventanales que dan al jardín. Se mueve con prisa, buscando algo, como si la realidad tuviera un reverso, algo más allá de la apariencia y el ruido. Pero lo que ve es mucho más de lo que hay. Lo ha entendido con los fármacos. El resto es poesía. O psicosis. Pero ya no. Si le da miedo entrar es porque prevé la regresión, el recuerdo traumático. No el objeto cortinas. No el dibujo de unas flores. Lo que sucedió, que le sucedió a ella y no a las demás. Eso es lo único que cuenta. Eso y la espalda de Peter, que, cuando se gire y la confronte con su rostro de facciones chatas, será su Peter. Ni más ni menos. El que le ha tocado. Bebé linaje, sangre de su plasma. Cuánto más fácil habría sido parir al bebé de otra, que fue lo que le prometieron y acabó siendo lo que más quería. Lis, la única mujer que descartaba las guías sobre duelo genético que repartían en la sala de espera de la clínica, resplandeciente en su *vendetta* contra lo idéntico, soñaba con renovar su estirpe. Bebé bastardo, sangre limpia. No una madre, sino la incubadora de una sorpresa. ¡Un huevo Kinder!, gritaba su marido con un entusiasmo forzado, al borde del grito, y ella se abría una cerveza y brindaba, aunque el alcohol estuviese en la lista de sustancias con veto y cualquier precaución fuera poca para amortizar el dispendio en tratamientos futuristas. Todos la alabaron entonces. Qué bien se comportó, con qué templanza. Lo contrario a una loca, ¿no? Y es que, mucho antes de conjurar siquiera el plan, ella estaba ya al corriente de sus trabas anatómicas; las había sentido desde niña, con la lengua hinchada de masticarse el dolor con cada regla, así que el diagnóstico solo confirmó lo que en cualquier caso no temía. Para él fue más difícil. La mala suerte, cuando viene por partida doble, despierta supersticiones. Para un hombre todo es más difícil. La infertilidad, el insomnio, el dolor de tímpanos, los elásticos del pañal, qué esquivos. Aunque eso vino más tarde. Lo primero fue el revés, el incomprensible dardo de la concepción. La buena suerte, cuando viene por partida doble, también despierta supersticiones, y con lo innatural de lo natural en sus cuerpos, qué otra cosa sino un milagro. Fue durante el periodo de descanso que le concedieron en la clínica tras los tres primeros abortos. Lis, trituradora de tejidos vírgenes, pensaba en sí misma como una receptora de órganos que rechaza sucesivos trasplantes. Una receptora codiciosa, privilegiada, que toma y regurgita lo que otras mujeres se dejaron extirpar por un puñado de euros. Y es que la donación es altruista, ¡pero el altruismo tiene premio!, le explicaban las enfermeras con un entusiasmo de comercial de seguros. Había comenzado a sentirse asqueada, y a beber y a fumar a escondidas, como quien se rinde sin pronunciar las palabras de rendición, y entonces, una noche de borrachera que ninguno de los dos recordaría, se coaligaron sus defectos cromosómicos. No era lo esperable. Ni siquiera lo soñado. Pero al fin era. Dos líneas rosas. Un grano de arroz. Una nuez. Un varón perfectamente sano en una familia en la que los varones —el primo, el tío, el abuelo...— peligran en el medio extrauterino. A salvo por el momento. Sin frío, sin hambre, sin la estridencia de las voces de sus padres, tamizadas a través de una sordina acuosa. No heredarás la muerte prematura del padre de Olivia y Nora. No heredarás la nariz de mi hermana Erica, ni la locura de mi abuela, ni el cáncer que la dejó viuda tan joven. Así le rezaba a su vientre del tamaño de un melón francés, una sandía, una pelota de baloncesto y un bebé a punto de explotar.

Leyó que, si un feto creciera durante los nueve meses de embarazo a la misma velocidad de las primeras semanas, alcanzaría el tamaño del sol. La vida intrauterina está fuera de este tiempo y de este espacio y se rige por las normas del universo. Lo arranqué del cosmos. Átomo de luz, desastre radioactivo en mi vientre, ahora erguido junto al árbol con la seguridad de un árbol, más alto que la carretilla en la que deposita sus trofeos y aparentando ser mayor de lo que es por su autonomía, su desapego, su rechazo hacia Lis. Bebé adulto. Bebé no bebé. Y como sangre de su plasma, sangre que odia su propia sangre. Los psiquiatras ni siquiera intentan convencerla de que su hijo es normal; le dicen que cada niño es único, que no lo compare con otros. Pero a los nueve meses ya andaba y a los once, en su primer día de guardería, se arrojó de sus brazos para entrar en clase como quien huye de un río de lava. Del calor insoportable de una madre. Mide los centímetros que la separan de su espalda y calcula un metro y veinte. Siempre es un metro y veinte. Repite este experimento por desidia. Se aleja dos pasos, y el niño, sin girarse a verla, recula, pero si se mueve hacia un lado, respetando el cuadrilátero invisible por el que danzan, Peter permanece en su sitio. Ya, ya se lo han explicado muchas veces. La distancia de rescate. Pero no. No es una correa invisible, sino un perímetro de seguridad. La trinchera que se abre en torno a un cementerio de residuos. Solo queda discernir si es miedo, rabia o desprecio. Nombrar la maldición, el origen, ya que conoce de sobra sus efectos y el instante en el que los fulminó, separándolos de cuajo. Podrán persuadirla para que cambie su lenguaje y en lugar de maldición diga psicosis, pero nadie la convencerá de que el niño fue así siempre, desde el principio. No. Aquí. Entonces. En esta casa. Aquí empezó todo. Cuando la abuela aún vivía pero no salió en su auxilio. Cuando saltaron los plomos porque no se puede encender el horno al mismo tiempo que el calentador del agua pero su hermana Erica no aprende. Cuando su hijo dejó de ser su hijo. Al menos para ella. En su experiencia subjetiva. Subraya bien el matiz, repítelo hasta que cale, porque la salud mental es esto. La duda. Cuestionarse a una misma antes que al marco. Negar tus ojos. Pero no tu memoria. Y Lis aún recuerda lo que vino antes. Su cuerpecito arrugado. Aquel llanto como una tos y los pliegues de leche agria. No la avisaron de que olería así, a proteína muerta. Pero era cierto lo que sí le habían prometido: la voracidad, la dependencia, el deseo. Todo lo que se esfumó aquella noche. Ahí dentro. En el piso superior. En la habitación del sofá cama. La de las cortinas florales. Siete meses después, en un giro macabro, ha heredado un cuarto de la casa. ¿Será ese su cuarto asignado? ¿El cuarto en el que dormirán? Es obvio que en el jardín no puede ser. Esta mañana, al llegar, barajó la idea: una noche de acampada, una aventura. Pero el tipi con el que jugaban de niñas no está en el cobertizo. Y qué pensarían de ella, en cualquier caso. Avisarían a su marido de que se comporta de manera extraña, y él dictaminaría que vuelve a ser inestable, peligrosa, incapaz de cuidar de Peter, cuando Lis lo quiere cuidar a cualquier precio. Lo querría cuidar aunque no fuera el mismo que salió de su cuerpo con la bolsa aún adherida al rostro como en una escena de violencia policial. Como en un suicidio. Lo querría cuidar aunque no lo quisiera. Qué clase de persona sería de no hacerlo. La que fracasa en la única prueba en la que el fallo no es trágico, sino monstruoso. Al menos para una mujer. Para un hombre todo es más fácil. No la carne sino el ideal. No la caricia sino el respeto. La voz de mando, en la distancia, sin desprenderse del cigarrillo: Peter, no arañes a tu madre. Y el niño entiende una orden. Es obediente. Peter, ven aquí con mamá, cariño, que está refrescando. Lo recibe acuclillada y con los brazos extendidos, delimitando el hueco de un abrazo, porque la esperanza es lo primero que se pierde, pero la humillación, su ansia, no se agota nunca.

IV

Diecisiete cajas de Orfidal, treinta y siete blísteres de Valium de 10 mg y sesenta y cuatro pastillas dispersas que identifica como dosis sublinguales de alguna benzodiacepina sin patente. La primera la ha encontrado en el cajón de las especias mientras hacía inventario de las reservas que quedaban en la casa, porque Olivia sabe que le tocará encargarse de las comidas y de todo lo práctico mientras comparta techo con su hermana y con sus primas; que limpiará cuanto desechen y hará las compras y cocinará alternativas cárnicas y veganas para luego recibir reproches porque la casa huele a grasa animal o ha vertido agua jabonosa, contaminante, en la tierra del huerto que nadie cultiva. Venía preparada para esto y para casi todo. Un fin de semana. Un trámite. Tomarían posesión de su herencia y se despedirían hasta la cena familiar de fin de año. Ni siquiera ha sentido aprensión al reencontrarse con las huellas domésticas de la abuela, al transitar por el lugar del crimen. La bañera de mármol verde seguía verde, con manchurrones de cal pero sin truculencias, como si no hubiera pasado nada más que el tiempo, y durante unos minutos tras su llegada, mientras aireaba las estancias y pasaba revista a las repisas, ha sentido por primera vez que el impacto quedaba lejos, que por fin podía pensar en lo sucedido sin que le removiera nada en el cuerpo; se había completado el ciclo de renovación celular.

En esos primeros momentos, la casa olía y sonaba a los veranos anteriores a cualquier duelo. Nora y Erica susurraban como crías, como si hubiera adultos responsables al acecho de su siguiente travesura —su propio padre, quizás, escondido bajo el diván de la escalera, aún vivo, vivo, vivo—, y aunque el cuerpo de Lis estaba hinchado, no gordo sino lleno de aire, a punto de echar a volar como un globo de helio que pronto se atascaría en el campanario y las contemplaría desde fuera con su indiferencia de plástico, que estuviera aquí con ella la reconfortaba tanto como cuando aún se parecía a sí misma. Olivia acababa de dejar su maleta en la habitación doble que siempre comparte con su hermana y no había querido sacar la ropa para recordarse que estaba de paso, pero, de pronto, mientras manoseaba frascos de hierbas aromáticas y aquellas mujeres irreconocibles actuaban como las niñas que recordaba, ha pensado que estaban listas para quedarse. Ha sido un pensamiento extraño, una visión sin imágenes, más bien, como si el instante se estuviera solapando con otro que aún no había sucedido, y justo entonces se ha encontrado la pastilla. La primera. Tan pequeña que podría haberla confundido con un grumo de harina seca. La ha visto y de pronto se han hecho visibles todas las demás, escondidas torpemente entre papeles de mocos y excesos decorativos de esos que pueblan las casas en las que se han vivido muchas vidas. Casas de viejos. Las ha recogido sin entender lo que significaban, y sigue sin hacerlo, pero es que toda teoría se elabora después de acumular indicios, y en eso se ha volcado, en recoger y clasificar, en separar lo propio de lo impropio.

Ahora, en el piso de arriba, lleva una bolsa de plástico en cada mano. En una guarda los medicamentos legales —los ibuprofenos, los antiácidos, la medicación para el reuma y los Sintrom que le prescribió ella misma para una cardiopatía congénita similar a la que mató a su padre— y en la otra los psicofármacos que no encajan, los que no deberían estar aquí. Después de que la abuela se suicidara, Olivia accedió al historial de su tarjeta electrónica y vio que tenía pautado el Valium de 5 mg desde hacía poco más de un año. Porque le costaba conciliar el sueño, le dijo su médico de cabecera, pero doña Carmen jamás le había referido indicios de depresión ni de demencia. Como mucho algunos despistes y olvidos que relataba despreocupadamente, achaques de la edad, convinieron ambos, *pero te aseguro que estoy tan sorprendido como vosotras*. La autopsia tampoco esclareció el misterio. Más bien, se limitó a subrayar lo que tenía de absurdo. Antes de abrirse las venas en la bañera para quedar flotando con su camisón de flores como una Ofelia de función escolar, la abuela solo se había tomado sus pastillas para el corazón, como si no quisiera morir de algo que no fuese su propio abrecartas, o quizás porque tuvo un último recuerdo para su nieta la cardióloga, a la que siempre obedecía, o quizás por inercia, sin ningún motivo, como hizo lo que vino a continuación. Era imposible saberlo y a Olivia le costó mucho resignarse a la duda, que no encaja con su carácter. Leyó estudios y estadísticas sobre el suicidio, supo que el porcentaje de mayores de sesenta y cinco que se quita de en medio es muy grande, que nadie quiere ser un estorbo, que la demencia no ayuda. Logró dejarse en paz, dejar en paz a la muerta y a las vivas. Pero ahora sabe que este hallazgo implica un retroceso. Una vuelta a la casilla inicial. Y abre armarios. Abre arcones y secreteres y vacía hasta los dedales del costurero en busca de aquello que no entiende. Barre los bajos de los muebles. Aumenta un botín que no vale más que unos cuantos días de hipnosis, porque las benzodiacepinas, a diferencia de los ibuprofenos legales y sin prescripción, tienen una toxicidad tan baja que nadie consigue matarse con ellas. ¿Qué pretendía entonces con este alijo? ¿Morir a días sueltos? ¿Bajarse el volumen? ¿Y de dónde las sacó? ¿Por qué acopiar? Olivia también lo está haciendo, sigue sus pasos, pastilla a pastilla, pero es que no sabe qué hacer con esta bolsa de basura que crece salvo seguir dejando que crezca. Ojalá hubiera alguien a quien exigirle explicaciones, pero está sola ante el fantasma de la bañera verde, que no se manifiesta; sola con sus primas, a quienes dejó de conocer hace mucho, y sola con su hermana, a quien conoce demasiado. Sabe que esos pasos de estampida que se oyen en el piso de abajo son de Nora, que anda en busca de las migajas que se le han escapado a Olivia, persiguiendo a Olivia, compitiendo por ver quién de las dos consigue más caramelos en la cabalgata de Reyes. Está acostumbrada a las taras infantiles de Nora, a restarles importancia, pero esta vez no le alcanza el amor. Vale que no haya nadie a quien exigirle explicaciones, piensa, pero hay alguien a quien gritar, y esto ya es algo. Así que baja las escaleras como si quisiera romper los peldaños y se desentiende de sí misma.

—¡Idiota!

Qué placer cuando se le suelta la correa al perro y se observa desde lejos, fingiendo impotencia, cómo hinca los dientes en la carne de quien lo merece. Qué envidia las bestias y sus mandíbulas, el cuerpo contra cuerpo. A Olivia le enseñaron a curar y a zurcir, el delicado y femenino arte de la costura. Solo rompe los pechos que necesitan recambios, y luego se afana en borrar las huellas de la carnicería, como pidiendo perdón por molestar. Nunca ha abierto una herida con algo que no fuera un bisturí ni con el deseo de que quedase abierta como quedaron las venas de la abuela, con esa vocación definitiva, enemiga de los médicos, contraria a la reconstrucción.

—¡Idiota!

Le grita esto a su hermana porque sabe que siempre se ha sentido el par genético deficiente, la que viene después en todo. Nora ni siquiera es periodista por vocación propia. Era Olivia quien se rodeaba de libros y recitaba en la iglesia del pueblo los poemas de san Juan de la Cruz que le enseñaba la abuela —de memoria y en castellano antiguo, qué orgullosa se sentía—, y grapaba pliegues en los que dejaba constancia de sus jornadas veraniegas, por no olvidar. Ella la que ganaba concursos de redacción en el colegio y quería ser escritora y mayor, ambas cosas con urgencia. Pero, cuando llegó el momento de elegir una carrera, le pareció que su Premio Extraordinario de Bachillerato la obligaba a aspirar a algo difícil y se decantó por la medicina, por la especialización desde la que podría haber salvado la vida a su padre si no llegara todo a destiempo. Nora heredó su pasión por las letras como heredaba la ropa que se le iba quedando pequeña a Olivia.

—¡Idiota!

La acústica de la casa está en sordina y los fotogramas se mueven al ritmo de sus sienes. No sabe cuántas veces llega a insultar a su hermana, ni oye sus réplicas. Llega un momento en el que, sin más, se da por satisfecha. Ya ha tenido bastante. Ya puede volver al trabajo. Se da la vuelta y sube las escaleras, esta vez sin hacer ruido, como cuando era niña y se escapaba de la cama en plena noche para robar uno de los libros para mayores de la biblioteca de la abuela —aquel que comenzaba con una escena sórdida: una prostituta se encuentra con otro trabajador sexual con el que folla para un cliente anciano, con bastón, oculto tras unas cortinas, y de pronto el chico la intenta sodomizar y ella se niega, esto no, es su línea roja, y él desiste y le orina en la cara— o para espiar los ángulos que hacía el cuerpo de su prima Lis cuando dormía semidesnuda. Todas tenemos secretos que nos gustaría llevarnos a la mesa de autopsias, pero no siempre nos saldremos con la nuestra, piensa entonces, y vuelve a mirar la bolsa de plástico llena de benzodiacepinas de la peor manera posible: con la impertinencia de un sabueso que sí piensa salirse con la suya.

II. Despertar en esta casa

I

Nora se despierta con el ruido de un coche bajo su ventana. Al asomarse, ve a su prima Erica hablando con el conductor, al que no conoce. Qué raro, piensa. ¿Una visita sorpresa en este pueblo y a la hora de la misa? ¿Un magrebí a bordo de un vehículo de los que ya no pueden entrar en los núcleos urbanos? Aunque, bueno, esto último sí tiene sentido, concede, porque es posible que no haya rincón de España en el que la humareda de emisiones tóxicas que escupe este tubo de escape resulte más invisible. Aquí no hay restricciones ni miedo al apocalipsis que acecha, sino barra libre de herbicidas que rasuran el pasto antes de la siembra con una ignición química que tiñe los brotes de amarillo fosforescente. Aquí se vive al margen del peligro, porque apenas llega constancia del mundo exterior, no se aventuran los extraños. Ni para hacer turismo. Y menos aún los migrantes. ¿Será ese hombre un nuevo novio de Erica? Se le hace raro que su prima no le haya hablado de él, y, si quería mantenerlo en secreto, esta visita no es precisamente discreta. Su motor para el desguace habrá pasado inadvertido, pero seguro que no lo ha hecho su piel tostada, de un color que no es de arar. En el pueblo impera un racismo sin complejos ni filtros que, en su candor, a Nora le resulta particularmente siniestro. La anciana de la casa roja, que se llama Lavinia y desde que murió la abuela es la última mujer que resiste, siempre alaba la belleza de su sobrino Peter diciendo que es «casi rubio», y el «casi» lo desliza con pena. La pena de que la perfección no anide ni en los cuerpecitos más puros, supone Nora. Supone que, en la misa de hoy, la vieja rezará por el niño y por las mujeres que lo acompañan; linaje de doña Carmen, las pobres; huerfanitas por tantos frentes. Y caerá sobre ellas una presión atmosférica aún más pesada que la que ya soportan.

Hace dos meses, cuando supo que finalizaba su contrato de alquiler y que no podría asumir la subida del precio, Nora comenzó a imaginarse una vida al margen de la trituradora de carne urbana, un refugio idílico en esta casa que ahora es en parte (en un cuarto) suya. Recordaba con cariño los veranos en el pueblo, los baños de agua fría en el pilón, las moras explosivas y sangrientas del árbol junto al cementerio, los paseos en bici... Y pensó que encontraría su cuarto propio entre estas paredes. Con menos gastos, trabajaría menos, y quizás se atreviera al fin con ese libro sobre el impacto que tuvo el Optalidón en las mujeres de los ochenta que quiere escribir desde hace tiempo, desde que la abuela le habló de su propia adicción a aquel fármaco. Era un buen plan, la huida al campo, y sigue siendo el único que tiene, pero ya no le parece idílico. Ahora que está aquí sin la abuela —ahora que el pueblo ha perdido a su bruja, la dosis de entropía que lo hacía respirable—, todo cuanto ve, desde los cerros pelados hasta los fardos de paja que se apilan en las eras, le inspira rabia. Una pulsión de limpieza étnica. Fantasea con una gripe estival o una oleada de suicidios, un efecto Werther que decore con cuerpos ahorcados los pocos árboles que no sucumbieron a la concentración agrícola y haga desaparecer las cosechadoras que nunca respetan el ancho de los senderos, y los viejos que saludan levantando la cachava, y la chatarra del porche de Severino y esa Virgen cochambrosa que se pasan de mano en mano y que es un rito, dicen, que refuerza la comunidad: cuidar entre todos de una muñeca de madera para aprender a cuidarse entre sí. Pero doña Carmen llevaba una semana muerta cuando el alcalde encontró su cadáver, y solo porque la tía Amaya le pidió que se pasara a comprobar su línea telefónica, que llevaba días comunicando. Si no, se habría disuelto en la cal de la bañera sin que nadie se inmutara. Así que ni una palabra a Nora sobre lazos vecinales y amor al prójimo. Ella únicamente atiende al rencor, y se le ha extendido como un vertido tóxico por el paisaje de su infancia, arruinándolo por completo. Solo la demolición del pasado y sus testigos lograrían reconciliarla con él. Pero los viejos de este páramo resisten tanto como las fachadas que los abrigan. Ya demostró su abuela que aquí solo se muere por determinación.

Hay que puntualizar que es la Nora con resaca, la Nora sobria, la que barrunta estas cosas. La Nora con los depósitos de endorfinas sin reservas y pálpitos al corazón y dedos fríos, tan distinta de la Nora eufórica o maniaca a la que tiene que desconectar con Valium porque, después de muchas rayas y mucha vigilia, entra en un proceso de zombificación del que es imposible salir sin ayuda: podría seguir y seguir y seguir, con el cerebro medio apagado, contemplando un punto fijo, por ejemplo, o revisando el feed de Twitter sin detenerse en ningún titular, hasta morir de agotamiento. Anoche estrenó el alijo de la abuela después de acabar con sus últimas reservas de speed, y se ha propuesto no adquirir más suministros en un tiempo. Necesita limpiarse porque le asusta la tolerancia que ha desarrollado. Hace un año, el gramo le duraba una semana, y el último le ha durado un solo día. Por no hablar de los efectos secundarios —el hormigueo que se extiende por su brazo izquierdo y le impide cerrar con fuerza el puño, las taquicardias, un motor averiado entre las costillas, la idea obsesiva de que está a punto de morir—, ni de lo que le ocurrió con Javi. No. En eso no quiere ni pensar. Lo importante es que ha decidido darse tregua. Hoy comienza su programa de desintoxicación. Podría haber arrojado la droga por el retrete, como hacen en las películas los adictos que están a punto de dejar de serlo, pero prefirió el empacho, una sobreingesta, para que no se le olvidaran los efectos secundarios. Ahora, al borde del infarto, con un dolor de cabeza que le pronostica un ictus y con esta saliva corrosiva que acabará con sus dientes, es más fácil decir nunca más, nunca más. Se concentra en las secuelas, en el malestar de la resaca, y procura olvidar la euforia de anoche. Con su atracón de despedida, se bebió una botella y media de vino sin que el alcohol la aletargase, contestó una veintena de mails, actualizó su currículo en LinkedIn y, ya en la cama, empezó a leer un ensayo de cuatrocientas páginas sobre el postrabajo, tomando notas para su hipotética novela, y escribió un mensaje en Instagram en el que «desnudaba su alma» *(sic)* para sus lectores, pero, por suerte, lo borró enseguida y ya ni siquiera recuerda qué contaba. No sabe si el speed hace esto, o si esto es lo que le hace a ella. Tampoco sabe si empezó a tomarlo para compensar algún desajuste químico o si sufre algún desajuste químico por culpa de haberlo consumido. Lo evidente es que algo no va bien, que le falta una pieza del engranaje y que la droga sabe metamorfosearse para adoptar su forma. Es masilla de albañil para un agujero metafísico. Un apaño peligroso.

Nora sigue aireando su síndrome de abstinencia por la ventana, atenta al desarrollo de la escena que protagonizan Erica y el conductor del coche rojo. Le estaba resultando intrigante, pero la tensión se desvanece en cuanto el hombre le entrega a su prima un par de paquetes con el emblema de Amazon. Qué desinfle. No se lo puede creer. El repartidor ha atravesado el páramo en un festivo para que su prima reciba alguna estupidez: ¿velas aromáticas?, ¿incienso?, ¿carne vegetal? Tiene ganas de estrellar los nudillos contra el marco de la ventana o contra las pecas de Erica, pero, en lugar de hacerlo, llama al repartidor de un silbido y se levanta la blusa para enseñarle las tetas. Es lo que hacían sus amigas en la maratón benéfica anual que organizaba el colegio, para motivar a los maratonistas que se acercaban al kilómetro 42, y ella quiere hacer lo mismo por él, recordarle que hay una meta en algún sitio, un destino en el que se descansa. Erica está de espaldas a ella y no alcanza a ver su destape, pero el hombre sonríe enseñando los dientes, arranca el motor y se despide con un bocinazo. Se va contento, cree. Su coche deja una estela de todo lo que está mal en el mundo y Erica regresa al interior de la casa dando saltos, feliz con sus paquetes nuevos.

¿En serio, prima? ¿Amazon? ¿Y no podía esperar hasta el lunes?

A Nora le escandaliza que a nadie le escandalicen ya las jornadas de lunes a lunes con disponibilidad continua, porque son las que ha sufrido desde que perdió su nómina y, pronto, de tanto que se están normalizando, ni siquiera podrá quejarse de ellas. *Tú por lo menos tienes trabajo.* A diferencia de su prima Erica, cuya lucha por los animales y la corteza terrestre parece haber agotado sus reservas de compasión hacia sus congéneres, Nora tiene conciencia de clase, o de agravio; la justicia clara. Sabe que no hay que generar demandas inasumibles. El único trabajador al que importunaría en fin de semana es su camello, pero es que no es un repartidor cualquiera: conduce un Porsche y jamás se ha tragado vídeos en inglés sobre los valores de una empresa que se expande como una especie invasora. A Rober se le puede molestar porque él se puede permitir decir que no. Claro que a Nora nunca se lo dice. Por ella está segura de que vendría en coche hasta este agujero, y qué divertido sería verlo maniobrar entre cuadras, con ese techno hard-core que escupen sus altavoces y exhibiendo músculos a través de las camisetas de licra ajustadas que siempre viste. Qué caras pondrían los vecinos; qué fantasía. Pero no, no puede quebrarse tan pronto, cuando todavía no ha exudado siquiera el veneno de anoche. Le basta con saber que la opción está ahí, a una llamada de teléfono. Se contiene y contenta escribiéndole un mensaje a Rober en el que le informa de que ya no está en la ciudad. Toma una fotografía de las vistas que se observan desde la ventana —la iglesia, el huerto, los trigales recién cosechados— y se la envía por WhatsApp. *Un cambio de aires*, añade. *No me eches mucho en falta.* Conecta el teléfono al cargador y se desentiende de él. Ahora lo que necesita es un paseo. Actividad mecánica. Desde el piso de abajo llegan ruidos de cacharrería y las voces de Erica y Peter trasteando. Toma aire y se arenga a sí misma. Vamos, quédate en este instante, en este ruido. Recuerda que el hambre es una señal que remite. Baja las escaleras. Saluda. Divide el día en tramos sencillos y enfréntalos de a uno. Averigua qué cosa tan urgente se ha comprado Erica en Amazon, la muy imbécil. Aprovecha que estás entre imbéciles, en familia, y que esta vez no tienes que enfrentarte a esto sola.

II

Erica deja sin hacer la cama en la que dormía su abuela, los almohadones de pluma panza arriba sobre la alfombra y sus bragas a los pies del lienzo de la Asunción de la Virgen. Antes de salir, eso sí, masculla una disculpa ante el espejo. No quiere perderse los primeros rayos de luz del día. Avanza de puntillas sobre la tarima enmoquetada pero crujiente porque las demás aún duermen, aunque, desde el hall, no se oyen ronquidos ni edredones. Podrían estar todas muertas, piensa, y desecha la idea al instante, sin querer detenerse en su origen, aunque lo intuye en esa contractura que le ha salido en la espalda y que anoche, mientras realizaba su rutina de relajación, le sugirió emitir la orden de que sus pulmones se apagaran. No era la primera vez que, en estado de hipnosis, focalizaba su atención en el dolor y el dolor le devolvía un mensaje, pero nunca antes había mediatizado un pensamiento que fuera en contra de sí misma. Hay algo en esta casa con lo que no contaba, algo oscuro, una voz latente como un repetidor que dicta ocurrencias morbosas, piensa, y es por eso que, antes de bajar las escaleras, entorna ligeramente la puerta del dormitorio de su hermana para comprobar que está bien.

Lis duerme sobre la moqueta, abrazada a un ovillo de sábanas que presiona contra su vientre, y Pito está a su lado en el colchón sin somier, con los brazos en cruz y los ojos fijos en el techo como si admirase algo valioso, un artesonado fúngico donde los demás solo ven humedades. Erica chasquea la lengua y el niño gira la cabeza con lentitud.

—¡Rica-Rica!

—¿Vamos a desayunar?

—¡Sí, Rica!

Él la llama Rica y ella lo llama Pito. Rica fue la quinta palabra que él aprendió a decir, después de «no», «teta», «mamá» y «mío». Erica alardea de ello, como si fuera un mérito curricular. Su sobrino fue el primer bebé al que acunó, el primer ser humano al que ha visto crecer y cambiar a la velocidad del paisaje y el único sobre el que ostenta un conocimiento experto, de pintor de retratos. Le costaría describir su propio rostro de forma precisa, pero sabe que, al cerrar los ojos, las pestañas y los pómulos de Pito forman curvas paralelas, lisas y simétricas como dunas. El pasado invierno, durante las semanas en las que Lis estuvo fuera de sí misma, pasaron muchos fines de semana juntos, compartiendo ese presente inmenso que viven los niños y al que aspira cualquier persona que medite con cierta seriedad. La fascinación por un pedazo de hielo sucio que se derrite en el asfalto; la mirada animista sobre el entorno; hola, piedra; hola, sol; hola, margarita, y también gracias; gracias por todo. Después de muchas tardes en el parque, su hermana volvió de donde fuera que estuvo y le hizo saber a Erica que ya no la necesitaban. La llamaron entonces para trabajar en un complejo de hostelería rural a pocos kilómetros de aquí, y le entregó a este proyecto ajeno todo el apego que se le había quedado huérfano. Por mil euros al mes no le salió rentable y ahora se encuentra anímicamente exhausta. Jamás había necesitado tanto unas vacaciones ni un reencuentro como este con Pito. Tres meses sin verse. Lo había echado en falta de una forma articular. Y descubre que ha crecido muchísimo. Camino de cumplir tres años, ya no es el ejemplar de una raza mutante sino una miniatura de su propia especie. Pesa un quintal, pero, con el pretexto de que los escalones son muy altos, lo carga en brazos hasta la cocina para sentir el acolchado de su cuerpecito sin músculos y ese olor a papilla rancia que siempre exuda. Mientras bajan las escaleras así, apretujados, piensa que este es el momento de mayor intimidad que ha tenido con otro ser humano en meses, y al instante siente vergüenza, como si hubiera algo perverso en asociar el contacto de la piel de su sobrino con otro tipo de contactos, remotos y sexuales, y entonces trastabilla. Se come un escalón. Hay un instante de pánico, pero aterrizan a salvo. Por las diosas, qué susto. De nuevo esta casa. Esta maldita casa, con sus cloacas de energía oscura, es la que le pone la zancadilla y le parasita el pensamiento con ideas malsanas. También hace que le pique el cuerpo, picotazos diminutos como si el polvo tuviera mandíbulas. Anoche le costó dormir por culpa de la comezón, que vino y se fue sin dejar ronchas ni eccemas; no son mosquitos ni pulgas. Es otra cosa. Por eso hay que limpiar con urgencia, y no se refiere a pasar la aspiradora por la moqueta de los dormitorios, que de eso ya se encargará Olivia. Lo que hay que limpiar es el aire.

Entran en la cocina y deja a Pito en su trona. Le da una galleta y le dice que ahora mismo vuelve. El niño asiente con un gesto grave que hace reír a Erica. Le encantan estas rarezas suyas. Que apenas hable pero que escuche cada palabra que se le dice como si su vida dependiera de ello. Que parezca un personaje de western, estoico, parco, curtido. Siempre ha sentido predilección por los hombres silenciosos, por los que manejan el arte de sugerir que hay más de lo que asoma. Y, cuando se encuentra con esta cualidad en el renacuajo de su sobrino, entiende que se trata de una distorsión óptica, proyecciones idealizadas de la propia Erica. Por eso los novios le duran lo que se sostiene el engaño. El último, particularmente lacónico, tardó nueve meses en revelarse hueco, y todavía no se recupera de este fracaso, de la sensación retrospectiva de hastío y bucle con la que revisa desde entonces su historial amoroso. Lleva ya diez años intercambiando parejas perfectamente intercambiables entre sí, reemplazando y siendo reemplazada sin que el duelo sangre, y ha llegado al punto de saturación. Igual por eso se siente tan volcada hacia la dimensión espiritual, tanto que necesita armar un plan de vida en torno a ella, desde este enclave, con el legado de la abuela. Si alguna vez buscó lo sublime en los cuerpos de los demás, ahora prefiere encontrarlo en lo que no es corpóreo.

Abre las puertas a ambos extremos del salón y se sitúa en el epicentro de la corriente, descalza sobre el suelo de baldosas y dispuesta a convertir el oxígeno en carbono, el frío en vaho, como el filtro de un sistema de aire acondicionado. Inhala con un temblor que le separa las vértebras y exhala con un ruido de belfos. Inhala de lo que le brindan los árboles y las plantas, dejando que la vida vegetal entre en la casa a través de sus pulmones, y junta las manos en un rezo para agradecer el regalo. Siente su corazón en los pulgares, el orden que poco a poco se restaura, las reticencias de los últimos bloqueos, y entonces, un grito. La voz de su hermana.

—¡Peter! ¡Peter!

En la cocina, el niño empieza a llorar y Erica corre a atenderlo.

—¡Aquí abajo! ¡Estamos abajo!

Lis llega como si acabara de escapar de una pesadilla. Grasienta del sudor nocturno, con los ojos hundidos, rígida. ¿Qué le está pasando? ¿De dónde viene? Por primera vez, Erica necesita comprender lo que ruge en el interior de su hermana, porque no la reconoce y, lo que es peor, le da miedo. Siente el instinto de proteger a Peter de su propia madre. Que no la vea así. Que no se toquen. Y se opone entre ambos, con las manos extendidas para recibir a Lis con un abrazo que en realidad es una camisa de fuerza, una contención de la que su hermana enseguida se zafa.

—No vuelvas a hacerme esto. ¡No volváis a hacerme esto ninguno de los dos!

El niño, que había estado tan tranquilo, comienza a golpear la mesa de su trona exigiendo tostadas. A Erica le cuesta hacerse oír en mitad del barullo.

—Pero, Lis. ¿Qué pasa?

—¡Me he despertado y no estaba! ¡No estaba por ningún sitio!

—No quería asustarte, es que estabas tan dormida...

—Como si se lo hubiera tragado la casa, esa habitación asquerosa.

—Pero qué dices, Lis. Me lo he traído conmigo para que pudieras descansar.

—¡Pues no puedes hacer eso! ¡No es tu hijo!

—Lo siento, lo siento muchísimo.

Lis empieza a llorar y Erica se siente incapaz de avanzar hacia ella, como si acabara de echar raíces en la baldosa desde la que ha recibido los gritos. Se mira los pies y no encuentra indicios de germinación, pero sí un par de gotas rosáceas que han dejado un rastro por sus muslos. No esperaba menstruar tan pronto, apenas en el vigésimo primer día del ciclo, ni de un color distinto al de las amapolas, pero es que cada luna es única y ya no estamos en época de amapolas. Estas invadieron los trigales a finales del mes pasado, parecían gotas de sangre y se alimentan de ella. Es algo que descubrieron los soldados napoleónicos al ver que brotaban de forma invasiva en los campos de batalla, después de la muerte, y se explica porque prefieren los terrenos muy nitrogenados. Le contó la anécdota Miguel, su jefe en el complejo de turismo rural, y la deslumbró. Lleva desde entonces estudiando libros de botánica, para aprender a nombrar lo misterioso, y libros de antropología y etnobotánica para aprender a vivirlo y a narrarlo. Esta tarde, recogerá lo que se haya acumulado en su copa menstrual, lo diluirá en un litro de agua y regará las plantas del jardín con su endometrio. También pondrá a secar los pétalos de las caléndulas y pelará las ramas de saúco para extraerles el tuétano mullido que utiliza en su remedio contra las quemaduras. Quiere enseñarle a Pito a identificar y cocinar las flores. Quiere alejarlo de Lis en la medida de lo posible, con cualquier excusa, cuanto la dejen. Comprende ahora que está paralizada porque su empatía se ha trasladado de su hermana a su sobrino, y lo percibe como una suerte de traición. Por eso no es capaz de consolarla a ella ni de hacer lo que le dicta el instinto, que es darle la espalda para socorrer al hijo. Nunca imaginó un contexto en el que Lis pudiera dejar de ser el epicentro de su arraigo, pero lo insólito es lo natural, que todo cambie; de hija a madre; de descendiente a heredera.

El sonido de un claxon la rescata del estancamiento. Debe de ser el repartidor de mensajería. Anoche encargó unos frascos de conservas y cera de abeja virgen para sus ungüentos.

—Perdona, cariño, ahora mismo vuelvo. Y me llevo a Pito de paseo. Y tú descansas.

Lis se recompone un poco, lo justo para asentir, y Erica sale corriendo de la cocina. Con los pies descalzos, esparce las gotas de sangre por el suelo de baldosas. El flujo rosado se vuelve marrón. Ya nadie sabrá que no es barro.

III

En el sueño, Peter esgrimía un hacha sobre su cabeza. Una labris de acero que brillaba con una luz desconocida, alucinante como el dolor. Lis ansiaba esa luz. Ansiaba el tajo, el corte, la amputación del miembro infectado. Era un sueño pacífico porque no recordaba este cuarto, que es su verdadera pesadilla, pero si ahora despierta en él es porque antes logró dormirse en él. Los fármacos. Benditos sus nombres de publicidad y alquimia. El trance en pleno campo de minas, a pesar de todo y al margen de todo. Como si fuera una muñeca con interruptor de on/off. Pero el regreso al cuerpo siempre es duro. La tensión en las mandíbulas; agujetas de la muela al párpado. La visión rasgada y esta emanación de central térmica, núcleo candente que ha de rodearse de piscinas, pero ni un vasito a su alcance en la mesilla de noche, ni un biberón que no tenga restos de leche en polvo. Porque el niño. Del niño no se escapa ni en sueños. Tiene dos caras. La de la vigilia y la del símbolo. El niño que significa otra cosa. Que es metáfora de algo. Pero de qué. El niño la internó aquí contra su voluntad. Tiene un talento innato para adivinar las aprensiones de su madre y torturarla con lo que sabe. Lis pensaba que dormirían en el cuarto de la abuela, el que ninguna de sus primas querría ocupar por miedo a las abolladuras del colchón, por miedo a que sus huesos encajaran en el molde. Les haría un favor y tan felices. Pero el niño se arrojó al pozo. Nada más entrar en la casa, como si la habitación le estuviera jalando por una correa magnética. Y se obstinó con su pasión de niño. Aquí. Aquí. Aquí. *Pito a mir aquí.* A todas les pareció encantadora su rabieta. Cómo decirle que no. Cómo negarle algo tan simple. Lis se ha entrenado en las proyecciones, en el ensayo antes de la función, y se imaginó la escena en la que se enfrentaba a Peter, llevando la discusión hasta sus últimas consecuencias. La visualizó desde fuera, con los ojos de sus espectadoras, y supo al instante lo que pensarían. Que solo una loca se pondría como una loca por algo así. No tenía escapatoria. Se ajustó la dosis. Las pastillas nocturnas se pueden doblar. Triplicar, incluso. Qué importa. Dejó que Erica se encargara de él, que le pusiera el pijama y lo acostara en un colchoncito echado por tierra. Lis aguardaba en el umbral. Cuando terminó la liturgia, entró a oscuras. Ciega ante las cortinas. Ciega ante sus dibujos de flores falsas. Sobre el suelo de moqueta y ácaros. La inconsciencia la atrapó como una marea de noche que engulle. Pero ha despertado y aquí no hay persianas. La luz no concede indultos. Abre los ojos en el lugar del crimen y todo sigue como estaba aquella tarde. Solo falta el sonido. El batir de la tela. Los pies descalzos de Peter. ¿Cómo podía hacer crujir el suelo así, con sus apenas doce kilos de peso? No se lo explica, pero el juego era ruidoso. Una estampida circular. El niño se adentraba en las cortinas por el extremo izquierdo y permanecía unos segundos oculto, exigiendo el teatrillo, la dramatización de Lis.

—¿Dónde está Peter? ¿Peter? ¡Mi niño ha desaparecido! ¿Habrá que llamar a la policía?

Incapaz de reprimir las carcajadas, salía por el extremo opuesto y corría hacia los brazos de su madre, que gritaba de sorpresa y de alivio.

—¡Está aquí! ¡No me lo han robado! ¡Gracias, Dios, gracias!

En cuanto finalizaba una secuencia, comenzaba la siguiente, sin descanso, sin variación posible. De habérselo preguntado entonces, antes de que todo se rompiera, Lis habría dicho que lo peor de la maternidad era aquello, el aburrimiento, que se volvía doloroso como se vuelve tortura la gota que cae pertinaz sobre un cráneo. Pero qué sabía ella entonces sobre lo malo y lo peor: nada. El pánico era una fase del juego, una pantomima. Los ojos muy abiertos, las palmas de las manos sobre las mejillas y un grito agudo, de falsa soprano, cuando Peter se refugiaba entre la cortina y la pared.

—¡Oh, no, ha desaparecido!

Aquella tarde Lis no estaba contenta —no quería celebraciones navideñas sino una tarde a solas con un libro, o una fiesta de verdad a la que acudir bien vestida, con zapatos de tacón y en compañía de alguien más estimulante que su esposo— y, sin embargo, pronto ansiaría volver allí, al tedio de lo predecible, porque la imaginación siempre romantiza el instante anterior al choque, y el choque era inminente, estaba a punto de emerger de las cortinas, donde el niño se demoraba un poco más de lo pautado.

—¿Peter? ¿Dónde está Peter? ¿Se lo habrá tragado el monstruo del desván? ¿Habrá que llamar a los cazafantasmas?

Esta vez no corrió hacia sus brazos. Emergió con cautela, como si saliera de un probador luciendo un traje nuevo que genera dudas, vergonzoso. Lis se imagina que, de haber sabido hablar, le habría pedido su opinión: ¿qué te parecen mis cejas nuevas, mamá? ¿Qué te parecen los ángulos marcados de mis mandíbulas? ¿Y esta expresión tan adulta? ¿Me queda bien? Ella tenía el cuerpo listo para el grito y, sin embargo, no gritó. La mueca ensayada, la sorpresa de repertorio, se transformó en un gesto sincero. De horror puro. Es algo que solo vio el niño. A veces se pregunta si no habrá sido eso lo que de verdad lo ha vuelto en su contra, la experiencia de suscitar algo salvaje y la consecuente compulsión por repetir el truco de magia. Después de todo, los niños buscan reacciones. No cualitativas, sino intensas. Un grito la primera vez que tiran del mantel de hule y el mantel de hule ya no tiene futuro. Si el grito es un premio, el terror, la locura también podrían serlo. Eso explicaría su conducta. Que le pida un beso y luego aparte la cara. Que se retuerza cuando lo desviste, como si el tacto de sus manos le provocara un dolor insoportable, y que exija a todas horas la presencia de Erica. Cuando le ofrece una cucharada de puré. No. Rica. Cuando lo toma en brazos para sumergirlo en un baño espumoso. Rica, Rica. Apenas fueron cuatro semanas de ausencia, pero se comporta como si lo hubiera dado en adopción nada más nacer y ahora regresara exigiendo los privilegios de una maternidad jamás ejercida. La agrede con el nombre de su hermana; busca esa fracción de segundo en la que el dardo la desfigura. Es solo eso. No invoca a una persona predilecta. Invoca la alteración, el gesto que viene después.

Lis temía el regreso a este espacio, el reencuentro con las cortinas, pero, aunque la habitación sea la misma, la luz es más temprana, diferente, y provoca un efecto quemado, sepia, que recuerda el filtro que utilizan las películas para señalar que una escena es un *flashback*. Irreal y, por tanto, sin consecuencias. No es la colisión que temía. Apenas un ligero recuerdo del desastre. La constatación de que sucedió, y de que fue en otro tiempo y posiblemente en otro plano de consciencia por el que ya no transita. Tiene ganas de celebrar el logro y alarga la mano hacia Peter. Busca la ternura de su cuerpo dormido, incapaz de odiarla aún, pero no lo encuentra. Se gira hacia el colchón y está vacío. Maldito sea. El pánico estaba en suspenso, latente, a la espera de la activación idónea, y ahora quiere abrirse paso. Lis hace un esfuerzo gimnástico para contenerlo. Porque sabe que el niño está escondido tras las cortinas y que el objetivo del juego es ella. Esta vez no caerá en la trampa. No premiará su juego con la reacción emocional que ansía y se cerrará el círculo de una vez por todas. Toma aire. Este momento es crucial. Se concentra más allá del miedo y ensaya un rostro neutral con el que enfrentarse a lo que sea que salga de las cortinas. Se recuerda las reglas del mundo. La naturaleza paulatina del cambio. Las leyes de la física. La materialidad de los objetos y los seres vivos.

—Peter, Peter...

Cuanto se aleje de lo posible será un sueño que se ha colado en la vigilia. Solo eso. Un engaño. Un desajuste químico. Probablemente genético, dice el psiquiatra. Una de esas maldiciones que saltan de abuelas a nietas. Maldición, no. Enfermedad. Como la diabetes. Como el cáncer. Nada que no se cure con el cóctel adecuado de pastillas. Quimioterapia contra las visiones, contra la tristeza y los pensamientos indebidos. Sin culpables ni culpas. Es lo que significa que las causas sean endógenas. Que algo estalló como un trombo en su vida colmada de privilegios. La casa con jardín. El bebé tan deseado. Dinero de sobra para dedicarse exclusivamente a él y un oficio artístico que se confundía con un hobby, que parecía sencillo abandonar. Ya lo retomaría en el futuro, cuando nadie la necesitase.

—Peter, ¿dónde estás?

Pero no debe fustigarse. Estas cosas suceden mucho más de lo que pensamos. Lo importante es que su evolución ha sido buena. Respuesta rápida a la medicación y pocos efectos secundarios. Porque lo del peso no cuenta. Sería una frivolidad que se quejara de ello. Como una embarazada a dieta. Qué absurdo. Aunque lo cierto es que a veces duda sobre la posibilidad de volver a ser la de antes con este cuerpo de ahora. Con este cuerpo se parece cada día menos a sí misma y más a su propia madre. Le toma prestados vestidos, se disfraza de ella y se siente como ella. Igual es un proceso natural. La reconciliación por mímesis. Qué le va a reprochar Lis ahora si ella también pierde los estribos y se distancia y grita frases de refranero —en esta casa se come lo que hay, menos lobos, Caperucita, un puchero más y cobras— y nunca tiene fuerzas para jugar al pilla pilla con su hijo ni para cargarlo en brazos. La madre sombría, agotada, dolorosa, que se expande como un lecho de hojas muertas impidiendo la absorción de los nutrientes. Pobre Peter. Normal que se esconda. Normal que busque el abrigo de unas faldas que no son las suyas.

—Sal de ahí, pequeño. Te veo los pies.

No es verdad. No se ve nada. No se oye nada. Ni un ligero movimiento, ni una respiración. Se lo imagina conteniendo el aire hasta hacerse daño, capaz de sostener la prueba de esfuerzo hasta ponerse azul, como ha hecho otras veces, y sabe que ha llegado el momento de intervenir, pero no se atreve, no es capaz de hacerlo, ni por su propio hijo. Le puede ofrecer su cabeza, aguardar dócil a la espera del tajo, pero no amputársela ella misma. El cuerpo tiene mecanismos de autodefensa, protocolos de preservación, porque la vida no nos pertenece, solo se puede arrancar desde fuera. Al suicida no lo mata el suicida, lo matan las pastillas, la gravedad, la herida curable que se niega a curarse, las corrientes del agua, mar adentro. Solo al niño lo puede matar su perseverancia, porque no se imagina lo que conlleva. Ella sí, ella lo visualiza inerte y hueco, al fin con su rostro original, pero definitivamente inalcanzable, para siempre lejos de su abrazo. Así que olvida el guion y grita.

—¡Peter, Peter, Peter!

Grita como si pudiera atravesarlo a la fuerza, en un boca a boca a distancia, y se vacía con el grito. Su cuerpo se contorsiona en una arcada, diciéndole que a partir de aquí no hay más, que solo le queda expulsar las vísceras. Y entonces llega la respuesta. Erica. Desde la planta de abajo.

—¡Estamos aquí!

Tú no, mamá. Rica.

Rica.

Rica y Pito. Cómo odia ese apodo absurdo. Le arrancaría la lengua a su hermana para no tener que volver a escucharlo. Les arrancaría la lengua a ambos, para robarles para siempre el vocativo, la palabra que daña el gesto, el poder que ostentan sobre ella. Las cortinas oscilan suavemente, como si las meciera el viento con las ventanas aún cerradas, y sabe que esto no es real. Porque lo real no es sutil sino ruidoso: el estallido del niño, que pide tostadas. La carrera escaleras abajo. De nuevo el horror puro en la cara de Lis, el refuerzo positivo que busca el pequeño, y otra jornada de fracasos y pañales sucios y cotidianeidad asfixiante. No hay salida de emergencias bajo el influjo de los antipsicóticos, que la condenan a lo tangible, a lo cerrado, a los pensamientos de corto aliento. No hay salida hasta que llega la noche, al menos, y vuelve a soñar con el tajo, con liberarse de la camisa de fuerza en la que se ha convertido su cuerpo.

IV

Sordo, palpitante, punzante, lacerante. Que va y viene. Que quema. Que agujerea. Olivia conoce todas las metáforas que se utilizan para describir el dolor y, sin embargo, cuando está en su compañía —porque el dolor crónico acompaña, es una dimensión del cuerpo, un inquilino de larga duración—, se olvida de ellas. De las metáforas y de las palabras. El dolor la deja muda porque antes la ha dejado en blanco. Ya lo decía Emily Dickinson: «*Pain – Has an Element of Blank*». Otras meditan o hacen yoga. Ella tiene sus jaquecas. No hay mayor vaciamiento que este. Disfrútalo, Olivia. Cierra los ojos y aprieta las mandíbulas. Intenta describirlo, porque, si el dolor ahuyenta al lenguaje, quizás el lenguaje ahuyente al dolor. ¿Cómo es? Intenso. Insoportable. Que trepana. Como una corona de espinas calada hasta las orejas. Me va a volver loca. Respira, respira, respira.

Es demasiado tarde para tomarse un analgésico. El ibuprofeno solo funciona de forma preventiva, cuando, un par de horas antes de que empiece la jaqueca, los márgenes de su campo visual se llenan de estrellitas y alertan de lo que está en camino. La migraña con aura tiene esa función premonitoria, es el mecanismo que le permite funcionar en su día a día, existir al margen del dolor, pero esta vez se ha solapado con el sueño. Ha abierto los ojos en mitad del bombardeo entre nociceptores y lo único eficaz en estos casos es el zolmitriptán, que la deja tan desencajada, tan inútil, que hace tiempo que se lo prohibió a sí misma. A veces, lo que cura el síntoma es peor que el síntoma en sí mismo. Por mucho que le cueste reconocerlo, la medicina no tiene respuestas para todo. Sabe qué le ocurre —una dilatación de los vasos cerebrales—, pero no por qué le ocurre. Los primeros especialistas a los que acudió en su pubertad, cuando empezaron los episodios, apostaron por los desajustes hormonales. En cuanto te baje la regla y se estabilice tu ciclo, estarás curada. Tardó tanto tiempo en menstruar —fue la última de sus amigas, a punto de cumplir los quince— que la hipótesis parecía sólida. Su estancamiento reproductivo, el cuerpo que se negaba a hacerse adulto, de mujer, lo utilizaba para explicarse otras cosas de sí misma. Su desinterés sexual, por ejemplo. La ausencia de deseo.

En el instituto nunca sabía hacia dónde mirar. Hojeaba las revistas femeninas que compraban sus compañeras de clase, los pósters desplegables de ídolos juveniles sin camiseta, y se aburría tanto que volvía con avidez a los libros de estudio. Tampoco le funcionaba la mirada masculina. Se sentaba a veces junto a la máquina expendedora y observaba el trajín de fritos y palmeras de chocolate que engullían sus compañeros a la espera de que las jugadoras del equipo de balonmano salieran de los vestuarios con el pelo mojado y restos de sudor en las clavículas, y lo único que sentía era hambre. Literalmente. Ganas de comida. Había algo que no encajaba, porque su temperamento, en el fondo, era romántico, modelado por las novelas decimonónicas que consumía y la llevaban a fantasear con amores trágicos que se enquistan en el pecho, disnea y desmayos entre las cuerdas prietas de un corsé. Podía enamorarse en la ficción, pero los candidatos de carne y hueso nunca conseguían zarandearla. Tan solo su prima Lis le provocaba reacciones discernibles, rubor cuando se reencontraban en verano después de todo un curso sin verse, la pulsión de ser mejor delante de ella, una conducta furtiva... Y era, en cualquier caso, consecuencia de un recuerdo. Porque Olivia recordaba haberla deseado siendo apenas una niña, y, ahora que era un sujeto sin deseo, aquel recuerdo la fascinaba. Todavía lo hace. Es como si su prima guardara la pieza extraviada del puzle, aunque prefiere no pensar en sí misma en estos términos, como algo incompleto o fallido. Mientras las demás enloquecían, ella estudiaba para ser la mejor, y lo es. No envidia las rupturas dolorosas que encadena Erica, duelo tras duelo innecesario, ni la insatisfacción de su hermana Nora, que vampiriza, exprime y reemplaza a sus novios y a sus novias como si las personas fueran drogas que finalmente generan tolerancia. Olivia se sabe en un peldaño evolutivo superior, aunque sería más sencillo habitarlo si no hubiera una presión social tan fuerte contra quienes deciden permanecer al margen del mercadeo. Si cada vez que su madre o sus tías le preguntan qué tal van las cosas y ella les habla del último congreso en el que ha sido ponente, o del ecógrafo que acaba de adquirir a plazos, no generara gestos de decepción.

Los especialistas que achacaban sus jaquecas al caos hormonal de la adolescencia empezaron a hablarle de estrés cuando se hizo adulta. Tienes que aprender a relajarte, Olivia. Vives con mucha presión. ¿Lees hasta tarde en el móvil? Eso también tienes que quitártelo. Pero no tenía mucho sentido que la etiología del síntoma cambiara con los años sin que lo hiciera el propio síntoma, así que dejó de buscar la opinión de los expertos. Se resignó al dolor e hizo por comprenderlo, por domesticarlo y anticiparse a él. Tardó tiempo en descubrir que los analgésicos funcionaban si se los tomaba al primer aviso, sin esperar a que el dolor fuera inmanejable, y para entonces ya había desarrollado remedios caseros que no eran del todo eficaces pero sí mejor que morderse los labios. Compresas de manzanilla en la frente. Masajes en el cuello. Duchas capilares con agua helada. Ahora sabe que esto último tiene bastante sentido porque provoca una contracción de los vasos sanguíneos que desencadenan sus episodios y, como el dolor consigue hasta que el ateo rece, se arroja de cabeza a la bañera en la que se suicidó su abuela. Es tan temprano que no teme encontrarse con nadie en el hall que separa los dormitorios, pero teme las connotaciones de postrarse y ofrecer su cuello ante un grifo que lo último que anegó fue un cadáver. Nadie ha vuelto a utilizar este aseo. Si las demás la vieran, pensarían que hay algo irresuelto o morboso en ella. ¿Tendrían razón? Se dice que no, que guarda las distancias. Sus rodillas reposan sobre la toalla con la que la abuela se secaba los pies. Tan solo se empapa la nuca y la coronilla. No llega a entrar en la bañera, en el sarcófago, en el simulacro de vientre materno desde el que decidió escaparse. Porque tuvo que ser eso. Una huida hacia el futuro.

La abuela creía en la reencarnación, en las vidas pasadas y en las que estaban por venir. Se lo explicó una vez, y no logró convencerla. Olivia tenía once años y su padre acababa de morir. Se sentía un personaje de aquellas novelas tristes que devoraba a tientas desde su litera: una niña que se pierde en el bosque, una huérfana de Dickens, la joven institutriz a la que abandonan en un orfanato insalubre donde sus amigas enferman de tuberculosis. Y entonces doña Carmen se le acercó y le dijo que la vida era como un videojuego, que no había que entristecerse por los que se pasaban la pantalla en la que el resto nos quedábamos jugando un rato más. No era un mal símil para una niña, pero Olivia era más lectora que gamer. Solo conocía videojuegos frívolos para Game Boy y le ofendió que equiparasen a su padre con un mono bananero o con un fontanero que pisotea caparazones de tortuga. Desde entonces, nunca le han funcionado los consuelos religiosos, pero a la abuela sí, a ella la blindaban. Superó las muertes sucesivas de su marido y de su hijo sin más alboroto que el que concitaban sus reuniones de espiritismo, aquellas veladas a las que acudían mujeres de toda la provincia para verla suspenderse en el aire con la ayuda de un par de meñiques bajo las axilas. ¡Levita! ¡Levita! ¡Está en contacto con los muertos! Olivia recuerda los gritos de las asistentes, que también habían perdido a alguien, que fantaseaban con la muerte porque se la imaginaban como el fin del sufrimiento. La abuela las convencía de que no existen los finales abruptos, que esta vida es causa de la siguiente, que nada permanece y que siempre permanece algo, y aquello las cambiaba. ¿Por qué acabó haciendo lo contrario a lo que siempre había predicado? ¿Por qué se le agotaron sus remedios espirituales y acabó recurriendo a las drogas de laboratorio? No a las setas mágicas, no a la resina de las adormideras que crecían junto a la casa o al jugo de las lechugas de campo que provocan sueños lúcidos, no. Prosaicas y aburridas benzodiacepinas que, sin receta, debieron de resultarle tan difíciles de acopiar como la raíz de una mandrágora. ¿O acaso no fue así? ¿Cómo consiguió sembrar de drogas cada rincón de esta casa? Lo cierto es que apenas se ha detenido a pensarlo, pero, ahora que lo hace, es posible que en los pueblos haya menos vigilancia, farmacéuticas que te conocen de toda la vida y no hacen preguntas, o vecinas que comparten cuanto entra en sus botiquines. No es fácil amasar un alijo a base de despistes y préstamos ocasionales, pero tampoco lo descarta. Lo que sí hará, en cuanto escape del dolor, será investigarlo. Es un punto de partida como cualquier otro. Un primer paso para esclarecer el crimen, para encontrar al culpable, porque sabe que siempre hay culpables. Incluso en los accidentes. Incluso en los suicidios.

Con la cabeza bajo el agua gélida ha recuperado su flujo de conciencia y su capacidad para el lenguaje. El pensamiento se sobrepone al dolor y lo empuja a un plano secundario, como la base rítmica de una canción con muchas capas, pero no puede permanecer así más tiempo, bajo un frío que entumece y con las cervicales contraídas. Cierra el grifo y se incorpora con cuidado. Aun así, el suelo se mueve como una barca y se deja caer para recobrar el eje. Qué sucio está todo. Hay cercos de jabón y pasta de dientes en cada azulejo. Una hebra de hilo dental oculta entre las junturas. Como si la abuela hubiera seguido usando el cuarto de baño después de muerta, después de que las vecinas del pueblo se ofrecieran a limpiar el desastre, a restregar la sangre que ya se había endurecido sobre el mármol. Fue un detalle bonito, pero Olivia piensa que la limpieza doméstica no es algo que convenga delegar en terceros, porque nadie limpia con el mismo rigor lo propio que lo extraño, y a ella le gustan las superficies impecables, un brillo que no se puede comprar ni pagar porque surge del cariño, de la pertenencia a aquello que se pule. Le habría gustado limpiar la sangre de su abuela. Olivia no se habría asqueado. Habría hecho un trabajo perfecto y todavía podría hacerlo si no estuviera incapacitada por el vértigo y la jaqueca. El suelo se mece como la superficie de una laguna. Está inmersa en agua. Agua sucia. Con restos orgánicos. No quería entrar en la bañera pero la bañera ha entrado en ella para recordarle dónde está, quién es, qué pasó entre estas paredes. Todo lo que no comprende late como el dolor en su nuca e intuye que para comprenderlo solo tiene que cerrar los ojos, dejarse arrastrar y disolver en el desagüe que hace unos ruidos extraños, guturales; la dilatación de las tuberías que se enfrían de madrugada y vuelven a su ser con los primeros rayos de luz. Cuando era niña, la abuela le decía que había un cocodrilo viviendo en el sumidero y ahora Olivia se pregunta si fue ese cocodrilo el que se la comió aquel día, ¿o fue de noche? No se puede vivir sobre la jaula de un animal salvaje, porque tarde o temprano, inevitablemente, escapa. Se venga por su cautiverio y las supervivientes se tienen que vengar de su venganza. Es lo que le toca ahora a Olivia. Se hace cargo. Va hacia la guarida del monstruo.

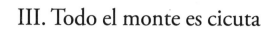

III. Todo el monte es cicuta

I

—Entonces ¿la otra no ha ido?
—Que no, mamá, que solo estamos nosotras.
—Es que a mí me lo dijo, ¿eh? Que tenía muchas ganas de ver al niño, que igual se pasaba a visitaros.
—No que yo sepa.

Es la estación del amarillo. Hay narcisos entre las zarzamoras, y ramilletes de hierba de Santiago y de hipérico en cantidades suficientes para aliviar los dolores menstruales y la depresión de todas las mujeres de la comarca, y unos tallos altos, con flores de cuatro pétalos y tacto sedoso, que la app de identificación de plantas le ha dicho que son caledonias, ricas en alcaloides con propiedades analgésicas y sedantes, y de uso habitual contra las verrugas. Pero que Erica sepa, no hay nada que deshaga inquinas familiares, así que le toca sufrirlas, oír los mismos reproches por enésima vez desde que se dirimió el asunto de la herencia.

—Tú ten cuidado, que esa mujer lo quiere todo. Lo mismo se planta ahí y empieza a mover muebles y se instala todo el verano. ¿Te imaginas?

Esa mujer no es otra que su tía Eugenia, la madre de Nora y de Olivia, que se ha quedado, sin ser de sangre, con la casa de los abuelos en la ciudad. No le correspondía por ley, pero lleva veinte años viviendo en ella, desde que los abuelos se jubilaron y se mudaron al pueblo, dejándola vacía. Erica entiende que esa casa fue un regalo, un regalo en vida al tío Enrique, que luego murió, y también a su mujer. Y los regalos no se impugnan, lo que se da no se quita y lo que se ocupa se retiene. Pero a su madre le cuesta trabajo admitirlo. Para ella, el testamento de la abuela es la carta de suicidio que no se dignó escribir, y solo encuentra en él motivos de desplante. Para ella, que se puede retirar con la renta del local que sí ha heredado, los inmuebles son simbólicos, pruebas de amor como las margaritas que recoge Pito para sus dos tías y que, en el último instante, decide regalarle solo a Erica.

—Mamá, ya hablamos en otro momento, que estoy con el crío y se me despista, ¿vale?

Es la estación del amarillo, que llega después del apogeo sangriento de la amapola, pero también la de la adormidera, su codiciada hermana púrpura, remedio contra todos esos males que jamás serán peores que el peor de los remedios. En un par de semanas perderá las hojas y asomarán las cápsulas que la abuela les daba a masticar cuando tenían dolor de dientes. Si se deja secar el látex blanco que supuran, se obtiene una resina marrón que ya se puede fumar como una variante no refinada del opio. Nunca lo ha probado, pero conoce la teoría. No necesita poner a prueba todo lo que quiere aprender. Le basta con tomar conciencia de lo que la rodea, nombrar la maleza para que deje de ser maleza y se transforme en la trastienda de una herboristería donde nada está prohibido: ni el aborto, ni las experiencias psicotrópicas, ni tan siquiera el asesinato. Y es que, a medida que ascienden por el cerro, disminuye la diversidad y una pequeña planta sin flor, similar al perejil, se adueña de las cunetas. Aquí todo el monte es cicuta, y la cicuta le hace pensar en la abuela, que siempre les contaba aquella anécdota sobre la muerte de Sócrates. ¿Cómo era? Algo relacionado con un flautista. Un flautista que lo acompañó en sus últimos minutos y al que pidió que le enseñara su arte, a pesar de que ya había ingerido el veneno y sabía que todo estaba a punto de acabar. Si la abuela insistía tanto en aquella historia, debía de explicar algo importante sobre ella, sobre su curiosidad irreductible por lo desconocido. Pero esto es algo que, visto lo visto, se le agotó hacia el final de su vida. Dejó de interesarle este plano, lo que se puede aprender a través del cuerpo, y no murió como Sócrates, pero murió porque ella lo quiso. A Erica la reconforta esta idea y no entiende la reacción de su madre, que en el funeral dijera que aquel golpe era más duro que el de la muerte de su propio hermano, que sufrió un paro cardiaco a los cuarenta. ¿Cómo puede ser peor lo voluntario que lo accidental? ¿Y cómo se atreven? Honrar la memoria de los muertos implica respetar sus decisiones, pero, a su alrededor, nadie parece respetar demasiado lo que quiso la abuela. Ni siquiera han esparcido sus cenizas, que siguen en la urna más barata que les ofreció la funeraria a la espera de que su madre decida qué hacer con ellas. Es como si le estuvieran imponiendo ese castigo medieval que privaba a los suicidas de un entierro sagrado.

El ascenso hacia el páramo es lento porque Erica se para a cada paso a identificar lo que no conoce. Como un perro pastor, Pito avanza haciendo círculos en torno a su tía, que va unos metros por delante.

Se aleja y vuelve. Se aleja y vuelve. Juega a abandonarlas para después saborear el reencuentro. Erica también juega. La PlantApp es sorprendentemente precisa. Hacía tiempo que quería probarla, pero ha tenido que esperar a que Nora le prestara su iPhone porque la memoria de su teléfono no la soporta. Ahora, no puede dejar de usarla. Fotografía cualquier hierbajo, pulsa un botón y aparecen los resultados de su búsqueda. Varias galerías de imágenes para que seleccione las que más se parecen a su ejemplar. Al completar la identificación, clica sobre el nombre y llega a su página de Wikipedia, donde siempre hay un apartado de usos medicinales. Su capacidad de retención es asombrosa. En apenas veinte minutos ya ha memorizado una docena de plantas nuevas, y esto no es lo habitual. Lo habitual es que su cabeza sea un muro impermeable donde nada se graba. En cuanto descubrió que estudiar era retener, supo que jamás tendría estudios; ni siquiera logró terminar el módulo de Educación Infantil en el que se matriculó después del instituto, porque iba predispuesta al fracaso. Ahora, en cambio, se comporta como si en lugar de aprender algo nuevo apenas lo estuviera recordando. No es solo que le resulte fácil absorber los datos, es que, entre la similitud de tallos imbricados que ofrece el paisaje, siente que hay especies que se destacan por un brillo sutil, y se acerca a ellas y son siempre las que alojan alcaloides o toxinas potentes. Ya en el páramo, bajo las aspas de los molinos eólicos y en mitad de una era en barbecho por la que se ha extendido la arveja, ve una planta que se distingue por sí sola, por su metro y medio de tallo y sus enormes hojas oblongas, y lo que siente, paralizada, es un deseo intensísimo, una sensación de reencuentro con algo que se amó y se perdió hace mucho y que emerge de pronto en mitad de una calle atestada, cuando menos te lo esperas. Estramonio. La planta de las brujas. Ha leído sobre ella y, por tanto, es posible que llegara a verla en dibujo, en alguno de los libros de botánica que tomó prestados de la biblioteca de su jefe, pero no tiene constancia de haberlo hecho, por lo que la sensación es extraña, excéntrica, como si estuviera accediendo a los registros de una memoria que no es la suya. Utiliza la aplicación solo para confirmar lo que ya sabe, y se le escapa un grito de euforia.

—¡Nora! ¡Pito! ¡Venid a ver esto!

El niño se acerca corriendo pero, en cuanto ve la planta, da un paso atrás, como si oliera el peligro. Su prima, que lleva abstraída desde que salieron de casa, inspecciona el ejemplar con un interés auténtico, reparando en sus flores acampanadas y en esos frutos ovoides plagados de pinchos que se camuflan entre las hojas.

—Da puto miedo —dice Nora entre dientes, y el niño, sin asentir, permanece quieto, guardando las distancias—. ¿Es una datura?

—No, es estramonio. ¿Sabes lo de las escobas de las brujas? Pues se supone que hacían ungüentos a base de plantas como esta y luego se los aplicaban por vía vaginal, impregnando los palos, como si fueran dildos.

—Me refiero a la familia de las daturas. A si pertenece a ella.

Erica la mira con asombro. Diría que su prima también está experimentando un eco, esa sensación de familiaridad que no se explica. Es como si ya hubieran estado aquí, las dos juntas, inclinadas ante esta planta mágica en una postura que remite a la oración. Abre la página de la enciclopedia y descubre que su nombre oficial es *Datura stramonium*. Nora no debería saber sobre esto, pero sabe. Comienza a enunciar propiedades químicas y curiosidades antropológicas con la seguridad de una profesora.

—Si es una datura, está emparentada con la burundanga, ya sabes, la que te echan en la bebida y, por arte de magia, dices que sí a todo. En realidad no es así como funciona, pero la leyenda urbana se ha extendido por culpa de los medios, que repiten las chorradas sin verificar un mínimo. Lo que pasa es que la escopolamina, que es uno de los principales alcaloides de estas plantas, provoca amnesia. Te despiertas sin recordar lo que te han hecho, pero no es cierto que lo hicieras como un zombi. Ya se encargó la CIA de comprobarlo. Pensaban que sería la droga de interrogatorios perfecta, pero no les funcionó. Los detenidos alucinaban, en plan que estaban en otro sitio, y así era imposible que contestaran preguntas, pero eso es todo. El mito viene de lejos, de la magia vudú y demás. ¿Te estoy aburriendo?

—No, para nada, me encanta.

—Ya sabes que en Haití un zombi no es un monstruo come cerebros, ¿no? Es más bien una marioneta, alguien que ha caído bajo el hechizo de un brujo, un Bokhor, y solo obedece sus órdenes.

—Algo me suena, sí.

—Pues resulta que en los años setenta se encontró en Haití a un hombre que decía haber sido zombi. Apareció años después de que un médico decretara su muerte y su familia lo enterrara, contando que un brujo lo había sacado de su tumba para ponerlo a trabajar en una plantación de caña de azúcar, sin voluntad propia. El antropólogo Wade Davis dio por hecho que había sido víctima de una droga, o sea, que había tal cosa como una droga zombificante, y su primera hipótesis fue la escopolamina, pero nunca pudo demostrarlo. Dio con el compuesto que lo habría hecho pasar por muerto, pero no encontró una droga capaz de mantenerlo sometido durante años. Es como si la sumisión no fuera química, sino cultural. Aquel hombre creía en la magia, y se dejó someter por aquello en lo que creía. Y, si te fijas, es curioso que las víctimas de esta supuesta droga que anula el juicio sean siempre mujeres o gente negra. Que se transformen en lo que los explotadores quieren que sean: en putas y esclavos.

Erica aplaude el discurso de su prima y así, con las manos ocupadas en la percusión, logra distraer las ganas de acariciar el estramonio que lleva sintiendo un rato. Ha leído que incluso las hojas son tóxicas al tacto, pero le parece un desperdicio cruzarse con un ejemplar tan fascinante y marcharse sin un pequeño recordatorio que deje constancia del encuentro; tan mezquino coger de más como no coger nada cuando te ofrecen un regalo. Así que, finalmente, rebusca en la mochilita de enseres infantiles que lleva en la espalda y se cubre las manos con toallitas húmedas. El fruto se desprende con facilidad, como si estuviera listo, pero hay que manipularlo con cuidado para no pincharse con su envoltura disuasoria. Nora la mira con displicencia.

—Después de lo que te he contado, ¿sigues queriendo probar?

—Es para mi colección de semillas. Aunque, si realmente fuera una droga de sumisión, se la echaría a nuestras hermanas, a ver qué pasa.

Su prima se ríe.

—¿Qué quieres hacer con ellas, exactamente?

—No sé, las obligaría a firmar un documento por el que nos ceden la casa de la abuela, o juran no venderla nunca, por ejemplo.

—¿Pero te han dicho que quieren vender?

Mierda. Soy una bocazas, piensa Erica y, del susto, se le cae el fruto al suelo. Pito se precipita a recogerlo y ella lo frena justo a tiempo, a punto de pincharse con las púas. Ay, diosas. Siente un frío de anestesia en las mejillas y en las yemas de los dedos, como cuando se esquiva un golpe, conato del pánico. El niño le pide brazos y se acerca a su rostro de una forma incómoda. La observa con la curiosidad aséptica con la que examina a los bichos que descubre en el camino, justo antes de aburrirse y aplastarlos para escuchar cómo crujen.

—¡Pito! ¡No toques eso, que hace pupa! —le grita, pero en verdad le gustaría pedirle que no la mire así, como si hubiera cambiado de categoría, de Rica a extraña, de ser a objeto.

—¡Pito mirar! ¡Pito mirar planta!

El niño comienza a asestarle patadas y, de cintura para arriba, se pone rígido, inasible. Si antes abrazaba un cuerpo acolchado, ahora solo encuentra puntas, pinchos, huesos. Tiene que utilizar toda su fuerza para inmovilizarlo. Le clava los dedos bajo las axilas y manipula sus extremidades como si fuera uno de sus muñecos de plástico duro. La memoria asociativa le trae imágenes de violencia policial.

Manifestaciones y desalojos. Aquí, ahora, la antidisturbios es ella. Pito nunca la había tratado así, es decir, como solo trata a su madre. Se siente asqueada y desiste. Deja al niño en el suelo y este escapa corriendo hacia donde está la planta. Nora le corta el paso.

—Ni se te ocurra, demonio.

Por suerte, su prima mastica una rabia que intimida en todas las franjas de edad. El niño recula y vuelve junto a Erica. Sigue enfadado, pero se sienta en el suelo y apoya la cabeza en sus rodillas. De espaldas pero en contacto. Una reconciliación a medias.

—Puto crío. No me extraña que su madre esté loca.

—Nora, por favor...

—Bueno, ¿me explicas qué es eso de que vamos a vender la casa?

Erica necesita reponerse, cambiar de canal, pero su prima no va a concederle un descanso. Ni ella ni las demás descansan nunca. La convivencia es una gincana de conflicto en conflicto, de nudo en nudo. Siente náuseas que le bombean la energía palpitante del vientre hacia la región superior de la columna y debe de ser el estrés, o la regla, no está segura, pero su cuerpo está raro. Intenta no pensar en ello y se concentra en lo que tiene que decir. Ha sido torpe al sacar el tema de forma tan brusca, pero quería hablar con Nora antes que con las demás. Al fin y al cabo, ella es la única que podría inclinar la balanza a su favor, la votante indecisa y la que, a diferencia de Olivia y de Lis, no ha heredado una segunda residencia sino un primer pedazo de tierra firme en el que arraigar. Es lógico que hagan equipo, porque la casa representa algo distinto para ellas, que no tienen nada.

—Lis odia este sitio. No sabes lo que me costó convencerla de que viniera. Es casi como una fobia. Así que, aunque no lo hemos hablado, doy por hecho que querrá vender.

Si la familia fuera ese bastión de empatía y cuidados mutuos que tanto se ensalza, ni la tía Eugenia sería una advenediza que se ha quedado con lo que no es suyo ni ellas tendrían que pelear por esto, pero la familia no es más que un destino en el que se cae de bruces y, a medida que se envejece, el espacio simbólico en el que se buscan culpables. Están igual de solas dentro que fuera.

—¡Pero si su marido está forrado! ¿Para qué necesitan más dinero?

—Eso da igual. Solo quiere deshacerse de la casa.

—Y Olivia, como siempre, se pondrá de su lado.

—Creo que deberíamos comprarles su parte.

Nora se ríe.

—Sí, claro, mañana mismo voy al banco, a ver qué intereses me ofrecen.

—No, mira, les pediremos un margen, que nos den un tiempo para ahorrar.

—Erica, la gente como nosotras no ahorra. La gente como nosotras paga alquileres y, como mucho, hereda. Punto.

Erica recuerda la maleta tan pesada con la que llegó ayer Nora, cómo tuvo que echarle una mano para cargarla escaleras arriba, y se siente imbécil por no haberlo entendido antes.

—Tú también te quieres quedar aquí, ¿verdad?

—Yo me pienso quedar aquí hasta que me echen.

Erica había elaborado una lista de argumentos con los que persuadir a sus primas. La memoria común. Los veranos de la infancia. La voluntad de la abuela. No saben lo que pensó antes de abrirse las venas, pero les dejó esta casa a ellas cuatro, y eso debería significar algo. Claro que la lectura del testamento fue una sorpresa para todas. Nadie esperaba que doña Carmen hiciera uso de ese tercio de libre disposición que estipula la ley para que fueran sus nietas, en lugar de su hija, quienes heredaran la casa en la que vivió el último cuarto de su vida, pero, como su valor de mercado es pequeño, no desató hostilidades. La madre de Erica centró su rabia en la cuñada, en la madre de Olivia y de Nora, para no reconocer que aquí también había una traición. Que la habían saltado por encima para que fueran las jóvenes quienes heredaran la tierra cultivable mientras ella se dedicaba al asfalto, a cosechar el alquiler. La lonja en la que sus abuelos vendieron encurtidos durante cuarenta años alberga ahora un Kentucky Fried Chicken —el terror de cualquier vegana; sí, su cuerpo es un templo pero ella también tiene las manos sucias por consanguineidad— y rinde unas rentas mensuales con las que sus dueños jamás habrían soñado cuando la explotaban de forma directa. Es todo un sinsentido, un sinsentido indecente, pero Erica piensa que los privilegios, como los regalos, no son malos de por sí; hay formas dignas e indignas de ostentarlos.

—¿Y si montamos un negocio?

—Un negocio de qué.

—Mira, mientras te escuchaba hablar, he pensado en rutas de etnobotánica. Cursos de identificación de plantas medicinales y psicoactivas. He visto que se están poniendo en moda por los Pirineos catalanes, y ¿por qué no aquí? Podríamos instalarnos en la casa y gestionar algo pequeño. Yo qué sé. Ofrecer retiros espirituales y de yoga, por ejemplo, y enriquecer la experiencia con tours de este estilo. Les diremos a Olivia y a Lis que, si la cosa funciona, les pagaremos un alquiler y, si no funciona, pues vendemos. ¿Es que no piensas que deberíamos hacer algo importante con el legado de la abuela?

El tiempo que tarda Nora en contestar lo miden los molinos eólicos del páramo, sus aspas que suben y bajan, sus aspas que, cuando bajan, parece que se van a derrumbar sobre sus cabezas. La cara de su prima es la de alguien que espera el impacto. Erica busca a Pito y le aprieta la mano con tanta fuerza que el niño se asusta y se abraza a sus muslos. Él también percibe que este momento es crucial, que se están abriendo llagas en sus manos para que, cuando las estrechen, el pacto sea de sangre.

—Ya le daremos una vuelta a eso del yoga —concluye finalmente Nora, y se aleja en dirección contraria, según ella para airearse. No ha sonreído, pero es posible que se lo impida la tirantez de sus músculos faciales. Erica, en cualquier caso, se da por satisfecha. Comienza a fantasear con un futuro que, por primera vez, se proyecta más allá del medio plazo y transforma el paisaje que se observa desde arriba. Ve trasiego donde ahora hay parálisis, una casa de puertas abiertas, un hormiguero que bulle y limpia el suelo de semillas y migas de pan. No una plaga. Un ecosistema vivo.

En su imaginación, Pito juega con otros niños en la plaza del pueblo. En sus brazos, sin embargo, persiste en su análisis del rostro de su tía como si fuera un científico que estudia el comportamiento de una especie alienígena.

—Otra vez, Rica, otra vez susto, susto —le pide, y Erica, tratando de no asustarse, gesticula como si acabara de ver un fantasma.

II

Sí, a Nora le vendrá bien un paseo entre los cerros, pisotear rastrojos, admirar desde lo alto el dibujo que trazan las lindes de los distintos monocultivos y centrarse en proteger a su sobrino de los peligros que acechan, porque Erica es dispersa e imprudente y los caminos rurales tienen peor aspecto cada año. De niñas los recorrían en bicicleta, pero ahora es imposible que las ruedas se abran paso a través de la grava y las piedras enormes que desentierran los tractores. Si Peter resbala y cae sobre esta arena de hormiguero, se abrasará las rodillas. Y también hay que alejarlo de las víboras, de las cosechadoras y del trillo volátil que, en esta familia, deja tuerto a un hombre por cada generación. Tuvieron ojo de cristal el bisabuelo Severino, el tío abuelo Eustaquio y el sobrino de este, que además murió muy joven de cáncer, dicen que porque se negaba a usar protecciones cuando fumigaban.

—Peter es el siguiente. Hay que andarse con cuidado.

Erica la mira con espanto.

—No me gusta que bromees con esto.

—Porque eres tan supersticiosa como la abuela. Anda, ve a tocar madera; rompe el gafe.

—Basta con cruzar los dedos, ¿no?

—Y yo qué sé.

Nora quería haber dejado el móvil en casa, pero su prima le ha pedido que lo trajera para utilizar una aplicación que identifica plantas silvestres y ahora se arrepiente de haberle hecho caso. Mientras se alejan del pueblo, ignora la vibración de varios mensajes de WhatsApp y, al cabo de un rato, mientras ascienden por la cuesta del vertedero, recibe una llamada. Es Rober. No quiere contestar, pero tiene que hacerlo; su *dealer* es como uno de esos jefes que la sobornan con trabajos esporádicos. Siempre tiene que aceptar por miedo a que dejen de contar con ella cuando más lo necesite.

—Adelantaos vosotros. Ahora os pillo.

Peter y Erica se alejan hacia una mata de escaramujo y comienzan a recoger los frutos más rojos. De niñas los llamaban tapaculos y solo servían para enhebrarlos en collares y pulseras que provocaban una cierta comezón pero parecían perlas frescas. Luego llegó la industria de los cosméticos, popularizó el aceite de rosa mosqueta y ya nadie recuerda su nombre popular, como si se avergonzaran de él. A Nora le sigue encantando y quiere decirlo en voz alta, decírselo a Rober, que no ha debido de salir de un núcleo urbano desde la granja escuela que visitaría en preescolar.

—Qué quieres. Estoy cogiendo tapaculos.

—¿Y eso qué es? ¿Coloca?

—En serio, estoy liada. Ya te he dicho por mensaje que me he venido de retiro espiritual al pueblo. Voy a estar fuera unos meses.

—Lo sé, lo sé. Y por eso te llamaba. Me interesa tu refugio. ¿A cuánto está de la ciudad?

—No sé. A unos cuarenta minutos en coche. ¿Por?

—Tengo una propuesta económica que hacerte. Pero no puede ser por teléfono. ¿Te paso a visitar mañana?

—No lo veo, Rober. Estoy aquí con mi familia.

—Que te va a venir muy bien, tía. Que sabes que te quiero echar un cable.

Es cierto que Rober la considera una amiga, y es cierto que, a su manera, siempre intenta ayudarla. Desde que la despidieron de la redacción de la revista online en la que subsistía con un sueldo indigno pero estable, ha intentado instruirla en el oficio de los partes de seguro fraudulentos, en los atropellos simulados y en las caídas aparatosas en la vía pública. También le ofreció invertir el dinero de su finiquito en «una casa de chicas» que iban a abrir dos de sus colegas. Solo tenía que poner el adelanto y atender un teléfono de urgencias —papel higiénico y condones a deshoras, nada serio, nada que se pudiera considerar «trabajo»— para acercarse al sueño aristocrático de cobrar por no hacer nada. Pero Nora no es buena actriz ni mucho menos partidaria de explotar a otras para que la dejen de explotar a ella. Nora es partidaria de oponer su propio cuerpo. ¿Quizás también su propia casa? ¿Su cuarto de herencia? ¿Es eso posible?

—¿De verdad que no me puedes adelantar nada ahora?

Rober baja la voz y Nora se acuerda de todas las tonterías que le ha visto hacer a lo largo de los años: los mensajes en clave («¿cuántos vais en el coche y a qué velocidad?», «¿camisetas de Messi o de Cristiano?», «¿reservo para el menú de sesenta pavos?»), los recorridos en coche de semáforo a semáforo, las entregas ocultas en el compartimento de pilas de un walkman de los años noventa... Le da ternura su ingenuidad, que piense que, si en efecto le han pinchado el teléfono, estas estrategias ridículas le salvarán de la cárcel. Que se pasee por la ciudad con un descapotable que se lleva a circuitos de Fórmula 1 pero insista en que los negocios siempre se hacen en persona.

—Mil pavos al mes —susurra—. Por almacenaje. Y no me preguntes más detalles, que no te los voy a dar.

—Joder, vale. Me lo pienso.

—¿Entonces nos vemos el domingo?

—Te he dicho que me lo pienso.

Nora cuelga el teléfono y va en busca de Erica y el niño. Durante la ascensión al páramo, mira hacia las eras que van quedando abajo y siente vértigo. Las líneas de los cultivos danzan, se yerguen hacia ella, ¿o es ella la que se inclina? El paisaje se comprime hasta formar un código de barras y luego todo vuelve a su posición correcta. Estos efectos secundarios son nuevos. Está acostumbrada a las alucinaciones auditivas, pero no a las visuales. Justo lo que le faltaba.

Erica la recibe con cara de preocupación.

—¿Estás bien?

—No es nada. Tengo resaca.

—Déjanos otra vez tu móvil, que hemos encontrado una planta muy curiosa.

Nora se seca el sudor que le humedece las sienes y piensa en la cifra que le ha susurrado Rober. Mil euros. Mil euros que no son mil euros cualesquiera. Netos, sin declarar, sin cuota de autónomos ni gastos de alquiler. Supondrían el mejor sueldo fijo que ha tenido nunca.

—¡Mira, Pito! Esta flor amarilla es la celidonia. Se dice que las golondrinas la utilizan para ayudar a sus polluelos a abrir los párpados. ¿Qué te parece?

Erica grita emocionada desde el suelo, pero Nora no entiende de plantas y, ahora mismo, no puede fingir interés por nada que no sea el dinero. Dinero invisible. Dinero que no se cobra horas de vida. Dinero que le permitiría salir de la rueda y, por fin, quizás, curarse. Y es que no quiere minimizar los riesgos; conoce las condenas por delitos contra la salud pública, está al corriente de su desproporción punitiva y de lo llenos que están los módulos penitenciarios de gente como ella, que se buscó un atajo. Pero también intuye que hay algo peor que la cárcel al final de esta deriva de precariedad, competición y *biohacking*. No puede parar, no puede parar, pero debe hacerlo. Después de todo, su corazón tiene un límite. Y su cerebro tiene un límite muy frágil. Mucho más de lo que imaginaba. Lo descubrió hace poco, durante el último pico de trabajo antes de las vacaciones —y es que siempre hay picos, picos y depresiones, pero jamás mesetas—. Tras varias noches de insomnio encadenadas con desayunos de anfetaminas, algo se rompió en alguno de esos lugares blandos y oscuros donde anidan los desechos de la memoria. Regresaron las voces, y sabe que fue un aviso.

—Y esto de aquí es una ortiga. Debes tener mucho cuidado con ellas, Pito, porque tienen agujitas escondidas que pinchan y queman, aunque, en infusión, lo curan casi todo. ¿Quieres que recojamos un manojo y lo dejemos secar en casa? Aunque habrá que venir con guantes...

Nora no sabe de plantas, pero sabe mucho de las drogas que se han inspirado en ellas. Las anfetaminas, que existen en la naturaleza bajo la forma de la efedrina, le han enseñado que con el cuerpo también se negocia, que se pueden tomar prestadas hoy las horas de vigilia de mañana, aunque la deuda siempre se salda, tarde o temprano y mejor temprano que tarde, porque las secuelas, como los intereses, van creciendo.

—¡Y esto es cicuta! Madre mía, si está por todas partes y yo pensaba que era perejil.

Aquella noche en la ciudad, cuando terminó su último encargo, venía de forzar al límite la capacidad de endeudamiento de su cuerpo. En seis días, no había dormido más de veinte horas, y había trabajado unas ciento veinte. Pero lo bueno de los plazos imposibles es que están mejor pagados, así que se había ganado una fiesta y, encima, podía permitírsela. Compró excentricidades que ni siquiera eran vegetarianas. Compró lo más caro que había en el súper. Almejas, nécoras, una cola de rape, botellas de champán francés. Y las compartió con su compañera de piso y con la hermana menor de esta, que estaba de visita, con el placer ególatra del gánster que agasaja a los niños pobres por navidad. Era navidad en vísperas del solsticio veraniego, un festín de consumismo para reconciliarse con el sistema que la había torturado. También estrenó un par de zapatos finos que luego, en el clímax de su borrachera, arrojó por la ventana para bailar sin trabas. A última hora, para los restos, llegó su novio. Nora no se había sentido mal hasta entonces, pero se incorporó a besarlo y se mareó, un recordatorio de lo exhausta que estaba. Le zumbaban los oídos y resplandecía con un brillo de ictericia. Llegó a la cama con la ayuda de Javi y, sin siquiera desnudarse, se tumbó, por fin, a descansar.

Pero no iba a ser tan fácil. La desconcentraban sus latidos cardiacos y los ecos de la conversación que continuaba en la cocina. Mi fiesta sin mí. Quería entender lo que decían, pero cuanto más aguzaba el oído, más lejos se oían las voces, que acabaron transformadas en susurros. Allí comenzó el malestar. Por qué hablaban así. Qué ocultaban. El tiempo se volvió de chicle. Entraba y salía de un estado de conciencia similar al de un sueño lúcido. Cerraba un segundo los ojos y los abría con la duda de si había dormido minutos u horas, pero ahí seguían las voces, que ya no eran tres, sino dos. Una grave y masculina, y otra aflautada, de niña. No entendía lo que estaba sucediendo. Que su celebración se alargara sin ella, ni que su novio de cuarenta años tuviera tanto de que hablar con la hermana adolescente de su compañera. Que no se acostara a su lado para decirle que la ansiedad remitiría, que su taquicardia era leve, que no, que tampoco esta vez se iba a morir.

Nora empezó a llorar. Estaba enferma y estaba sola. Pensó en su madre, con quien hacía meses que no hablaba, y en lo que tantas veces le repitió mientras crecía: que los hombres solo nos usan y que nadie la querría jamás como ella. El amor de su madre es tóxico, pero esa noche habría corrido en su auxilio con solo una llamada. También lo habría hecho Olivia. Y qué paradoja. Su corazón cerca del colapso y una hermana cardióloga al alcance de un silbido. Pero, por mucho miedo que le diera la muerte, le daba más miedo exponerse a la histeria familiar y acabar como su prima Lis, internada y sometida al reverso legal de los narcóticos. *Ahora somos nosotros quienes te drogamos; sufre con tu propia medicina.* Eso

97

nunca. Antes encontrarían su cadáver a las puertas de una sala de urgencias a la que no consiguió entrar a tiempo. El análisis toxicológico revelaría un misterio similar al de un suicidio; y de nuevo el trauma-viejo-conocido para las supervivientes; otra muerte con la que no arranca el duelo, sino una novela de detectives.

En la oscuridad de sus párpados prietos, a Nora se le apareció nítidamente el rostro de la abuela, y entonces se desmayó. Al despertar, el ritmo de los susurros al otro lado de la puerta había cambiado. Frases breves. Silencios. Sonido de prendas o tejidos en fricción. Electricidad estática. Supo al instante lo que estaba pasando porque sabe sobre los hombres mucho más de lo que le advirtió su madre. No solo quieren mal, o poco, o como un jefe que no paga; también está lo que hacen con las niñas que han bebido más de la cuenta. Lo descubrió hace mucho, en un garaje asqueroso en el que celebraban recitales poéticos. Con sus versos torpes en una carpeta de instituto. Los nervios en el estómago, conteniendo la náusea, igual que entonces.

Desde la cama, siguió atenta a cada ruido, confirmando sus temores, pero nunca llegó a incorporarse. Dejó que pasara lo que tenía que pasar, y esta sensación de sentirse arropada y a salvo mientras afuera suceden cosas malas logró, por fin, dormirla. Amaneció con Javi a su lado. Roncaba despreocupadamente con una erección como un joystick. Le dio mucho asco y se escabulló sin hacer ruido. Se puso los zapatos, salió de casa y vagabundeó por las calles del barrio hasta la hora de comer. Cuando regresó, él ya no estaba, y no volvió ni ha vuelto a verlo.

—Le has hecho ghosting —le dijo su compañera de piso unos días después, mientras ignoraban los timbrazos persistentes del portero automático.

—No sé qué es eso.

—Un neologismo de mierda sobre el que me han pedido que escriba a cinco céntimos la palabra.

—Viene de *ghost*, supongo.

—Eso es. Dejar a alguien sin dar explicaciones. Comportarse como un fantasma.

Aquello le gustó, le pareció oportuno, porque hace tiempo que Nora se siente incorpórea. Su mente volcada en un ordenador y su conciencia rebotando entre los márgenes del procesador de textos. Con el speed es sencillo concentrarse en la pantalla durante horas y olvidarse de comer y de beber. Olvidar que se tienen brazos y piernas y puños, y para qué sirven, de qué son capaces. La primera noche que durmió a su lado, Javi la despertó de una pesadilla porque se estaba arañando a sí misma. Tenía los muslos hinchados y sangre bajo las uñas. Aquello debió de excitarle porque follaron hasta caer de nuevo rendidos. A partir de entonces probaron cosas nuevas, cosas que a Nora nunca le habían interesado: fustazos en las nalgas, técnicas de asfixia y bofetones que al principio la hicieron llorar pero a los que pronto se habituó como a tantas otras cosas que formaban parte de su rutina, desde la textura de las cremas de noche hasta el sabor agrio de la cerveza. Él parecía el hombre heterosexual más satisfecho de Occidente, y ella recordaba que tenía un cuerpo. El dolor era una fuerza magnética que unía el espíritu con la sustancia. En lo que duraba el espectáculo, la disociación se corregía. Y luego quedaban cicatrices, relieves elegantes que en su jornada de trabajo le servían de recordatorio. A pesar de que eran tiempos de un activismo que lo impregnaba todo, no le interesaba que la teoría feminista se colara entre sus sábanas. Nunca se planteó si quería estar con alguien que disfrutara de hacerle aquello, ni qué significaba que lo hiciera. Solo le importaba el bálsamo. Los bálsamos.

—¡Mira, Nora! Esto sí que es increíble. ¡Hemos encontrado estramonio!

Nora vuelve al páramo y presta atención al recodo que fotografía su prima desde varios ángulos. El arbusto mágico mide medio metro, tiene las hojas grandes y puntiagudas como algunas plantas decorativas de interior y unas flores blancas con forma de trompeta que parecen bastante inofensivas pero que le recuerdan remotamente a algo que no lo es.

—¿Esto es una datura? —pregunta a golpe de intuición.

—No sé qué es una datura.

—La familia a la que pertenece la burundanga.

—Deja que entre en Wikipedia y lo mire.

Erica teclea deprisa y enseguida asiente. La mira con asombro y puede que con algo de envidia, porque aquí la experta es ella. Nora se apresura a justificarse. No, no sabe de estas cosas, pero escribió un reportaje sobre drogas de violación, centrándose en el mito que circula en torno a la burundanga, la flor de un árbol que solo crece en Brasil pero que comparte alcaloide, la escopolamina, con otras plantas de la misma familia que sí son autóctonas de Europa.

—Tiene efectos narcóticos y provoca amnesia anterógrada, pero no es la toxina zombificante que nos vendían los medios. Ni convierte a la víctima en una marioneta, ni anula su voluntad o su juicio más que cualquier combinación de benzodiacepinas y alcohol. Ese es el cóctel estrella, por cierto, en las estadísticas sobre violaciones inducidas por drogas que consulté. Pero, claro, es mejor culpar a una planta con nombre exótico que a cualquiera de las grandes farmacéuticas, ya sabes.

Su prima asiente y sonríe con una satisfacción que no le parece del todo apropiada. Es obvio que no está pensando en abusos sexuales, pero tampoco en plantas, o no solo en ellas. Resulta que, al igual que Rober, tiene una propuesta económica que hacerle.

—¿No crees que podríamos darle un uso a todo esto? Mientras te escuchaba hablar, se me ha ocurrido... ¿Por qué no nos quedamos aquí juntas y montamos un pequeño negocio? Así, impedimos que se venda la casa y...

—¿Quién ha dicho nada de vender?

—Espera, escucha, que igual podemos convencerlas.

Su prima empieza a detallar un plan de negocio absurdo, neohippy e insolvente. Pero, por torpe que sea, es obvio que no lo ha improvisado. No ha tenido una iluminación repentina, sino que venía con el discurso ensayado de casa. Habla como si estuviera en una de esas presentaciones que se ilustran con PowerPoint y siguen los consejos para emprendedores que se difunden a través de charlas Ted. Nora entiende que no hay escapatoria. La herencia es compartida, y tendrá que compartirla. Bastante pesa en la familia que su madre se haya quedado con el piso en la ciudad que deberían haberse repartido entre todas. Si se muestra codiciosa, la acusarán de ser como ella, y no hay comparación que le dé más miedo. Desprovista de opciones, solo puede sonreír. Sonreír a contrapelo, con la tensión de un lifting torpe, y despedirse cuanto antes de un nuevo plan que se frustra. Está curtida en esto de podar sus expectativas, pero aun así duele. Al fin y al cabo, lo mejor de su exilio rural era que daba cierre a la etapa de las compañeras de piso, a la rémora de un periodo universitario que amenazaba con prolongarse hasta la senectud. Buscaba la intimidad, el espacio, el silencio. Y eso se ha acabado. Imagina la convivencia con Erica y huele a palitos de incienso que le provocan estornudos. Hay cojines de colores diseminados por el salón y guiris de los que abarrotan el Camino de Santiago rebuscando en su nevera y afeándole el consumo de ovolácteos. Le dicen que la voluntad humana es capaz de cualquier logro, que su bienestar depende de sí misma y que hay que perseguir los sueños. Que no hay impedimentos materiales para las mentes verdaderamente libres y que la leche de brik contiene pus de la mastitis de las vacas.

—¿No crees que deberíamos hacer algo importante con el legado de la abuela?

Nora asiente por inercia. El plan de Erica es delirante, pero cualquier cosa es preferible a la ciudad y sus tiempos productivos, nada puede ser peor que volver a estallar como estalló aquella noche de la fiesta en su piso. Tardó una semana en averiguarlo, pero finalmente supo que todos sus invitados se fueron a una discoteca y la dejaron a solas con su sobredosis. Que la violación que creyó oír en la habitación contigua solo sucedió en su cabeza. Que así de fuerte se puede romper la realidad cuando se tira demasiado de las cuerdas. Tiene que cuidarse y tiene que empezar a hacerlo ya, aquí, viviendo de otro modo y a otro ritmo. Solo puede aceptar la propuesta de Erica. Y, si lo piensa con frialdad, hay algo positivo en que la casa se convierta en un albergue. Si el lugar es un lugar de paso, si la propiedad se diluye entre las idas y venidas de inquilinos que siempre huelen a hachís, nadie podrá acusarla de ser la dueña de un alijo de droga oculto en alguno de los muchos rincones secretos que alberga la casa.

—Yo no hago yoga, Erica, pero me gusta eso de los tours de etnobotánica. Y creo que a la abuela también le gustaría.

No es capaz de sostener la contracción de una sonrisa, así que se da la vuelta y se aleja. Al hacerlo, pisa un fruto de estramonio que ha cortado y dejado caer su prima. Se abre por la mitad y asoma una suerte de glotis de ave cargada de semillas negras, más oscuras que las del café tostado, brillantes como la madera de un ataúd. Las recoge sin protección y se las guarda en uno de los bolsillos traseros de sus jeans, no sabe muy bien por qué, por si acaso.

III

La casa está en silencio, o debería estarlo. La casa está en silencio pero nunca quieta. Si se concentra en los sonidos, más allá del eco, Lis distingue un ruido suave de motor, probablemente alguna polilla que se encona contra las ventanas, o el hormiguero que bulle entre las cañerías y expulsa príncipes y princesas, con sus alas listas para el baile, por las juntas de las baldosas del cuarto de baño. La abuela suturaba con masilla los orificios de salida, pero cada verano se abrían nuevas fugas. Este año no será distinto a los anteriores. La vida es persistente. Quién sabe lo que encontrarán los albañiles cuando perforen el suelo algún día. Marañas de raíces, madrigueras de ratones, incluso de serpientes, y gusanos que jamás han visto la luz del sol y repugnan a la vista con una blancura enferma. Por suerte, no estará aquí para verlo. Serán otros quienes descubran la amenaza viscosa sobre la que camina con pies descalzos. Compradores ilusos, capitalinos que romantizan lo que nunca han conocido. Espera que existan. Las ciudades tienen mala prensa últimamente. Se insiste en que los niños necesitan aire limpio, la experiencia exótica de sembrar lechugas y mancharse las uñas con tierra, con el tinte de los pericarpios de las nueces, que se adhiere a la piel como una infección y no hay manera de que salga, pero es lo natural, lo que hemos perdido en el furor del plástico y los envasados. Allá ellos. Cuenta con su ceguera. Porque las taras de la casa están a la vista. No les dirá que el sumidero se atasca con las toallitas de Peter, pero verán las humedades del bajocubierta. ¿Y querrán hacerse cargo de toda una colección de achaques? ¿Cuánto tendrán que rebajar el precio? Aún no han llamado a un perito que les dé una estimación real, pero Lis ha cotejado anuncios en portales inmobiliarios y sueña con que su pellizco, su cuarto de herencia, equivalga a cuatro o cinco años de sueldo mínimo. Una prestación por crianza intensiva. La remuneración por un trabajo que, hasta la fecha, ha sido esclavo. Ya no alberga fantasías de evasión disparatadas —su historial psiquiátrico ha descartado por completo la posibilidad del divorcio; el divorcio es un juicio que ya ha perdido; que ya perdió contra el juez que la encontró incapaz y firmó su ingreso involuntario en la unidad psiquiátrica—, pero sería agradable retomar su vida en pareja sintiendo que hay un vínculo que la une a su marido más allá de su dependencia económica. Que la cadena sea Peter, y solo Peter.

Lis recorre insistentemente el perímetro de la cocina, que es la estancia más pequeña de la casa, como si fuera un pez de pecera que teme el traslado al océano. Por mucho que el niño la agote, cada vez le cuesta más trabajo imaginarse sin él. Qué hacer con sus brazos cuando no la reclama. Qué hacer con los minutos vacíos. Se siente fuera de su propio eje, consciente de cada movimiento como si estuviera interpretando un papel que le queda grande, forzado. Pero sabe que esto es bueno. La psicóloga se lo ha dicho. Que tiene que delegar, *descubrir quién eres cuando estás sola.* También le insiste en que sea más egoísta, pero ¿qué significa eso? ¿Y se lo dirá a todos sus pacientes? Se pregunta cómo sería el mundo si la terapia no fuera un lujo al alcance de unos pocos; si cada individuo recibiera consejos individualistas: mira por lo tuyo. Lis dormiría hasta tarde, porque está de vacaciones y se lo ha ganado, pero Erica, que también está de vacaciones por méritos propios, ignoraría a Peter, que no es cosa suya, y sus primas harían lo mismo, y nadie le daría de desayunar, y el niño intentaría calentarse las tostadas por su cuenta y terminaría con los dedos chamuscados, llenos de ampollas, y no sería culpa de nadie. *Pero no te he dicho que busques la ayuda de Erica*, le susurra la psicóloga. Y es cierto. Su otro consejo recurrente es que se aleje de su hermana, porque mantienen una relación que no les hace bien a ninguna de las dos y hay que despojarse de aquellos que no suman, aunque sean familia, aunque nos necesiten. Entonces ¿en quién delega? ¿Quién le permite ser egoísta para curarse? *El niño también tiene un padre.* Esta obviedad se la repite todo el mundo, no solo la psicóloga. Pero los padres son más concepto que cuerpo, al menos en su experiencia. Los padres enseñan a desear, y por eso tienen que estar siempre al alcance y nunca del todo aquí, como la idea de Dios, como los fantasmas. Un tótem que no se pueda hacer añicos de tanto usarlo. Viernes de pizza. Hora y media los domingos por la tarde. En la piscina de bolas. En la heladería. En lo excepcional y en lo memorable. Así le sucedió a Lis y, gracias a ello, dispone de un vínculo familiar que no le genera conflicto. Allí donde su madre revuelve las ascuas, su padre es un refugio de anestesia. Volver a un lugar donde nunca estuviste. Volver a un lugar que está vacío. Siente una añoranza intensa de ese hombre que vive a dos manzanas de su casa y al que hace dos meses que no ve. Ojalá estuviera aquí, leyendo el periódico en el sofá, acompañándola sin ningún esfuerzo, sin ofrecerle nada que le haga sentir en deuda. Como un libro. Como un gato. Pero no está. Aquí no hay nadie. Prácticamente. Porque Olivia ni siquiera ha bajado a desayunar. ¿Qué estará haciendo? Fueron muy amigas en la época en la que Lis tenía pocas amigas. En la infancia. En el instituto. Luego, Lis empezó a trabajar en rodajes y su círculo social se expandió hasta resultar inmanejable. Tres meses de aislamiento con un grupo aleatorio de personas genera vínculos de necesidad que se parecen al amor. Así conoció a su marido, en el rodaje de un western con alienígenas en el desierto de Almería. Hacía tanto calor que su piel era puro poro abierto, menos barrera que nunca. Se emparejaron y su círculo social se replegó de nuevo. Volvió a la infancia. Al instituto. Pero sin Olivia. ¿Qué estará haciendo? ¿No es raro que no baje?

Se dice que tiene una misión, y solo entonces consigue abandonar el perímetro acotado de la cocina y subir las escaleras con aplomo. Grita el nombre de su prima y no obtiene respuesta, así que entorna ligeramente la puerta corredera de su cuarto, el que da al corral donde ya no hay gallinas porque las sacrificaron tras la muerte de la abuela. Como en un satí. *Tienes que ser más egoísta.* ¿Egoísta como los suicidas? Su mirada se aleja de la ventana y comprueba que la cama está vacía y revuelta. Qué raro.

Su prima es incapaz de levantarse de una mesa en la que queden restos de migas sobre el mantel; ni se le ocurriría salir a la calle sin haber ordenado primero el cuarto. Eso es típico de Nora, no de Olivia. Regresa al hall y, desde allí, aguza el oído. En mitad del silencio, reverbera el sonido de una gota de agua que cae, machacona, en alguno de los lavabos del cuarto de baño de la abuela. Es un cuarto de baño tan grande que tiene eco, que distorsiona los grifos mal cerrados, las tuberías y las voces. Como tantas otras cosas, siempre le ha dado miedo. También antes de que pasara lo que pasó. Si la casa albergara fantasmas, seguro que habitarían aquí. Aquí y en el espacio oculto entre las cortinas de flores y la pared. Hay tantos recovecos en esta casa, tantas madrigueras en las que anidan sombras.

—¿Olivia?

La puerta está entreabierta y, desde el umbral, atisba el bulto, el cuerpo arrebujado de su prima. Diría que el corazón le da un salto pero sería mentir porque los fármacos que toma la impermeabilizan. Corre hacia ella y se sienta a su lado. Parece dormida. Le acaricia el cuello, buscando el pulso, y su prima balbucea algo incomprensible. Como si quisiera hablar pero tuviera los labios cosidos. Le acaricia el pelo. Soy yo. Tranquila. Olivia permanece inmóvil, pero está visiblemente agitada. Boquea y los esfuerzos respiratorios le marcan las costillas por debajo del camisón de lino. Lis no sabe si se está ahogando o saliendo de un mal sueño. Abraza sus hombros y la voltea hasta dejarla bocarriba. Oli, Oli, ¿estás bien? Se zambulle en el pánico. En una fracción de segundo, experimenta la muerte de su prima. Otra muerte prematura en la familia. Otra muerte en esta casa. ¿Le darían la razón entonces? ¿Aceptarían por fin que este lugar es malsano, que hay que derruirlo, quemar los cimientos o, como poco, traspasar las llaves y la maldición a quien las adquiera? ¿Que existen las casas encantadas y los fenómenos imposibles? Hay momentos en los que fantasea con tener razón a pesar de todo. Que cambien las normas del mundo y su locura se vuelva visión, clarividencia. Hacen cola para pedirle disculpas todos los que la han juzgado, evaluado y etiquetado desde que sufrió su crisis. Aquel primer psiquiatra que la atendió en urgencias, el que le dijo que el ingreso era voluntario sin advertirle de que pronto dejaría de serlo, compara fotografías de Peter y asiente: es innegable que el niño es otro. El arco de las cejas, la intensidad de la mirada y sobre todo el mentón, tan pronunciado. Las diferencias son sutiles, pero la individualidad radica en lo pequeño, y no, no son los mismos rasgos. Los celadores, las enfermeras y la psiquiatra del centro de día se llevan las manos a la cabeza y reprimen el grito. En el fondo, dadas las circunstancias, hay que darle la enhorabuena, concluyen, porque ninguno de ellos habría lidiado con lo inefable de una forma tan cabal, sin arrancarse los ojos para desmentir lo visto ni arrancarle al niño su careta de monstruo. Y solo una madre ejemplar cuidaría de un hijo ajeno como si fuera aquel al que ha suplantado. Bravo, bravo, Lis. Cómo nos hemos equivocado contigo.

Olivia abre por fin los ojos y la mira con horror, como si supiera en lo que ha estado pensando mientras ella sorteaba la asfixia. Como si supiera que ha estado dispuesta a sacrificarla a cambio de una demostración empírica. Agua, dice. Tráeme un vaso de agua, por favor, le pide, y así la aleja de su lado. Lis regresa a la cocina con la mente quieta porque obedecer órdenes la amansa. Saca un vaso de la alacena, lo deposita sobre el mostrador y alarga la mano hacia la garrafa de agua, pero no puede voltearla. Sus manos se han vuelto pastosas, blandas como el cuerpo de un limaco. Ni siquiera tiene fuerza para cerrarlas en un puño. ¿Qué está pasando? Si no puede con esto, no puede con nada. Piensa en todas las tareas que realizan sus manos a lo largo de un día cualquiera, lo que cargan, arrastran, limpian y doblan. Están escenificando una huelga de cuidados. La desobediencia del trabajador que se deprime. Y ahora qué. Las agita, las frota, les da calor con su aliento, pero siguen flácidas. Golpea sus nudillos contra la encimera. Hace ruido. Se hace daño. No funciona. Está a punto de gritar cuando oye pasos. Se gira hacia la puerta, hacia su prima, y le muestra esos pedazos de carne sin tono como si fueran el arma de un crimen.

—No puedo... —balbucea, a punto de llorar.

—¿Que no puedes qué?

Olivia la aparta con brusquedad y se sirve ella misma. Traga con el gaznate distendido, como si bebiera de un porrón. A Lis casi se le había olvidado que la que necesitaba ayuda era ella. Su enfermedad, o el estado que le inducen los fármacos que supuestamente la regulan, es una escafandra opaca que siempre borra al que está del otro lado. Tiene que salir de ahí dentro. Se lo repite continuamente, como si fuera una cuestión de desmemoria. Como si fuera su culpa.

—Oli... ¿Qué tal estás? ¿Qué te ha pasado?

—¿Qué te ha pasado a ti?

111

Lis se encoge de hombros y le vuelve a enseñar las manos. Lo cierto es que parecen normales.

—Me he quedado sin fuerza. No puedo... —se corrige—. No podía moverlas.

Olivia le dirige una mirada escéptica y procede a revisarla. Le moviliza las muñecas con pequeños movimientos circulares, inspecciona el color y la temperatura de los dedos y le pincha las yemas con un mondadientes.

—No sé qué decirte. No veo nada raro. ¿Estás tomando alguna medicación?

A Lis le entra la risa y su prima asiente.

—¿Puedo ver las cajas?

Lis abre su riñonera y comienza a amontonar blísteres de pastillas sobre el contador mientras recita los nombres.

—Citalopram, lorazepam, diazepam, quetiapina...

—¿La quetiapina es el antipsicótico?

—Eso es.

Olivia saca su teléfono móvil y teclea. Lo más probable es que Lis, paciente experta, conejo de indias, sepa más de medicación psiquiátrica que su prima la cardióloga, pero no opone resistencia, le deja hacer. Adopta el desvalimiento típico del paciente que necesita ayuda para todo, incluso para consultar el vademécum con un Android, porque le han enseñado que ese desvalimiento forma parte del proceso de curación. Como ha dejado de entenderse, como ya no es experta en sí misma, debe ponerse en manos de los que son expertos en algo.

—Dios mío, Lis... ¿Todos estos efectos secundarios son frecuentes? Pero qué locura. ¿Cuánto llevas tomando esto?

A Lis le cuesta fraccionar el tiempo que ha pasado desde su crisis, concebirlo como una unidad divisible en porciones, y por eso tiene que pararse a contar. El punto de referencia es diciembre, las pasadas navidades.

—¿A cuántos estamos hoy?

—Tres de julio.

—Pues poco más de seis meses.

Se prepara para que Olivia inicie el interrogatorio personal, para articular un relato coherente de lo que se oculta tras la receta. Hasta ahora, tanto sus primas como su hermana han sabido sin reconocer que saben, por encima, de puntillas, con miedo a hacer preguntas incómodas, y ella ha agradecido el tacto, pero, de pronto, se siente dispuesta a hablar, tiene ganas de compartir su experiencia con alguien que no le cobre por ello. Quiere que Olivia sepa de las cortinas de flores; no lo que ocultan, que no es más que polvo y aire, sino lo que significan para ella. Quiere hablarle de las maldiciones familiares que sí existen, de la locura de la abuela en sus genes como un polizón silencioso que de pronto emerge y se hace con el control del barco. Para prevenirla. Para infundirle su propio miedo y así no estar tan sola. Olivia es familia, pero no es su madre. También es médico, pero no es psiquiatra. Está a caballo entre los dos muros contra los que se ha medido últimamente. Y por eso es la interlocutora perfecta. O lo sería, si estuviera dispuesta a escucharla.

—Veo que la rigidez muscular es un efecto secundario poco frecuente. Podría ser eso. Aunque tampoco te he notado rígida. Deberías llamar al especialista para comentárselo, pero no parece grave.

113

Es decir, si tenemos en cuenta todos los efectos secundarios posibles que aparecen en el prospecto...

Olivia le da una palmada de ánimo en el hombro y zanja la conversación. No hay más preguntas. Rellena su vaso de agua y, con la mirada absorta en su teléfono móvil, sale de la cocina. Lis conoce las normas: ha finalizado la sesión y todo lo que han hablado está protegido por el secreto entre médico y paciente. La próxima vez que se tropiecen por la casa, si las demás están presentes, se darán los buenos días como si acabaran de encontrarse, como si nada de esto hubiera pasado. Eso es, al menos, lo que infiere de este cierre abrupto. Que Olivia ya no es su amiga y solo se debe a su juramento hipocrático. Que al menos su atención le ha salido gratis y que, aunque no haya sido gran cosa, sus síntomas fisiológicos han mejorado. Sigue sin poder levantar peso, pero sus dedos ya no son apéndices decorativos. Los crispa hasta que se vuelven garras y pronto desaparecerá la masa invisible que le impide cerrarlos como puños. Hay algo chamánico en el rito de pedirle opinión a un médico, sea de la especialidad que sea. Algo que cura antes del fármaco y puede que a pesar del mismo. El fármaco es la redundancia que viene después. En soledad. Cuando se intenta replicar la magia que solo ejerce el mago con su aura.

Lis oye el sonido de una puerta que se cierra y el motor de un coche que arranca. Olivia se va sin despedirse y la deja sola, totalmente sola, en la mansión del miedo. Ni siquiera sabe por qué yacía como un fardo a los pies de la bañera en la que se suicidó la abuela. Aquí nadie pregunta ni explica nada. Se normaliza lo inquietante como en un sueño, y sabe que esta sensación no es buena, que dudar sobre la vigilia es un síntoma, pero este síntoma no se origina de manera espontánea en Lis; no puede ser culpa suya lo que es consecuencia directa del comportamiento excéntrico de sus familiares. La miran con superioridad y no saben que ninguna de ellas saldría sin diagnóstico de la consulta de un psiquiatra. Qué se habrán creído. En fin. No merece la pena enfadarse. No merece la pena hacer nada, en verdad, porque Peter regresará enseguida y para qué abrir un libro o empezar una película si el niño la arrancará del trance antes de haberse aprendido el nombre de los personajes principales. Le aguarda una espera de contar las gotas que derrama el grifo mal cerrado. Conciencia plena de cada graznido y cada movimiento de hojas. Una impaciencia que la dejará agotada antes de tiempo, sin el ánimo necesario para encarar los berrinches del día. No. No puede quedarse aquí dentro. Pero tampoco le gusta el jardín porque allí está expuesta a la intromisión de los vecinos. Salen de la huerta cargados con frutos de temporada, la ven quieta como un espantapájaros junto al sauce y le imponen sus obsequios. Moza, toma esta caja de tomates para hacer conserva. ¿Tú eres de Quique o de la Amaya? ¿Y cómo está tu madre después de lo que ha pasado? Ya nunca la vemos por aquí.

Decide ir en busca del niño. Que vean que es una madre abnegada. Que no puede estar sin él. Se calza unas botas de agua que encuentra en el porche y toma un atajo a través de los trigales que lindan con la iglesia. Le gusta el sonido de la paja trillada bajo sus pies, cómo vence y cruje como papel de burbujas, pero no le gusta el siseo que reverbera a su alrededor. Ruido blanco de serpientes. Víboras de cabeza triangular y gris o lagartos del tamaño de un brazo que se enajenan con el olor de la sangre. La abuela no las dejaba acercarse al páramo cuando menstruaban, y Lis está menstruando. Supersticiones. Lo sabe. Misoginia de aldea. Pero se siente en peligro y desanda sus pasos hasta volver al cemento. Tomará el camino más largo, el que sale del pueblo por la calle de las casas abandonadas. Son seis fachadas como cráneos limpios, sin ventanas ni puertas. Son el futuro que le aguarda a una pedanía con once habitantes censados y una media de edad octogenaria. Los muros están cubiertos de hiedra y en los umbrales huecos siempre ha crecido el perejil. Cuando eran niñas, las mandaban a recolectar manojos para la comida y, mientras Lis arrancaba los tallos, Erica se colaba en las ruinas y hacía sonidos fantasmales para asustarla. Nora inventaba leyendas sobre el destino que habían corrido los últimos inquilinos. Una mujer que había asesinado a mordiscos a sus bebés gemelos. Un hombre que se ahogó una noche en el río que antaño atravesaba la calle principal, aquel donde se orillaban las señoras a lavar la ropa a mano, y a la mañana siguiente ya no había río.

La ficción cala, se hace cuerpo en ese espacio mudo entre la vigilia y el sueño por el que hace tiempo que transita. Por eso, en treinta y cinco años, Lis nunca se ha atrevido a adentrarse en estas casas. Quizás lo que vino después ya se prefijaba en este miedo infantil por lo que se oculta detrás de un simple muro, por lo que no se quiere ver ni desmentir. Tiene que enfrentarse a él. Por aquí se empieza. Por los lugares donde se aprendió a perder el pulso. Pero si teme el hueco entre la pared y las cortinas, y el eco del cuarto de baño grande y lo que esconden los montoncitos de paja en las eras, qué no anidará aquí, al abrigo de las piedras caídas. Una casa es siempre un refugio, o eso promete. La pregunta es para quién, o para qué. Lo cierto es que huele a orines de gato, y, si hay gatos, no habrá alimañas. No habrá alimañas ni habrá sorpresas, porque todo es predecible. El reverso de una fachada es una pared. Cuando cambia la perspectiva no cambia el mundo. ¿Y qué es lo peor que podría pasar? Un derrumbe. Un golpe seco y definitivo en la cabeza. Y eso es lo único que no la asusta.

Será solo un momento. Un desvío en el camino. Una anécdota que compartir luego con Peter, para demostrarle que ahora es valiente, que ya no tiene sentido que la ponga a prueba todo el rato.

Adelante, puedes pasar, que aquí no hay nadie.

IV

Olivia despierta. Está despierta porque la ha despertado la voz de su prima. La oye con nitidez y además recuerda lo que estaba soñando y sabe que ya no está en el sueño. Está en el suelo. Sobre las baldosas del cuarto de baño de arriba. Intuye a Lis junto a ella, oprimiendo su cuerpo con ese cuerpo nuevo que le ha crecido como una crisálida y que ya no reconoce pero que aun así quiere tocar, que tocaría si sus músculos la obedecieran, si tuviera músculos, pero no los tiene. Toda ella es un miembro fantasma. No hay hormigueos ni calambres, solo el recuerdo de la orden que se le daba a esto o aquello para que las neuronas transmitieran sus impulsos. Mensajes telepáticos. Es todo a lo que aspira, porque está viva en un receptáculo muerto. ¿Estará muerta? No. La muerte no es conciencia. Es todo lo contrario. Olivia no cree en los espíritus y sabe que esto tiene un nombre técnico. No un accidente cardiovascular que la haya dejado tetrapléjica, porque eso no le impediría abrir los párpados. ¿Parálisis del sueño? Eso era, sí. Nombrar la experiencia no la vuelve menos terrorífica, pero algo hace. Abre los labios, suelta un gemido. Está de vuelta y no le cabe la lengua en la boca. Los bordes de la mañana están difuminados, como si acabara de abrir los ojos en mitad de una tormenta de arena, y los músculos le pesan, la apuntalan sobre el suelo, pero está de vuelta. Qué alivio. Casi euforia. Y lo primero que ve es el rostro de Lis, tan cerca que solo capta fragmentos, con lupa. Su nariz un poco hinchada y con una pequeña variz atravesándole el tabique. Su labio inferior como siempre, con dos secciones, roto a la mitad, con forma de corazón o de gaviota. De niña aspiraba a ese labio. Cuando el frío le resecaba la piel, tiraba de las comisuras de su boca para que se abrieran grietas que emularan la cesura del labio de su prima. Así empezó todo. Con la imitación. Con el deseo de parecerse a ella. Luego sobrevino simplemente el deseo, y luego se apagó para siempre. Tiene ganas de tragar con fuerza, pero apenas le queda saliva, así que le dice: agua, tráeme agua, y, como la del grifo no es potable, su prima se aleja hacia la cocina y ella enseguida se arrepiente de haberla mandado lejos. Ahora está sola en este escenario siniestro cuando podría estar con ella. Sola y sucia sobre un charco de baba que se mezcla con el polvo y con restos de jabón y lejía. Se incorpora para alejarse de la mugre y descubre que le duele muchísimo el cuello, tiene una contractura con forma de disco en la base del cráneo, pero, por suerte, la jaqueca ha remitido. Siente las aristas de su teléfono móvil contra el pubis y lo saca del bolsillo para consultar la hora. Son casi las doce. No me jodas. Ha perdido la mañana. Lo que quería hacer con ella. Va a necesitar un litro de café para salir de este abotargamiento y reengancharse a lo que resta de día.

Se asea en el lavabo frente a un espejo sobre el que parece haber llovido y su reflejo le asquea. Tiene las ojeras del color del espliego, profundas e informes como gotas de grasa que reptan hacia abajo.

Todo su rostro tiende hacia abajo, como una máscara de cera que se derrite, como algo muy viejo, y tiene sed, un aliento pútrido, pero Lis no regresa con su maldito vaso de agua. Tendrá que ir ella misma a buscarlo. Antes de bajar las escaleras, entra en su habitación y husmea en la bolsa de fármacos legales que le incautó ayer a la abuela. Rescata un ibuprofeno y lo engulle con su saliva densa. Casi se ahoga. Es demasiado joven para que todo le duela tanto, pero cuando no es la migraña es la espalda, o el cuello, o el quiste en su muñeca. Su cuerpo es ruidoso. Una casa vieja que siempre falla por algún sitio. Y eso que se cuida, que jamás se permite un exceso. Dejó de fumar hace años. No bebe. Vigila su alimentación. Y, sin embargo, siempre tiene peor cara que su hermana, que se habrá pasado la noche combinando las pastillas de la abuela con pacharán y estará fresca como un bebé. Ojalá se topara con ella y pudiera regañarla por cualquier cosa, para equilibrar la balanza, para salir de este aturdimiento, pero en la cocina solo aguarda Lis, que se mira las manos como si fuera la primera vez que las ve, con la expresión de un animal obtuso.

—¿Y a ti qué te pasa? —le pregunta con fastidio.

—No puedo mover las manos...

Olivia piensa en la parálisis de la que acaba de escaparse y tiene que contener las carcajadas. ¿Acaso su prima la está imitando? Recuerda que, cuando tendrían siete u ocho años, recibieron la visita de una tía segunda que estaba coja por culpa de la polio y Lis empezó a cojear como ella. Al principio la castigaron, pensando que se estaba burlando de la pobre mujer, pero la visita se fue, y pasaron los días, y Lis persistió en su cojera, jurando que no era un juego. La abuela le hizo unas muletas infantiles con palos de cachavas viejas y exigió que se la tratara con respeto, como si estuviera realmente enferma, y al cabo de unos días, cuando todas interiorizaron la farsa y casi habían olvidado que estaban participando en ella, Lis volvió a correr sin trabas. Recuerda la anécdota y decide hacer caso a lo que le habría aconsejado la abuela. Decide tomársela en serio y le examina las manos con rigor profesional. Están bastante frías, pero sus reflejos y su movilidad parecen normales. También es consciente, no obstante, de que hace unos minutos, cuando era incapaz de sentir su propio cuerpo, cualquier exploración externa habría concluido que estaba bien. Que, la primera vez que se intoxicó con el ácido lisérgico que acababa de sintetizar, Albert Hofmann llamó a un médico y este no pudo determinar ningún síntoma objetivo a pesar de que el científico llevaba horas viendo la realidad a través de un caleidoscopio. No tiene forma de saber lo que está sintiendo Lis, pero es posible que también esté mediado por las drogas.

—¿Estás tomando algún fármaco? —pregunta con cierta cautela. Su prima recupera la movilidad de las manos y comienza a sacar blísteres de pastillas que se amontonan junto a su vaso de agua. Olivia intenta que su expresión no denote sorpresa, y en realidad no debería haber sorpresa alguna, porque supo, aunque prefirió olvidar, que su prima había enfermado. Estaban todas en esta misma casa cuando se la llevaron al hospital aquella noche, después de gritos y golpes tan exagerados que parecían una pantomima y sin acudir previamente a Olivia, que es lo que habrían hecho si la urgencia hubiera sido normal; anclada en el cuerpo, vaya. La verdad es que todo fue muy rápido. Ella estaba junto al horno, rellenando un pavo de seis kilos con la compota de castañas y pasas que había preparado la abuela, cuando la vio atravesar el salón, con gafas oscuras y escoltada por su marido y su madre como una estrella de los tabloides que quiere esquivar a los paparazzi. «Solo necesita tomar un poco de aire», gritó Jaime, pero la montó directamente en el coche y desaparecieron. Él regresó al día siguiente solo, a llevarse al niño, y pidió que no la molestaran, que necesitaba descansar. Olivia quiso creer que había sido un incidente aislado, algo que estalla en un momento de ruido. Las navidades en familia no son buenas para la cordura de casi nadie. Todos los años se rompe alguna. Llantos en memoria de los muertos. Discusiones por el menú, por las horas invertidas en la cocina, porque Nora nunca ayuda y Erica se trae su propia comida y sermonea a los comensales, haciéndoles sentir mal por las hebras de cordero que se les acumulan entre las muelas: os estáis comiendo un bebé. Son reacciones desproporcionadas que no suelen dejar rastro, que nadie retoma a la mañana siguiente, y así entendieron la crisis de Lis, un contratiempo sin importancia, aunque ahora siente que es extraño que siguieran con la cena de Nochebuena como si nada, sin hacer preguntas y en un clima de civismo y protocolo insólitos, como si el grupo hubiera expiado sus tensiones con el sacrificio de uno de sus miembros.

—Citalopram, lorazepam, diazepam, quetiapina...

El botiquín de psicofármacos que despliega su prima ante ella constata que se equivocaron, que aquella noche sí tuvo consecuencias.

—¿La quetiapina es el antipsicótico?

—Eso es.

Olivia teclea el nombre del fármaco en el buscador de su Android y accede a la sección de efectos secundarios, que parece una lista comprensiva de todos los malestares físicos que acechan al cuerpo: «Náuseas, vómitos, diarrea, estreñimiento, acidez estomacal, boca seca, aumento de la producción de saliva, aumento del apetito, aumento de peso, dolor de estómago, ansiedad, agitación, intranquilidad, soñar más de lo acostumbrado, dificultad para dormirse o permanecer dormido, agrandamiento o secreción de los senos, atraso o retiro del periodo menstrual...». Lee deprisa hasta dar con un ítem que describa la dolencia de su prima, porque está claro que, por descarte, alguno habrá, y se detiene en «rigidez muscular». Por qué no. Se lo comunica y hace lo que debe: le recomienda que llame al especialista. Como haría con cualquier paciente anónimo. Ni siquiera la abraza. Una palmadita amistosa en el hombro. Buena suerte. Que sea lo que Dios quiera. Cierra el consultorio y escapa, porque su cabeza está en otro sitio, en algo más urgente. El diagnóstico de la muerta es más urgente que el de la viva. Suena impropio, pero es lo que hay. Mientras ojeaba el prospecto del psicofármaco de Lis ha pensado en los efectos secundarios de las benzodiacepinas a las que se enganchó la abuela, en las consecuencias neurológicas de esa plaga de pastillas que había invadido la casa, y ya no puede pensar en nada más.

Cuando sale de la cocina, se da cuenta de que ni siquiera se ha preparado el café que tanta falta le hace. Decide que lo tomará en el pueblo, en la cabeza comarcal que provee los servicios básicos que no llegan a las pedanías: supermercados, bares, el centro de salud, la farmacia. Sobre todo tiene en mente la farmacia. Ocupa un edificio de estilo medieval en la plaza mayor, justo al lado del restaurante en el que almuerza, y su escaparate exhibe una colección de artículos de botica vieja que muestra predilección por los supositorios. Las etiquetas descoloridas que aún se leen anuncian jarabes de saúco para la tos, pero también soluciones de láudano y comprimidos de glyco-heroína. Reciben al cliente con un comentario irónico sobre la historia de la regulación de las sustancias controladas. Casi todo lo que hoy es bacanal y economía sumergida fue una vez remedio sancionado por la ciencia. Olivia lleva consigo un inventario de los distintos tranquilizantes no prescritos que ha identificado en el alijo de la abuela y quiere interrogar sobre ellos a la dependienta que le despachaba las recetas. La farmacia tiene las puertas batientes de un *saloon* y las atraviesa con la determinación de un *sheriff* que busca venganza. Después de lo aprendido en las últimas horas, está eufórica ante una resolución sorprendentemente simple al misterio sobre el suicidio de la abuela. Fueron las pastillas. Por sí solas y con la ayuda de quien se las prescribió y facilitó. No eran el indicio de un mal subyacente, sino el mal en sí mismo. Causa y efecto.

Mientras se tomaba el café, ha seguido investigando sobre psicofármacos y ha dado con el efecto paradójico de las benzodiacepinas. Resulta que, consumidas a largo plazo, pueden desatar con extrema virulencia los mismos males que pretendían aliviar:

problemas para dormir, depresión, agorafobia, ansiedad, ataques de pánico... Los efectos secundarios son
más acusados en pacientes mayores, que metabolizan
peor la sustancia, y pueden incluir, asimismo, síntomas que se confunden con los de la demencia senil.
El escenario es terrorífico y, por tanto, encaja. Encaja
a pesar de que Olivia visitaba a la abuela cada mes
para rellenarle el pastillero y programarle las alarmas
del asistente de voz y jamás la sintió agitada ni vio
indicios de deterioro cognitivo. Pero es que lo único
que asustaba a doña Carmen era la posibilidad de
perder su autonomía y, por tanto, se habría callado
cualquier queja que su hija o sus nietas pudieran interpretar como señal de declive. ¿Se habría matado,
incluso, ante el primer signo de dicho declive? Una
pérdida de memoria persistente, culpa del fármaco,
ligada a la ansiedad paradójica ocasionada por el mismo fármaco podría explicar lo que hizo, y, aunque
no hay manera de demostrar que está en lo cierto, le
sobran argumentos para señalar a quien sí se equivo-
có al recetarle o expedirle esas pastillas. Leyendo el
prospecto del Valium, que es el único tranquilizante
que constaba en la receta electrónica de Carmen desde hacía casi un año, ha identificado un caso obvio de
mala praxis, ya que el apartado sobre «duración del
tratamiento» recoge que esta «debe ser la más corta
posible y nunca superior a dos o tres meses». Tiene
mucho de que hablar con la farmacéutica, y mucho
que reprocharle al médico de familia. Da igual que
no mataran a la abuela. Lo importante es que pudie-
ron haberlo hecho.

En la farmacia hay dos personas haciendo cola
antes que ella. Un señor se queja de un catarro per-

sistente del que culpa a los pesticidas, aunque estamos en época de cosecha, y la señora que tiene detrás habla de unas avionetas que sobrevuelan los campos de noche vertiendo sustancias misteriosas y malignas. También comentan que ha muerto Toñín, el del bar Los Toros, y que es el segundo quinto que muere esta semana, y que no hay dos sin tres, por lo que los nacidos en el 54 están muy nerviosos. Tras el mostrador los atiende una chica joven, más joven que la propia Olivia, que teclea las claves de sus tarjetas sanitarias en silencio. No se acerca a ella hasta que ambos clientes han salido del establecimiento. La conversación ha activado todos sus prejuicios contra lo rural y le preocupa que alguien la oiga, que se propaguen habladurías.

—Buenos días. Soy nieta de doña Carmen, la de Alar del Páramo. ¿Es posible que conocieras a mi abuela?

La chica levanta la mirada del ordenador con un gesto de hastío, pero, al encontrarse con el rostro de Olivia, su expresión cambia.

—¡Oli! ¿Eres tú?

Oli se encoge de hombros. Nadie salvo su prima Lis la llama así desde el colegio.

—Soy la hermana de Nuria. Estabais en la misma peña, ¿verdad? En el chamizo de Las Cucas. Con el buzo amarillo aquel. ¿Cómo os llamaban?

—Las intermitentes.

—¡Eso es! Las intermitentes. Qué bueno.

Olivia recuerda el apodo, y aquel único año en el que participó en el comité de fiestas, porque fue el año en que murió su padre y porque fue su padre quien la obligó a participar. Estaba a punto de cumplir los cuarenta, y aquello significaba que él y los de su año ostentaban un puesto de honor en los festejos. Elegían a la reina del pueblo, una pobre adolescente a la que engalanaban como una vedete para que disparase el chupín desde una carroza, ocupaban los bancos de honor en la misa de la Virgen y comían con el alcalde en El Mariscal, el único restaurante con mantel de tela y carta, que fue de donde lo sacaron ya inconsciente, ya desplomado, como a una carretilla o como a un borracho cualquiera. Olivia lo vio todo porque estaba con el resto de Las intermitentes en un taller de la misma calle, pintando unos carteles para el desfile de las peñas que se iba a celebrar esa noche. Salió corriendo hacia su padre, hacia los hombres que lo llevaban al centro de salud, y se abrazó a él, a sus piernas de espantapájaros, pero pronto la desasieron. No pudo acompañarlos y en el funeral tampoco le dejaron ver el cadáver, así que esa fue la última vez, suspendido como un paso de Semana Santa, inalcanzable. No importan los años que pasen. Sigue sin guardar las distancias con este recuerdo. Emerge y la quiebra. Se apoya sobre el mostrador y cierra un instante los ojos para recobrar el eje.

—¿Estás bien? —le pregunta la farmacéutica.

—Sí, bueno, un poco mareada. Anoche me tomé una pastilla para dormir y me ha sentado fatal. —La mentira le sale de manera espontánea. Es su manera de sacar el tema, de anunciar el juicio y el reproche que se guarda en la recámara.

—¿Recuerdas el nombre?

—La verdad, pudo ser cualquiera de estos —dice, y le tiende la cuartilla en la que ha apuntado el nombre de todos los tranquilizantes confiscados—. Es lo que me he encontrado en el botiquín de mi abuela. Y solo tenía receta para el Valium.

La hermana de Nuria la del chamizo ojea el listado con el gesto serio y asiente.

—Voy a avisar a mi madre, que yo apenas llevo trabajando aquí unos meses —dice, y desaparece en la trastienda. Regresa al cabo de un minuto en compañía de una señora que tiene el pelo muy corto y muy fino y se mueve con la ayuda de un andador. No es amable como su hija. Es rotunda y seca y parece molesta, como si la hubieran arrancado de la cama.

—A ver, dígame cuál es el problema.

Olivia duda. Se siente avergonzada y un poco culpable, como si estuviera a punto de ensuciar aún más la reputación de su abuela, pero su deseo de llegar a comprender es mayor que su respeto por la memoria de los muertos.

—Estoy intentando entender cómo consiguió mi abuela todos estos fármacos para los que no tenía receta.

La señora se pone las gafas y ojea sin mucho interés el listado que le ha facilitado Olivia.

—¿Y quién dice que no tenía receta?

—Su tarjeta electrónica. Solo aparece pautado el Valium.

—Ya, pero es que su abuela traía recetas en papel. Se las expedía un familiar.

—No, eso no es así.

A Olivia le palpitan las sienes. La parte más veloz de su cerebro ya ha entendido, pero ella se resiste aún a hacerlo. No quiere unir los puntos, aunque están ahí; han estado ahí desde el principio, o al menos desde hace dos años, desde la primera vez que visitó a la abuela en calidad de especialista y le garabateó una receta para que adquiriese el Sintrom. Desde que juzgó que sería más cómodo dejar un talonario en blanco allí en su casa, en el secreter de su cuarto, para futuras prescripciones.

—Los médicos siguen teniendo talonarios para su uso personal. Ya le digo que no es nada raro que se usen. Pero si quiere puedo buscarle el número de colegiado que llevaban impreso. Lo debo de tener en el sistema.

Olivia le indica con un gesto que no hace falta. Se sabe los dígitos de memoria y ahora su prioridad es mantener su anonimato, salir de allí siendo simplemente Oli, la de la peña, y no Olivia Suárez, la doctora que cometió un error sancionable, falta grave, incidencia que podría llegar al comité disciplinario del Colegio de Médicos y abrirle un expediente; un despiste que podría ser el primero de los muchos contratiempos que desencadenaron la muerte de la abuela y que ya no se perdonará jamás, porque también es responsable quien hace sin saber que hacía; Edipo Rey se arrancó los ojos; la ignorancia no exime; y ella sale de la farmacia sabiéndose irredimible.

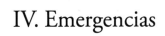

IV. Emergencias

I

Son casi las cuatro de la tarde y Lis no aparece.
A Erica ya le ha resultado extraño que no estuviera en
casa cuando han vuelto del paseo, y le ha sorprendido
mucho que se saltara la comida, pero, teniendo en
cuenta lo que había sucedido durante el desayuno, ha
entendido que necesitara alejarse. Que descanse un
rato. De mí y del niño. Ni siquiera ha intentado localizarla porque temía que interpretase su preocupación como un reproche por haberla dejado a cargo de
Peter, y es fundamental que su hermana sepa que el
niño nunca la incomoda. Si la quieren apartar de él,
que sea por lo que sucede en la cabeza de Lis cuando
los ve juntos; por nada más que eso. Sin embargo, a
medida que se adentran en la tarde, la situación se
tensa y la tensa a ella hasta el límite. Su hermana le
reza a un dios de horarios y rutinas estrictas, y no es
normal que no esté aquí para la siesta de Peter. La
siesta, como el baño de la noche, es uno de esos ritua-
les que nunca se salta, y que solo puede realizar ella.
Se aferra a estas prerrogativas con una fuerza supersticiosa, como si creyese que la maternidad es un título
que se gana y se pierde a diario, que se ha de renovar
con cada ciclo de gestos, con cada liturgia. Por eso es
tan extraño que no esté aquí. Le ha tenido que pasar
algo. No es una intuición, sino aritmética simple.
Erica le escribe un mensaje por WhatsApp y decide
contar hasta veinte. Después, la llama. Salta inmedia-

tamente el buzón de voz y, con el desconcierto, se le cae el teléfono al suelo. «Rica tonta», le dice el niño sin apartar la vista de los dibujos que está viendo en su tablet. Por lo menos, él está tranquilo.

Erica se asoma a la ventana y comprueba que el coche de Lis sigue aparcado fuera; no en el porche, como el de Olivia, sino en la calle, cerca de la salida a la nacional, siempre listo para la huida. Así que no puede andar muy lejos. Igual se ha perdido por los caminos, o se ha caído en una acequia, o le ha picado un bicho al que es alérgica y agoniza en cualquier rincón. Igual ha hecho eso que no se atreve ni a nombrar, lo que hizo la abuela. No, eso no. Cualquier otra cosa. Una serpiente. Un atropello. Un esguince. El cerebro de Erica elucubra a toda velocidad, pero su capacidad para la acción está atrofiada. Da vueltas en torno a Peter como si estuviera jugando al juego de la silla, jugando sola. El miedo la desarma, y no es tanto por lo que le haya podido pasar a Lis, que por el momento ocupa un espacio hipotético, virtual, sino por la certeza de que, haga lo que haga, estará infringiendo sus normas. No puede salir a buscarla ella misma porque tiene prohibido dejar a Peter con sus primas. No puede mantener al niño despierto más allá de las cuatro de la tarde, pero tampoco puede acostarlo porque, si lo hace y entonces llega Lis sin ningún rasguño, se comerá una bronca por haberla suplantado una vez más, por haberse atrevido a hacer de madre sin serlo con la excusa de un pequeño contratiempo. Está bloqueada como una máquina que recibe comandos contradictorios. Y tampoco se le ocurre pedir ayuda a sus primas, que llevan un buen rato acostadas o escondidas en sus respectivas habitaciones, al margen de la histeria o sumidas en su propio arrebato. A la hora de comer, Nora estaba exhausta como solo deberían estarlo quienes sufren una enfermedad terminal, y Olivia poseída por una actividad destructora. Se alejaba de los fogones, donde cocinaba tres platos a la vez, para revisar armarios y estantes en busca de algo que no se ha atrevido a preguntarle qué era porque no quería meterse en su radio de acción. Lleva así desde que ha llegado, trastocando el orden en el que la abuela dejó la casa, incapaz de aceptar que las cosas estén como están. Ha sido un alivio que se encerrara en su cuarto con llave y preferiría no sacarla de allí. Ni a ella ni a Nora. Porque esto, es decir, su hermana, es responsabilidad suya y nada más que suya. Hoy no se quedará en los márgenes. No dejará que sean otros los que gestionen su colapso como sucedió en navidades. Se avergüenza ahora de la docilidad con la que permitió que se la llevaran como a una terrorista en mitad de la noche, sin hacer preguntas ni pedir explicaciones. La hicieron desaparecer durante más de un mes y ella se limitó a acatar las órdenes que llegaban desde arriba, del marido y de la madre, reconociendo una tutela que nadie debería ostentar sobre un adulto, quizás tampoco sobre un niño. Sea lo que sea lo que le ha pasado esta vez, no se tapará los ojos. Estará a su lado y, si es que aún desea, respetará sus deseos.

Erica parece decidida, pero al mismo tiempo sigue inmóvil por el doble vínculo al que la obligan las normas estrictas de Lis. ¿Qué hacer con Peter? ¿Cómo respeta la hora de la siesta sin dejarlo solo con sus primas? ¿Cómo lo acuesta sin acostarlo, sin entonarle esa canción de cuna que es un ritual del que no puede ni debe apropiarse? Es una locura que esté siquiera valorando estas cosas mientras su hermana podría estar desangrándose en una cuneta, pero igual la locura es así, algo que se conceptualiza como un mal privado cuando, en realidad, siempre es compartido, una afección grupal. Lis carga con el diagnóstico, pero la enfermedad es de todas. Por eso no quiso saber cuando la internaron, por eso decidió blindarse. Lleva seis meses fingiendo que su hermana no estuvo en un manicomio, que no hace preguntas por tacto. Existe el miedo a la infección. Tiene que ser eso, porque todas han optado por la ignorancia cuando no hay nada más fascinante que los detalles de un brote. ¿Adónde la arrastró el delirio? ¿Acaso vio esa verdad que ella misma busca cuando está en trance y es una verdad que solo ciega? Erica tira de un hilo que amenaza con asfixiarla. No está lista para lidiar con esta culpa nueva, ni con sus ramificaciones. Por suerte, el niño interviene justo a tiempo. Empieza a exigir a Tete, el pingüino de peluche con el que duerme, y, por fin, bajo la presión de sus gritos, Erica tiene una idea que la saca de la abulia. Recuerda que, cuando le cuesta conciliar el sueño, su madre aún lo mece en la mochilita portabebés, y enseguida la localiza en el ropero de la entrada. Se ata las correas a la cintura y carga al niño, que, con la cabeza hundida entre sus pechos, empieza a roncar casi al instante, a la hora pautada, sin romper su rutina. Ahora puede ir en busca de Lis sin dejarlo solo. Ahora puede entregárselo a su madre y decirle «toma, llévalo tú a su cuna, que conmigo no quería». Sale de casa sin saber lo que los aguarda ahí fuera, pero la tranquiliza que el niño vaya de espaldas; pase lo que pase, no podrá girarse para verlo.

Avanza por la calle principal del pueblo, por la que antes pasaba el río, con los andares de esas mujeres antiguas que cargaban cubos de agua con un palo sobre la espalda. Nunca las vio, pero las siente. Siente que el peso de Peter la vincula con las que siempre cargaron. Su bisabuela sostuvo diez hijos en un útero cada vez más dúctil. A la hermana mayor del abuelo la casaron con un monstruo que la quiso descambiar porque estaba flaca y no se preñaba. Doña Carmen, que no era de aquí y por eso era doña, le contaba estas anécdotas con el estupor exotizante del colono. Le contaba que las familias dormían al calor del ganado en la cuadra. Que a escasos metros de sus camas quedaba el sumidero que recogía sus heces cuando se acuclillaban sobre un agujero en el piso de arriba; eso era el retrete. Las ruinas de aquellas pocilgas aún perduran en la calle de las casas abandonadas, y Erica tiene de pronto un pálpito. Es un sinsentido, pero nada de lo que está haciendo es del todo razonable. Lleva a Peter al encuentro de lo que podría ser un cadáver. Va sola y no pide ayuda. Igual intuye que, para encontrar a alguien que no está en sus cabales, hay que operar fuera del marco. Aprieta la cabeza de Peter contra su pecho y se adentra en el humedal que linda con la fachada posterior de la iglesia. Donde jugaban a los fantasmas. A las historias de terror. Donde su hermana siempre perdía.

Han pasado tantos años desde que estuvo aquí por última vez que la conciencia de su cuerpo adulto la sorprende. No está acostumbrada a medir estas distancias con los huesos largos y el peso adicional de un niño. Cada paso que da le hace temer un tropiezo y tropezar es lo único que no se puede permitir. La maleza ha cubierto las piedras que se desprendieron de las fachadas en peor estado, pero las siente con las suelas de los zapatos, sólidas y puntiagudas, capaces de abrir un cráneo de un solo golpe. Qué estoy haciendo. Llama a Lis sin levantar mucho la voz, procurando que Peter no despierte, pero enseguida recuerda que es tan difícil dormir a un niño como sacarlo del sueño y entonces grita. El nombre de su hermana rebota entre los muros agujereados y desaparece sin réplica. Aun así, persiste. La mayoría de las casas son puras ruinas. Los interiores cobijan la vegetación que se ha comido la madera que sostenía vigas y suelos, pero al final de la calle hay un edificio más bajo que el resto, probablemente un granero, que aún conserva el tejado. Rozando el absurdo y sin saber muy bien por qué, Erica llama antes de entrar. La puerta está tan carcomida que se zarandea con sus nudillos como si fuera de latón y, sin embargo, le cuesta esfuerzo desatrancarla. El niño la desestabiliza y no le deja oponer todo su peso contra ella, por lo que intenta abatirla con un pie, pero solo consigue que aletee más deprisa. Entonces, como algo que solo sucedería en un sueño, se oye una voz que grita «¡un segundo!» y la puerta se abre desde dentro.

Erica tarda unos instantes en comprender que la mujer oculta tras la cancela es Lis, porque Lis no vive aquí. Aquí no vive nadie. Y, sin embargo, su actitud es la de una vecina amable que recibe una visita inesperada. Solo le falta el delantal.

—Qué bien que seas tú. Pasa, pasa, que no hay peligro.

Erica, muda y embotada, obedece. A través de una especie de recibidor sin tarima, la sigue hacia el interior de la vivienda, que está compuesta por un único espacio cuadrangular de cuyas paredes aún cuelgan las arandelas de atar a los animales. Como las ventanas están tapiadas, los únicos haces de luz que lo iluminan se cuelan por el tejado, a través de las tejas que faltan. Bajo el foco principal hay una silla y una mesa de camping sobre la que se amontonan papeles y fotografías en un desorden que parece reciente, como si alguien hubiese estado trabajando en ella. Erica no entiende nada y tampoco siente gran cosa. No está alegre ni aliviada por haber encontrado a su hermana ilesa, porque tiene serias dudas de que esto esté pasando y de que esta sea su hermana. Contiene la respiración para controlar su pulso, para que los pómulos de Peter dejen de agitarse contra su pecho, aunque lo cierto es que la ayudaría que el niño despertara de una vez y le dijera si reconoce o desconoce a esta madre. A esta madre sonriente y ceremoniosa como un ama de casa de los años cincuenta que todavía no se ha dignado mirarlo.

—Lis, escucha... —Erica intenta verbalizar una queja, pero tiene un bloqueo en la glotis. Apenas puede tragar saliva.

—Lo sé, lo sé, he perdido la noción del tiempo. Pero es que no te vas a creer lo que he encontrado. Mira, toma, siéntate.

Erica rechaza la silla y señala a Peter como excusa. Por fin, gracias al gesto, su hermana repara en el niño.

—Qué bien que lo hayas traído. Así podemos cotejar.

—¿Cotejar? ¿Cotejar qué?

Lis se acerca a la mesa y revuelve el desorden hasta que encuentra lo que busca. Le tiende entonces lo que parece una fotografía de familia en blanco y negro. Cinco niños de distintas edades, todos con pantalones cortos o faldas plisadas que dejan asomar sus rodillas sin carne, posan en torno a los padres, un señor de rostro abotargado y la expresión torcida por el mondadientes y una señora muy delgada y seria, con el semblante delineado por los bordes de la pañoleta que le tapa el pelo. Aunque los bordes están carcomidos y el paisaje sobre el que posan no se aprecia con nitidez, parece que en el margen superior izquierdo asoma el campanario de la iglesia.

—¿Quiénes son? —pregunta Erica.

—No tengo ni idea, pero fíjate en el bebé.

Lis señala al niño más pequeño de la foto, el único regordete, que se mantiene en pie aferrado al brazo de su hermana. Erica no sabe en qué debería fijarse, y no encuentra nada que le resulte familiar.

—¿De verdad que no lo ves?

—¿El qué?

—¡Es Peter!

A Erica le tiemblan las manos y, ahora sí, comienza a procesar lo que está sintiendo. Cuando ha salido de casa en busca de Lis, imaginando todas las cosas horribles que podían haberle pasado, lista para lo peor, pensaba que tenía miedo, que estaba conociendo el miedo, pero el miedo ha cambiado de escala. Porque todo lo que temía hasta este instante, lo peor que podía sucederle —un diagnóstico terminal, la muerte de aquellos a quienes más quiere, el colapso del planeta en mil variantes distópicas distintas—, lo había ensayado alguna vez desde un lugar seguro; lo había soñado o simulado o, al menos, previsto. Pero esta sensación es nueva, purísimamente nueva. Solo puede recurrir al imaginario de las películas fantásticas, a la experiencia vicaria del espectador que asume riesgos, para nombrar esta sensación de ruptura, de que nada es fiable ni conocido. Una parte de su cerebro la insta a guardar la calma: no dramatices, tu hermana ha brotado, no es más que eso. Pero el sector dominante, el que repara en las señales y es susceptible a las teorías conspiranoicas, ve indicios de que algo está mal. La premonición. Las coincidencias. ¿Qué hace aquí? ¿Por qué ha encontrado a Lis en el lugar más insólito y a la primera? Lo racional sería que fuera la propia Erica quien estuviera alucinando, pero tampoco descarta que esta Lis sea un fantasma, que solo exista en el interior de esta casa, como es propio de los fantasmas. Para ahuyentar esta posibilidad, lo más urgente es salir de aquí, sacarla de aquí, y para ello decide seguir sus normas.

—Vaya, no sabría decirte porque hay poca luz. ¿Y si vamos fuera para que la pueda ver mejor?

Su hermana-doble, su hermana sonriente y eufórica, acepta la sugerencia.

—Sí, espera, que voy a coger el resto de las fotos. Es que esta no es la única en la que sale. Hay una, de hecho, en la que es casi adolescente. Vas a flipar.

Erica inhala en cuatro tiempos y exhala en ocho. Si puede controlar su respiración, puede controlar sus emociones. Si respira, está a salvo. Se aferra al brazo de Lis para salir sin tropezar y lo siente blando y tibio, convincentemente humano. Atraviesan juntas los tablones abiertos como muelas y cruzan el umbral sin que ninguna de las dos se desmaterialice. Ya está. No ha pasado nada. Afuera, con los pies hundidos en lo verde —perejil, cicuta y pasto—, la sensación de pesadilla se aligera. Vuelve a confiar en la materialidad del terreno y, por extensión, en su propia cordura. Atendiendo a las exigencias de Lis, comprueba que, bajo una luz directa, el niño de la foto tiene un cierto aire a Peter. Los ojos grandes, la nariz afilada, un dibujo peculiar en las cejas. No es un parecido insólito, pero tampoco descarta el vínculo genético. Al fin y al cabo, las familias del pueblo llevan generaciones emparentándose entre sí, contrayendo matrimonio con primos, diseminando sus rasgos por el estrecho radio de tierra que podían recorrer a caballo. Pero su hermana no está pensando en árboles genealógicos. No sabe muy bien en qué piensa.

—Oye, Lis, ¿no quieres que vayamos a casa a acostar a Peter?

—¿Por qué? ¿Te pesa mucho?

—No, no es eso, es que...

—Ya se despertará. No te preocupes. O, si quieres, le despertamos ya. Y así nos vamos los tres de paseo. A preguntarle por las fotos a Lavinia, que esa lo sabe todo. Y, si no, adonde el alcalde, que tendrá los registros de propiedad de estas casas, ¿verdad? Peter, Peter, pequeñín... —Lis le acaricia el pelo, se lo revuelve, y después le sopla detrás de la oreja. El niño da un respingo y protesta, aún en sueños, aún a salvo de las cosas que no entiende, y Erica querría mantenerlo allí, es decir, aquí, entre sus clavículas, pero no se atreve a decir nada. Por mucho que esta Lis no se parezca a Lis, la original puede volver en cualquier instante con su cólera de madre celosa, y prefiere manejarla en este estado. Quiere ver hasta dónde las lleva este conato de locura porque, obviando los detalles inquietantes, la hace parecer menos loca. Desde hace unos meses, cualquier desconocido intuye, con solo echarle un vistazo, que su hermana no está bien. Ahora, en cambio, la juzgarían feliz, quizás con un exceso de energía, como alguien que se ha pasado con el café, pero inserta en el plano de los vivos, sin piezas perdidas. La actitud de Peter cuando al fin abre los ojos y se encuentran parece confirmar esta intuición. En vez de interpretar su jueguecito habitual de desplantes y rechazos, en vez de refugiarse en Erica y gritarle «¡tú no!, ¡tú no!» como si se resistiera a un secuestro, se yergue contra las costuras de la mochila e intenta zafarse de ellas para ir en busca de su madre. Nunca los había visto abrazarse así, como si sus cuerpos encajaran, sin reticencias, y Erica se emociona. Después de tanto miedo y tensión y adrenalina, de hecho, se tiene que morder los labios para no echarse a llorar. Lis, en cambio, parece tan amnésica de lo que vino antes que asume esta efusividad sin precedentes en Peter como si fuera la norma. Tiene un objetivo, y nada la distrae:

—Ven, mi amor, dame la mano, que vamos a descifrar un misterio. Como los detectives, ¿sí? Como hace Bueso el Sabueso.

Madre e hijo empiezan a tararear la melodía de unos dibujos animados y emprenden el camino de vuelta al asfalto, hacia las casas habitadas. Erica los sigue a un brazo de distancia, el brazo listo para frenarlos si de pronto se pincha esta burbuja y caen en picado contra las piedras que oculta el musgo. Pisa como si el suelo fuera una alucinación a punto de desvanecerse.

II

Cajones, cajoneras, baúles, secreteres, armarios, zapateros... Una y otra vez lo mismo. Desde que llegó. ¿Y cuándo fue eso? ¿Cuánto tiempo lleva registrando esta casa en busca de vergüenzas familiares? Apenas veinticuatro horas. A Olivia le parece mentira que en tan poco tiempo ya esté volviendo sobre sus propios pasos, como si viviera una jornada homérica en la que el tiempo es simbólico y las repeticiones estructuran. Primero los ansiolíticos y ahora esto, el maldito talonario de recetas. Sabe que está aquí, escondido en alguna parte y señalándola, copartícipe del crimen, con su número de colegiada, con su firma impresa, pero se resiste a aparecer. Hay demasiados rincones posibles y tampoco es fácil mantener la atención, llevar un orden, porque entra y sale continuamente de la cocina, vigila los fuegos —el estofado de ternera y el puchero en el que cuece la quinoa, que siempre se le pasa— y entonces vuelve al juego del tesoro sin ninguna ayuda de nadie. Y es que la desfachatez de su hermana y sus primas no tiene límite. No solo ha recogido calcetines y limpiado restos de papilla que se estaban llenando de moscas. Lo grave es que, si no fuera por ella, no tendrían qué comer. Nora está tumbada en el sofá y no se ha levantado ni para ayudarla con las bolsas de la compra, y Erica se encarga del niño porque Lis ha decidido tomarse el día libre, cómo no. Vendrá

145

a mesa puesta o no vendrá, y las sobras, si eso, para los gatos del pueblo. Pero tampoco se atreve a quejarse porque siempre ha sido así. Delegan en ella porque hubo un tiempo, ya prehistórico, en el que se ganó este rol de intendencia con ahínco. Si alguien decía «qué frío», Olivia corría al perchero en busca de su chaqueta. Si había que limpiar la iglesia, o pelar ajos, o vigilar que el fuego no perdiera sus rescoldos, ella se prestaba voluntaria. La niña perfecta. Servicial, discreta, prudente. Quiso deslomarse por todas para compensar lo que había hecho, aquello que no se atrevía a confesar y que regresaba con cada letanía lacrimosa de su madre. «Por tan poco, hija, lo perdimos por tan poco». No sabe quién le metió esa idea en la cabeza porque el corazón de su padre era una bomba de tiempo y como tal explotó, pero su madre estaba convencida de que la ambulancia había llegado tarde, de que los paramédicos rurales eran ineptos y de que aquello no habría pasado si hubieran estado en la ciudad, cerca de un hospital en condiciones. Necesitaba que hubiera culpables y disparaba contra el pueblo y sus servicios de pueblo —lo que encubría, en el fondo, un reproche a la suegra—, pero, sin darse cuenta, también lo hacía contra Olivia. Cada vez que especulaba con que su padre estaría vivo si no se hubieran desperdiciado más segundos cruciales, ella se recordaba a sus pies, impidiendo que llegara a urgencias, y, de inmediato, se ajustaba el cilicio. No, yo no quiero regalos de Reyes, quiero que los donéis a la parroquia. No, no saldré esta tarde al cine, me quedo en casa con mamá, para que no esté tan sola. Aquella penitencia se prolongó durante años hasta que dejó de ser consciente. Su comportamiento se autorregulaba para el displacer sin necesidad de recordar el crimen por el que se estaba castigando. Cuando al fin estudió para entender que a su padre lo sacaron muerto de aquel restaurante, la culpa siguió intacta en los niveles primitivos de su cerebro. Por eso desconfía de los supuestos beneficios de la psicoterapia, porque no basta con nombrar el origen del gesto para que el gesto se borre. Hay una parte de sí misma que piensa que mató a su padre, y está más activa que nunca ahora que piensa que también mató a su abuela.

La alarma del móvil la avisa de que han pasado diez minutos desde que puso a cocer la quinoa. La escurre y comprueba que, a pesar de seguir las instrucciones del envase, no ha quedado suelta. Es un engrudo correoso que recuerda a las gachas. Olivia se encoleriza y grita como una tenista. No soporta los etiquetados engañosos. Si pone diez minutos, que sean diez minutos, y, si no están seguros del tiempo óptimo de cocción porque intervienen demasiados factores, que lo especifiquen, como en el prospecto de cualquier fármaco, joder. No sabe qué hacer con esta masa. Descarta mezclarla con las verduras, porque, más que un salteado, obtendría albóndigas, y esa es otra opción, hacer albóndigas vegetales, pero tendría que amalgamarlas con huevo y Erica tampoco come de eso. En realidad, apenas come, y así es que parece una distorsión óptica, un espejismo que solo oculta aire tras los pliegues de sus bombachos tres tallas más grandes. Olivia está segura de que el veganismo de su prima, o igual el veganismo en general, oculta un trastorno alimentario, una forma encubierta y socialmente distinguida de encauzar una obsesión de control, y de que no es una conducta inocua porque resulta evidente que tanto Erica como Nora tienen deficiencias nutricionales; anemia, por lo poco. Eso explicaría el agotamiento extremo de su hermana, aunque no descarta que esté así, desparramada sobre el sofá como un cuerpo sin músculos, por culpa de las botellas de vino que faltan en la bodega y con cuyos cascos se ha tropezado al salir al jardín, o porque se ha atracado con los ansiolíticos que se agenció ayer, o porque ha combinado ambas cosas. No sería la primera vez que incurre en conductas de riesgo. Convive con una alcohólica, una anoréxica y una psicótica bajo el techo de una octogenaria que se cortó las venas. Parece un chiste, pero es su familia. Corre algo oscuro por esta herencia genética que comparten, algo irrevocable que le hace sospechar de sí misma, ¿por qué yo no? ¿O acaso sí?

Durante un tiempo, su temor se centró en la herencia cardiaca. Su padre murió por un defecto genético, una miocardiopatía hipertrófica que provoca un engrosamiento del corazón y que, si no es muy pronunciada, puede permanecer latente, sin manifestarse, durante toda la vida. Es lo que le sucedió a la abuela. No supieron que acarreaba la misma dolencia que su hijo hasta que Olivia abrió su consulta y, como deferencia, como regalo de inauguración a su nieta, doña Carmen se prestó a un chequeo completo. Recuerda la ternura con la que le quitó las cadenas de oro para examinarle el pecho, reliquias familiares pulcramente ordenadas sobre papel secante y el pecho desnudo de la abuela, aquella intimidad insólita al masajear su piel con el líquido de contraste para el *doppler*, piel constelada de manchas, piel tan querida, y de pronto, en la pantalla del monitor, una estrechez en el ventrículo izquierdo, un exceso de tejido que también era una suerte de reliquia, que recordaba al muerto que ambas compartían, como si estuviera allí con ellas y les quisiera gastar una broma. Pero no era una broma. Era un defecto genético, una prueba de maternidad. Olivia no es muy dada a este tipo de interpretaciones, pero sintió que había algo hermoso en que el destino le permitiera diagnosticarle a su abuela lo que no llegó a tiempo de diagnosticarle a su padre. Así se resarcía, quizás, su culpa histórica. Aquel era el sentido de su vocación.

Después de averiguar lo de la abuela, se apresuró a examinar a todos sus familiares directos para descartar que hubiera más casos como el suyo y no los hubo, pero en la ronda de chequeos le detectó un pequeño soplo a la tía Amaya, que también tenía el colesterol alto, y fue por eso que dejó un talonario personal en esta casa, porque aprovechaba los encuentros navideños y los cumpleaños para renovar las prescripciones de sus dos pacientes y era más sencillo así, tenerlo todo a mano y evitarles pasar por consulta. No se imaginaba las ramificaciones de aquel gesto tan ingenuo, tan puesto al servicio de cuidar de quienes juró cuidar, pero es que aún creía que la amenaza que portaban sus genes era de índole cardiaca. Ahora mira a su alrededor y entiende que el problema era otro, que el chaleco explosivo que cargan, a la espera de ser detonado por los condicionantes ambientales precisos, es el de la locura, y sabe poco sobre esto. Sabe poco sobre ellas. Intuye un aire de familia entre la adicción a los ansiolíticos de la abuela y la adicción a las adicciones de su hermana; entre las voces que oía Nora cuando era niña y la psicosis para la que se medica Lis; entre su propia tendencia a fustigarse y el ascetismo en virtud de todas las causas nobles de Erica. Pero no sabe si esto es fruto de la herencia o del ambiente, culpa de la biografía o del destino. Solo sabe que sería un consuelo que los cuadros psiquiátricos tuvieran fundamentos genéticos, pensar en el suicidio de la abuela como en el corazón de su padre, algo latente y programado para estallar sin previo aviso, porque eso aliviaría su conciencia. Si estaba determinado, no hay nada que pudieran haber hecho, ni bien ni mal, para influir en el desenlace. Si la abuela era un correo corporativo de los que se autoeliminan para no dejar huella, no se abrió las venas por los efectos secundarios de unos fármacos sin prescripción facultativa, sino porque no podía hacer otra cosa. Por desgracia, es reticente a las teorías que la eximen de su culpa. Su culpabilidad es lo que le da protagonismo, lo que la convierte en sujeto. Prefiere ser culpable que no ser nadie.

—Erica, ¿sabes algo de tu hermana? ¿La esperamos para comer?

—No, que se hace tarde para el niño. Ya comerá cuando llegue.

Al final, mezcla en el wok la quinoa con un puñado de garbanzos que había salteado con apio, pimiento rojo y tomates cherry, y añade jengibre al final. El olor a cítricos le despeja una oclusión en los senos en la que no había reparado hasta ahora. Nunca se respira bien en esta casa, debe de ser por el polvo que acumulan todos los objetos inútiles que se apilan en las vitrinas, o por las ventanas tan pequeñas, que no ventilan lo suficiente. Se da cuenta de que no siente un apego especial por este sitio. Si no fuera tan difícil venderlo, se desharía de él ahora mismo. A Erica y a Nora les vendría bien el dinero, tendrían algo con lo que empezar proyectos propios, y, para todas, sería una suerte de divorcio: de aquí en adelante, cada quien por su lado. Fantasea con que tiran las paredes para dejar limpio el solar y con que el talonario fraudulento se pierde para siempre en los escombros. Adiós al arma del crimen. Como emparedar un cadáver. A no ser que el talonario no estuviera ya en la casa porque alguien se lo hubiera llevado. Alguien que quisiera seguir falsificando recetas, de Valium, de Adderall, de Tramadol, de todo lo que engancha. Joder. Cómo no se le ha ocurrido antes.

—Nora, pon la mesa, haz algo. Vengo en un minuto.

Sube las escaleras al trote y se cuela en la habitación de su hermana. Le echa un vistazo rápido desde el umbral y comprende que puede registrarla sin miramientos porque cualquiera diría que se le han adelantado. La maleta abierta sobre la cama, junto al portátil sepultado por pelotas de papel higiénico y envoltorios de chicle, ropa sucia en el suelo, un cenicero a desbordar sobre la mesita de noche... Qué pocilga. Y por dónde empieza. Revisa la maleta y solo encuentra sujetadores y un puñado de libros. Abre los cajones de la mesita de cartas, el armario ropero, y nada. Le cuesta esfuerzo respetar el desorden, reprimir el impulso de doblar los pantalones que cogen pelusa en el suelo, y al final no puede controlarse y los arroja al interior de la maleta. Durante el vuelo, llueven monedas y porquerías varias de los bolsillos laterales. Esto no puede dejarlo así. Se acuclilla y barre lo que se ha caído con el dorso de las manos. Tíquets viejos, papel de fumar, pedazos de bolsas de basura hechas un gurruño y, lo más desconcertante: unas bolitas negras que parecen pimienta. ¿O acaso es café? Abre una con los dientes y descarta que sea cualquiera de ambas cosas. Tiene un sabor amargo que recuerda al de las nueces jóvenes. Mejor no preguntar. Devuelve las monedas al pantalón y arroja lo demás al cenicero, ocultándolo entre las colillas. Su hermana es una cerda, pero parece que no le ha robado el talonario. Tendrá que reanudar su búsqueda después de la comida. O rendirse. Quedarse con la duda, que solo está en los detalles: cuántas recetas faltan, qué fecha de caducidad tenían, ¿dejó algo escrito en las solapas? ¿Un mensaje para Olivia? Todo lo demás se reconstruye por sí solo.

Mientras baja las escaleras, sucede algo extraño. Siente que, en el espejo descomunal que ocupa la pared del descansillo, se mueve algo que no es ella. Mira hacia atrás y en el hall del piso de arriba todo está como lo ha dejado. Vuelve a observar su reflejo y, por un instante, los rasgos que ve no son suyos. Se parece a sí misma, pero es otra. Pestañea deprisa, cierra los ojos con fuerza y, cuando los abre, su visión está cortada por las estrellas habituales de la migraña con aura. Solo eso. En cuanto llene el estómago, tomará un ibuprofeno preventivo y se echará una siesta. Esta vez, el dolor no la pillará por sorpresa. Todo está bajo control, pero esa ilusión visual que la ha despersonalizado le deja un regusto incómodo, un nudo tenso en el bajo vientre y la boca pastosa y seca, similar a como la tenía esta mañana cuando despertó de la parálisis del sueño. ¿Nuevos síntomas de migraña? Las náuseas son habituales en el cuadro. Los vértigos, en cambio, parecen asociados al dolor de cervicales. Qué puede esperar si ha dormido sobre el suelo de baldosas del cuarto de baño. Si todo lo que le sucede es psicosomático y su hermana y sus primas le disparan la ansiedad. Procura no pensar más en ello y se dirige a la mesa, ya servida con el salteado de quinoa, que, de pronto, no parece un desastre culinario sino un festín de colores vívidos, apetitosos y brillantes.

—Que aproveche —les dice a Nora y a Erica, y toma asiento junto al niño, que ya había empezado a comer. Las oye masticar y tragar y adivina un patrón rítmico, un código telegráfico que parece descifrable. Se pregunta si, a pesar de su silencio, no estarán siempre comunicándose, de alguna forma. Qué se dirían o qué se habrán dicho en lenguajes ocultos a lo largo de los años. Dónde quedará registro de eso.

III

No debería haber comido. Tenía, como de costumbre, el estómago cerrado, un puño firme a la altura del esternón que emitía una señal disuasoria, pero Nora ha decidido ignorarla porque está comprometida con su recuperación. Quiere hacer lo que se supone que hace la gente sana, y eso implica exponerse al sol, beber muchos líquidos y alimentarse. Así que ha engullido sin captar sabores el salteado de quinoa y garbanzos que Olivia ha dispuesto en el sector no cárnico de la mesa y las pocas fuerzas que le quedaban se han ido a trabajar en su estómago. De pronto, le costaba mantenerse erguida sobre la silla y cada cambio de enfoque, de cerca a lejos y al revés, confundía y mezclaba las líneas de los objetos. No ha sido fácil levantarse y a Olivia, por supuesto, le ha parecido mal que lo hiciera.

—Pues nada, señora, un placer servirla, ¿eh? Si gusta, deje propina.

Ha intentado contestarle, *pasivoagresiva del coño te hemos dicho mil veces que cada quien se hacía su comida nadie te pide favores déjame vivir*, pero apenas le han salido unos gruñidos entre dientes. Se ha despedido con un manotazo al aire y se ha enfrentado a las escaleras consciente de que serían un reto: pasamanos, respingos, descansos a cada tramo. Ahora piensa que ser viejo tiene que sentirse así, como habitar un coche que tú misma remolcas, pero lo cierto es que la abuela era vieja y jamás se arrastró de este modo. ¿Cómo lo haría? ¿Cómo lograba mantenerse en pie con tantos años y tantos ansiolíticos a cuestas? Parece increíble que nadie llegara a sospechar que vivía sedada y, al mismo tiempo, aquí está ella, treinta y tres años y problemas para andar, y ni su hermana la que es médica se preocupa. Pero, bueno, Nora, sin dramas. Que tampoco hay de que preocuparse. Se ha documentado al respecto y sabe que esto que le pasa es normal, o sea, lo previsto. Su consumo reiterado de anfetaminas ha multiplicado el número de receptores de dopamina que hay en su cerebro y, ahora que se está limpiando, tiene que alimentarlos con las reservas endógenas, insuficientes para la demanda. Un cuerpo en desintoxicación es una crisis económica, una familia numerosa en la que, de pronto, falta un sueldo. Pero los miembros excedentes morirán de hambre. En cuestión de días se corregirá el exceso demográfico y, poco a poco, recuperará su equilibrio. Solo tiene que descansar, cerrar los ojos y esperar a que todo pase.

Ya desde la cama, hundida en su colchón de arenas movedizas, Nora recuerda un libro que leyó hace tiempo sobre una mujer que intenta pasarse un año sin despertar, a base de pastillas, y piensa que ojalá pudiera hacer ella lo mismo. Los fármacos y el tiempo no son un problema. Si no hubiera testigos, se arrojaría a dormir, quizás soñar, hasta que su cuerpo emergiera del pozo. Pero están ellas. Su responsabilidad hacia las otras, el mandato infantil de no molestar ni hacer ruido, pesa más que su deseo de sobreponerse sin que duela. Además, por mucho que sea una práctica común —la metadona contra la heroína, el Valium contra los temblores que provoca la abstinencia del alcohol—, resulta bastante ridículo quitarse una droga con otra. Ridículo y bancario, como recapitalizar la deuda. Por lo que tiene entendido, las únicas sustancias psicoactivas que podrían ayudarla a evadirse de esto son las alucinógenas, que no generan tolerancia ni, por tanto, adicción, pero nunca las ha probado porque van en contra de su compulsión productiva, no son compatibles con el mundo del trabajo sino que te sacan del mundo y puede que para transportarte a una realidad alternativa llena de monstruos y demonios. Cuando estaba en la universidad, le ofrecieron setas psilocibes y LSD en varias ocasiones, pero siempre lo rechazó. Se reía de los que narraban sus experiencias maravillosas con gnomos y hadas y con el papel de las paredes, que cobraba vida, como si acabaran de volver de Disneyland. Los miraba con superioridad, de hecho, y es que, por mucho que nunca hubiera tenido un viaje lisérgico y le faltaran años para descubrir las psicosis anfetamínicas, no era nueva en el terreno de las alucinaciones. Las auditivas, concretamente, las conocía bastante bien. La acompañaron desde que murió su padre, recién cumplidos los ocho años, hasta la adolescencia. Por aquel entonces, vivían en un piso viejo y crujiente, separadas de los vecinos por tabiques sin aislar, y tardó un tiempo en descubrir que, dentro de aquel ruido hogareño, había sonidos que solo oía ella. Por supuesto, la delató su hermana, con la que compartía habitación y literas, una noche en la que Nora se quejó de que los vecinos estuvieran discutiendo de nuevo.

—No me dejan dormir. Odio que griten.

—Pero qué dices. Te lo estás inventando.

Nora se echó a llorar, como siempre que Olivia se burlaba de ella, y entonces llegó su madre a poner orden, qué pasa aquí, no son horas, y confirmó que no se estaba librando ninguna batalla doméstica en el piso contiguo, que dejara de buscar excusas para no dormir.

Nora no recuerda que las voces le dieran miedo, pero recuerda aquel instante de incomprensión, de sentirse negada, con una impotencia que aún duele. Necesitaba que la creyeran, que supieran que no era una mentirosa. Podría haberse tragado el orgullo y guardarse el secreto, que es lo que haría ahora, que es lo que hace. Pero entonces solo era una niña. Perseveró hasta que le hicieron caso, y enseguida se arrepintió de haberlo conseguido, porque las voces de Nora desataron una crisis familiar que recuerda con más estrépito que la que rodeó la muerte de su padre. Hasta entonces habían vivido un duelo letárgico, de respiración contenida, pero aquello dinamitó la calma. Su madre, que hacía meses que no las sacaba ni al parque porque se agotaba con el trayecto diario del colegio a la oficina, entró en un modo de actividad frenética. Todas las tardes había planes. Visitaban la biblioteca pública, de la que volvía cargada con libros sobre psicología infantil. Visitaban a un señor que era amigo de la familia y quería charlar a solas con Nora, y a un médico que en realidad no era médico pero tenía una consulta y le recetaba infusiones y gotas para los oídos. Visitaban a la tía Jimena, que las recibía con la merienda propia de una fiesta de cumpleaños y sonreía en exceso y se encerraba en la cocina a charlar con su madre en susurros. El teléfono sonaba a todas horas y todo el mundo tenía preguntas que hacerle a la niña, con el tacto que se imposta con los animales salvajes, para que no muerdan. ¿Y cómo son las voces, bonita? ¿Te cuentan cosas? ¿Oyes a tu papá? Lo cierto es que no distinguía palabras concretas; eran ecos de algo que siempre sucedía en otro sitio, ruido de fondo, y aprendió a sofocarlos poniendo música a todo volumen. Le compraron sus primeras cintas de casete, álbumes de las Spice Girls y No Doubt y Meredith Brooks, y Nora dio el problema por resuelto. Pero no así su madre. Una noche, al borde del llanto, oyó que le decía a una amiga que al fin había pedido cita con ese psiquiatra infantil tan bueno porque aquello escapaba a su control y era el momento de pedir ayuda de verdad. Por suerte, llegaron antes las vacaciones de Semana Santa, hicieron las maletas y se fueron al pueblo con la abuela.

Tiritando bajo los cobertores en pleno verano, con cien euros en la cuenta y la certeza de que, sin speed, jamás volverá a escribir una palabra, a Nora le resulta evidente que su vida se ha torcido y, sin embargo, sabe que todo sería aún peor si la abuela no la hubiera salvado de aquella. Porque ha visto lo que un diagnóstico es capaz de hacerle a un niño, el modo en que la etiqueta fagocita al individuo y la enfermedad se convierte en profecía autocumplida, y no es bonito. En la universidad conoció a una chica que comenzó a tomar metilfenidato para el TDAH en el colegio. Ya en el instituto, se sentía apática y metida en sí misma, y obtuvo un diagnóstico por depresión y unas pastillas que la estabilizaron hasta que se deshizo de la tutela de sus padres y se le empezó a olvidar tomarlas. Entonces, una noche, en mitad de una fiesta en la que solo se hablaba de sexo, se encerró en el baño con un cuchillo y se amputó los labios mayores porque decía que eran tan grandes que no le dejaban tener orgasmos. La ingresaron en el hospital y luego retomó sus estudios y se graduó y vivió eso que llaman una vida digna, aunque Nora supone que seguirá sin saber lo que es un orgasmo porque tampoco ella consigue correrse cuando está hasta arriba de drogas. Piensa a menudo en esa chica porque se la imagina como el reverso alternativo de sí misma, la lobotomizada frente a la yonqui, la persona en la que se habría convertido si la hubieran llevado a aquel psiquiatra.

Nunca olvidará la carcajada que soltó la abuela cuando le dijeron que su nieta oía voces. Fue como si estallara una pistola de aire comprimido. Como si entrara de pronto el oxígeno en una tumba.

—Ay, mujer, ¿y eso es un drama? ¡Llevo oyendo voces desde que tengo memoria! Y aquí estoy, tan loca o tan cuerda como cualquiera.

Recuerda estas palabras como si doña Carmen se las estuviera dictando en este instante, alojada en su cráneo, y se pregunta si esto también es «oír voces». A veces le gustaría que volvieran con el poder que les confería la abuela, o que volviera la abuela, simplemente, a transformar su locura en un don. Ella pensaba que las alucinaciones eran un regalo, una marca de singularidad, tan características de sí misma como su nombre o sus lunares, y que no debía reprimirlas porque, a su debido tiempo, le resultarían valiosas. Sintonizando frecuencias al azar, llegaría a una emisora que solo sería suya, y el ruido se convertiría en diálogo; las interferencias, en mensajes. Nora siempre fue escéptica, siempre materialista, y dejó de oír las voces sin que hubieran manifestado ninguna dimensión psicomágica. Ahora se siente tan débil que ojalá tuviera algo en lo que creer y que invocar. Algo que le hiciese compañía y la distrajese, con ruido, del ruido que hace su cuerpo averiado. Pero, desde que la abandonaron en la adolescencia, las voces solo han vuelto a través del speed, al borde de la sobredosis. Como aquella noche de fiesta en su antiguo piso en la ciudad, cuando oyó a su novio follarse a una cría y más tarde supo que ni la cría ni el novio habían pasado la noche en casa, que todos la dejaron sola para irse a una discoteca y que aquello, por tanto, solo ocurrió en sus oídos. Aquella fue la última vez. Las voces llegaron para hacerle desconfiar de su novio y, aunque la escena que desató la ruptura nunca sucedió realmente, sabe que en su paranoia había algo cierto, que lo imaginado era metáfora de una aprensión real y que fue el detonante que necesitaba para salir de allí, de una relación malsana e inocua al mismo tiempo en la que se habría eternizado por desidia. Así que, como habría dicho la abuela, las alucinaciones tenían razón, una pizca de verdad. Es una lástima que carezca de control sobre ellas, que no sepa acceder a su inconsciente cada vez que se enfrenta a una encrucijada. ¿Qué opinarían sobre la propuesta de Rober, por ejemplo? ¿Hay alguien dentro de sí misma que tiene la respuesta a las preguntas difíciles? Y, si es así, ¿por qué dejó de oírle? Igual es que la infancia es un periodo en el que aún no se rechaza lo inexplicable, porque casi nada se explica. Aceptamos la lluvia, sin entender a qué se debe, y aceptamos las interferencias. Porque es obvio que hay interferencias. Lo siente cuando está con Peter. El niño entra y sale todo el rato del espacio en el que habita junto a ellas. De pronto exige, se comunica, atiende, y de pronto le hablas y no hay respuesta ni a un nivel muscular. No pestañea ante un grito ni lo haría ante la luz de una linterna que se proyectara en su córnea. Simplemente no está allí. Sigue atento, observando algo que no se comparte, como aquellos compañeros de universidad que tomaban hongos psilocibes y se enfrascaban durante horas con el gotelé de las paredes, pero con el organismo limpio, sin tecnologías que faciliten el viaje.

Las drogas no están hechas para los niños porque no las necesitan. Están hechas para los adultos, para los que han perdido la capacidad de cambiar de frecuencia y ya no recuerdan lo que era. Tienen que cumplir una función intrínseca, evolutiva, más allá de los intereses del narcotráfico y las farmacéuticas, porque siempre han estado al alcance del trotador de caminos. Es lo que ha aprendido esta mañana en su paseo con Erica. Que los monocultivos de girasol para biocombustibles son fruto de la mano del hombre y se marchitarán cuando esa mano falte, pero que, sin sulfatos ni arados que vuelquen la tierra, las plantas mágicas persisten en las acequias y en los páramos. Guarda el fruto de una de ellas en el bolsillo de sus pantalones vaqueros. *Datura stramonium.* Promete un viaje, una huida en escoba de este cuerpo que quiere expulsarla, y promete amnesia.

Por eso no es muy popular entre los consumidores de alucinógenos, porque lo que sucede en datura se queda en datura, pero ella tampoco quiere recordar. Quiere despertarse en el día dos sin conciencia del día uno, y así hasta que su cerebro aprenda a funcionar sin estimulantes. Por qué no. Qué mal podría hacerse que no se haya hecho ya. Si las víctimas de violación con burundanga sobreviven a la ingesta, ella también volverá para no poder contarlo. Una única semilla. Negra como el interior del cuerpo. Como lo que verían los globos oculares si girasen ciento ochenta grados. La visualiza, la anticipa, recuerda el gesto con el que la ha guardado junto a otras en el bolsillo trasero de sus pantalones, pero, al ir a por ella, no la encuentra. La ropa que se ha quitado tras el paseo está limpia; demasiado limpia para ser su ropa, la verdad, aunque este pensamiento es paranoico, huele a síntoma, y lo bloquea. Gatea por la habitación por si las semillas se le hubieran caído y desperdigado al desvestirse, pero nada. La moqueta huele a humedad cuando todo está seco, reseco, tostado. Es nauseabundo, pero necesita encontrar lo que ha perdido, reptando bajo la cama, impregnándose de polvo que está hecho de piel muerta, piel muerta de cuando la abuela estaba viva, y de moscas e insectos que mueren continuamente porque su ciclo vital es absurdo; el polvo es la arena de las casas de interior, harina de restos orgánicos, y cuanto más lo piensa más se le revuelve el estómago, pero sigue hurgando en los recovecos a los que nunca llegan los aspiradores. ¿Cómo es posible que desee con tal ansia algo en lo que no había pensado hasta hace un minuto? Bueno, esto es lo que significa ser adicto, se dice a sí misma con un deje que le recuerda a su hermana, y justo en ese instante suena la verdadera voz de Olivia al otro lado de la puerta:

—¿Puedo entrar?

Nora se apresura a escapar de los bajos de la cama y se golpea la cabeza contra el somier de hierro. Suelta una grosería y Olivia insiste:

—Es que me siento un poco rara...

Ella se siente un poco rara. A Nora le da la risa.

—Pasa, pasa.

Olivia entorna la puerta pero se queda en el umbral, inmóvil, contemplándola con fijeza. Tiene la expresión de esos pacientes a los que atiende el oculista y regresan al cabo de un rato con las pupilas atrofiadas por las gotas de atropina. Nora está familiarizada con ellos. La han asustado más de una vez en la sala de urgencias, mientras luchaba por mantenerse entera en mitad de los temblores y las taquicardias. Siente un ligero *déjà vu* antes de que todo se vuelva insólito.

—Sé que esto no es real, pero debo decirte que estás sangrando un río de tinta china por la nariz, y necesito saber por qué.

Nora se lleva la mano a la nariz de forma instintiva y, con ella, sofoca un respingo. Vaya, esto es nuevo. Tan nuevo que se despeja de golpe, se cura como si hubiera recibido esa dosis que acabaría con su abstinencia y se pregunta si no será esta la clave, estímulos insólitos, sorpresas y retos absurdos para apaciguar el ansia del adicto, su enfermedad de tedio.

Fuera de la campana de cristal ahumado piensa con lucidez y adivina de inmediato lo que le está pasando a su hermana, pero decide divertirse un poco, guardarse la información.

—Olivia, ¿qué más ves?

—Te veo rodeada de un cerco azul.

—Eso es el aura. No te asustes. La abuela también lo veía.

IV

Lis rebobina la conversación que ha mantenido con su hermana y, una y otra vez, se detiene en este punto en el que esgrime la fotografía ante sus ojos y le grita:

—¿De verdad que no lo ves?

—¿El qué?

—¡Es Peter!

Aquí es donde se ha torcido. La elección del verbo «ser», «es Peter», denota una identidad absoluta, metáfora en lugar de símil y, por consiguiente, fallo endémico, avería, psicosis. Ella quería decir otra cosa, algo mucho más complejo y difícil de verbalizar, pero en aras de la concisión le ha salido esta frase y ya es irrevocable, porque un loco no puede desdecirse. Un loco ni siquiera puede argüir que no está loco. Eso confirmaría el diagnóstico. Por eso calla. Una de las cosas que aprendió en el psiquiátrico es que, en adelante, sería mejor no hablar. Cualquier cosa que diga será utilizada en su contra. Una persona cuerda puede afirmar cosas como «he visto a mi padre muerto en el espejo del cuarto de baño», pero ella está condenada a la constatación de lo obvio, mira un árbol, ahí va un pájaro, hace un día estupendo, ¿no crees? Llevada por la euforia del momento, ha olvidado esta norma tan básica, la prohibición de decir lo que realmente piensa, y lo único que puede hacer para compensar su transgresión es guardar silencio. Dejar que Erica la siga a una distancia prudente, midiéndola, evaluándola, y rezar por que no comparta sus aprensiones con nadie. Sobre todo, que no lo haga con su marido. Antes, nada más entrar en la casa, cuando toda su atención estaba volcada en el baúl que acababa de encontrar, ha ignorado una de sus llamadas de control diario, breves e impersonales como un recordatorio de la asistente de voz, y luego ha apagado el teléfono para que no siguiera molestándola. Nunca había hecho algo así, es decir, nunca desde que la ingresaron, por lo que espera represalias, pero lo más probable es que su marido acuda a Olivia, que es la doctora y la persona responsable de la casa, y Olivia no tiene por qué enterarse de que ha utilizado el verbo «ser» cuando quería utilizar cualquier otro.

Hace años, Lis conoció a una mujer que se le parecía muchísimo. Fue durante el rodaje de una serie para una televisión local, en uno de sus primeros trabajos como asistente de fotografía. Su doble era maquilladora y a Lis le gustaba observarla mientras preparaba a los actores para las tomas, de espaldas a ella o en ángulos que ocultaban los detalles fisionómicos que más las diferenciaban. No era solo por el pelo o por la estatura y la complexión, ni por los rasgos amuñecados; también se movían de una manera similar, con gestos bruscos y rápidos, como conductoras primerizas, y eso era lo excepcional, lo que les daba un aire de familia a pesar de que no lo fueran, el mismo ingrediente por el que Erica y ella se parecen a pesar de no parecerse en nada. Analizándose a través de esta mujer, descubrió que, en ellas, se daba una discrepancia entre fondo y forma; que sus cuerpos parecían un disfraz, de una blandura y una redondez que no casaban con esa cualidad enérgica que las representaba por encima de todo y que era el principal motivo por el que las confundían a menudo, aunque siempre de lejos. Cuando, en la fiesta de despedida, se caracterizaron para resultar idénticas, descubrió también que, en las distancias cortas, no hay prótesis lo suficientemente exacta como para confundir dos rostros que no son gemelos. Y es que ni siquiera los gemelos idénticos son idénticos. Que se lo digan a sus madres. Que se lo digan a las madres en general, que reconocen a sus niños en la vorágine de uniformes del colegio con un simple vistazo. No hay forma de engañar a una madre, y Lis es madre. Ahora está segura de sí misma.

Cuando rememora al Peter que se perdió tras las cortinas de la habitación de las cortinas, cuando busca ese rasgo inequívoco que le permitiría reconocerlo detrás de un kilo de maquillaje y prótesis sofisticadas, piensa, sobre todo, en sus labios. No es que el niño nuevo los tenga distintos; la pieza en sí es igual, o lo sería si existiera como una pieza autónoma, dispuesta en un muestrario junto a otros labios de otros niños. Lo que distingue al Peter de ahora del Peter de antes es la tensión que muestran, su gesto permanente de succión, como si quisiera que fueran más finos, menos notorios, siempre hacia dentro. Muchas veces ha sentido que el rostro que emergió de las cortinas era el de alguien que intenta parecerse a otro alguien, y no solo por los labios: el ceño fruncido para que las cejas se arqueen en uve; la manía de morderse los carrillos, que le hace parecer más anguloso... Cuando aún se permitía pensar en la transformación sin censurarse, antes de que el tratamiento bloqueara cualquier acceso a su recuerdo de lo vivido, tendía a concluir que el Peter nuevo no era producto de una modificación celular sino de otra cosa más sutil. Habitaba el mismo cuerpo, pero lo habitaba a disgusto, con añoranza de otros rasgos. Entonces, cuando ha visto la fotografía, milagrosamente incólume en el interior de un baúl apolillado en el que anidaban lombrices, ha sabido que su intuición siempre fue correcta y que acababa de encontrar el modelo original.

Así que no es lo que le ha dicho a Erica. No es que ese niño atrapado en un daguerrotipo del siglo XIX sea su propio hijo, sino que su hijo vive en una contorsión perpetua para parecerse a ese niño que aún no saben quién es. Suena irreal, siniestro, incomprensible, pero ningún psiquiatra volverá a convencerla de que es fruto de su imaginación, no ahora que tiene pruebas fotográficas. Se siente lúcida como nunca, o lúcida como antes, como antes de los fármacos. De hecho, mientras revisaba las fotografías y se maravillaba ante su habilidad para distinguir y memorizar cada detalle, ha tenido un instante de pánico. ¿Habré olvidado tomar mis pastillas? Pero ha revisado los blísteres y faltaban todas las que tenían que faltar. Sigue bajo los efectos del antipsicótico, y pese a todo piensa. Con fluidez. Con audacia. El cinematógrafo se ha desatascado y, por fin, los fotogramas se transforman en imágenes en movimiento. Por fin va a llegar al fondo de este asunto. Se lo debe a sí misma y se lo debe, sobre todo, a Peter, que es la verdadera víctima de esta cosa que no tiene nombre. ¿Cómo va a ser un niño normal si acaso lleva meses sintiendo que su rostro no se corresponde con su rostro? ¿Cuántas otras cosas, ella incluida, le parecerán dislocadas o deformes? Va a esclarecer el origen de lo que les ha pasado, resolviendo esta extrañeza que se erige entre su hijo y ella como una barrera física que impide el cariño. No importa que su determinación le cueste el encierro, aunque, si puede ahorrárselo, tanto mejor. Así que lo primero es recobrar la prudencia. Ahuyentar las dudas de Erica. Aparentar. Ser una loca buena, de las que no molestan ni preocupan. Las indagaciones pertinentes las llevará a cabo por su cuenta.

—Oye, lo he pensado mejor y quiero ir a casa. Es verdad que es la hora de la siesta y tengo que acostar a Peter. Se me ha ido el santo al cielo. No sabía que era tan tarde.

La reacción de su hermana no es la prevista. Su rostro denota alivio, pero también cierta tristeza, como si estuviera decepcionada por algo.

—Vaya, bueno, como tú quieras. Pero no sé si el niño volverá a dormirse. Está tan contento...

Erica tiene razón. Peter no para de correr de un extremo a otro de la calzada. Va en busca de amapolas y, cuando encuentra una de su gusto, la arranca y se la regala a Lis, que tiene las manos llenas de pétalos sedosos y húmedos como tabaco mascado. Su hijo la está queriendo de una forma insólita, con todo el cuerpo. En sus idas y venidas, no pierde oportunidad de rozarla. Ahora el tobillo, ahora la punta de los dedos en los que deposita una nueva flor. Está así, pletórico y generoso, desde que ha entrado en la casa abandonada, y tiene sentido, porque quizás sea *su casa*, un lugar de retorno. Lis le hace una carantoña y enseguida finge preocupación por el sol que quema, porque no le han puesto protección solar y estas son las peores horas del verano. Acaba de entender que, para su hermana, el mayor indicio de un brote es que desatienda a su hijo, que se muestre capaz de pensar en algo que no sea él, así que se viste el disfraz de madre que no es más que madre como si fuera un salvavidas, aunque lo cierto es que su tiempo a solas con el baúl, el tacto rugoso de las fotografías antiguas, le ha traído a la memoria su cuarto de revelado y, con él, la época en la que disponía de una oscuridad propia, de un tiempo propio. De pronto lo extraña. De pronto ya no entiende, no recuerda, cómo pudo prescindir de todo aquello con semejante docilidad, casi diría que con entusiasmo, como si desmantelar su espacio creativo para llenarlo de enseres infantiles fuera un rito de iniciación, una fiesta de quince, y no una renuncia salvaje. Porque una cosa es prescindir de un trabajo alimenticio, y otra, de una vocación.

Cuando comenzó los tratamientos de fertilidad, se apartó de los rodajes. Demasiadas horas de pie, demasiadas semanas fuera de casa, lejos de Jaime, a quien había que mimar como si el organismo asediado por las hormonas sintéticas fuera el suyo. Pero, para compensar, retomó la fotografía artística, los proyectos personales a los que no había vuelto desde su carrera en Bellas Artes, y aquello tuvo sentido. Comenzó a trabajar en una serie de macrofotografías de cuadros medievales, detalles escondidos en lienzos y policromías de temática religiosa que impugnaban el espíritu sacro que los imbuía: pequeños diablillos con el pene erecto, una planta alucinógena bajo el pie de una virgen... Subversiones camufladas, ocultas a plena vista, que luego transformaba en una suerte de calcomanías azul prusia a través de la técnica de la cianotipia. Todo muy chic, muy gamberro, muy tatuable. Tanto que un galerista, al que había ayudado con una muestra sobre carteles de cine clásico, mostró interés por las piezas. Quería visitar su estudio, seguir el proceso, planificar una posible exposición. Pero una de las primeras cosas que hizo Lis tras confirmar el resultado positivo de su test de embarazo fue cancelar aquel encuentro. Cancelar aquel encuentro y abandonar poco después sus aspiraciones artísticas fue una decisión pareja a la de atiborrarse a pasteles, pizzas de salami y todo tipo de productos hipercalóricos que siempre se había prohibido. Un abandono liberador. Ya no necesitaba ser guapa ni famosa porque estaba a punto de embarcarse en un proyecto que la realizaría por completo, y qué alivio dejar de ser ella misma, dejar de ser el centro de su propia vida y habitarse desde los márgenes, desde ese nuevo cuerpo que pronto se escindiría de ellos. Ahora entiende que fue cobarde. Tenía tanto miedo al fracaso que utilizó a Peter como excusa para no atreverse, y lo ha utilizado como excusa para casi todo. Incluso para enfermar. Porque no estuvo loca por ver lo que vio, pero sí por lo que vino antes de aquello y por todo lo que vendría después. Lo asfixió hasta el punto en que el niño recordó haber sido otro niño, hijo de otra madre, huésped de otra casa, y ahora ya no es fruto de sí misma. Vuelve a ser una artista sin obra.

—Oye, Lis, nunca me has contado exactamente qué pasó. En navidad. Ya me entiendes.

Pensaba que Erica la seguía desde su propia distancia de rescate, pero de pronto ha aparecido detrás de su hombro con una pregunta inesperada. Con una pregunta en la que preferiría no enfangarse por el bien de su estrategia, para seguir siendo invisible, pero que no puede ignorar sin más, sin que ese silencio resulte sospechoso. Lo cierto es que fingir cordura ante aquellos que dudan de ella es extenuante. Su hermana debería haberle hecho esta pregunta hace mucho tiempo y, sin embargo, Lis también debe fingir que llega en el momento idóneo.

—Fue una depresión posparto. Son habituales. De pronto sientes rechazo hacia el niño, no lo reconoces como tuyo...

—¿Pero qué pasó? ¿Qué pasó en la casa?

—Me asusté. Creí ver algo que no era.

—O sea, ¿como un fantasma?

—Algo así.

Erica sigue caminando a su lado en silencio y ella se inventa que Peter corre un peligro inminente sobre la báscula de camiones en la que se ha montado. Huye, o lo intenta al menos, pero su hermana la sigue como una hermana pequeña, insidiosa, insistente. Le pone una mano en el hombro y le dice:

—Quiero que sepas que yo también lo noto. Hay algo extraño en la casa. Es una de esas casas en las que pueden pasar cosas.

Lis se contiene. No es tonta y sabe lo que está intentando Erica. Llevarla a su terreno. Hacerle sentir que está de su lado para sonsacarle lo que luego utilizará en su contra. Esquiva la trampa. Coge a Peter en brazos y se humedece los dedos para limpiarle un manchurrón de barro que le cruza la mejilla izquierda. Lo utiliza como escudo. Pero su hermana persiste.

—El tema es que... Creo que estas cosas que vemos o que percibimos y que no entendemos del todo se tienen que quedar donde se quedan los sueños. Suceden y luego se olvidan, para que podamos seguir con nuestra vida. ¿Me entiendes?

A Lis se le está agotando la paciencia y el niño, como siempre, lo percibe y lo explota. Reacciona al malestar de su madre asestándole una bofetada sonora, dolorosa, que le llena los ojos de lágrimas porque esta es la respuesta natural ante una agresión gratuita, provenga de quien provenga. Se acabó el alto el fuego. Peter vuelve a ser un fardo incontenible, un saco lleno de gatos enzarzados, uñas que se le clavan por doquier. Lo abraza como una camisa de fuerza, conteniéndole los brazos, y, mientras patalea y chilla y dice «suelta, tú no, tú no puedes», emprende a zancadas enormes el camino de vuelta a casa. Varias vecinas se asoman al rellano para contemplar el espectáculo, pero Lis no se inquieta. Lo bueno del pueblo es que aquí todos saben que el niño es suyo. Aquí nadie la va a mirar como lo hacían en la ciudad, con suspicacia, porque un rechazo tan salvaje hace pensar en ladrones, en las que merodean los hospitales de maternidad y los parques infantiles al acecho de un niño ajeno con el que llenar su vacío de mujer vacía. Aquí puede ser dura porque se le reconoce esa prerrogativa. Ante las lugareñas podría, incluso, hacer lo impensable: responder a la agresión del niño con un azote o un guantazo. Se lo aplaudirían porque están en contra de los modales blandos, o eso presupone. Pero Erica sigue al acecho y no puede perder el temple. Se limita a sostener su abrazo de contención, y entonces le fallan las fuerzas. Sus manos comienzan a agarrotarse como lo hicieran esta mañana. Pierden tono, se desconectan de los nervios que reciben la orden de aplacar al niño y, frente a la verja, Peter se le escurre como una lagartija. Sale corriendo sin control de sus extremidades, arrítmico, hacia el jardín, y lo hace a través del porche de baldosas sueltas y peligros de pueblo, el cubo con los aperos, las tijeras de podar que alguien ha dejado abiertas de par en par junto a la tapia. En el límite entre lo asfaltado y el césped, por culpa del desnivel, tropieza y vuela y se estrella contra los rosales decorativos que crecen en las lindes. Lis cierra los ojos. No quiere mirar. Le aterra la sangre de su hijo como jamás le ha sucedido con la propia. La última vez que Peter se hizo un corte y tuvo que curárselo, vomitó. Deja que sean otras quienes lo socorran. Escucha esos chillidos que son distintos de los de antes, de dolor y no de rabia, y luego la voz de Nora y también la de Olivia, Olivia al rescate, y siente un alivio inmenso. Es verdad lo que dicen, que siempre hay que tener un médico en la familia. También que hacen falta muchas manos para criar a un solo hijo, y hoy lo hacemos todo solas. Por primera vez, se alegra de estar aquí, en esta casa, porque se alegra de que estén sus primas, de que haya más mujeres con las que compartir el susto.

—¿Qué ha pasado?

Erica, recién llegada, la obliga a abrir los ojos.

—Trae Betadine, por favor —dice Lis, y, en cuanto su hermana desaparece en el interior de la casa, ella se dirige hacia sus primas.

El niño está en brazos de Nora, con la cabeza hundida en su pecho para no ver cómo le arrancan las espinas que se le han quedado clavadas.

—Peter, mi amor, mi pobrecito...

—No le llames así, que no le gusta —sentencia Olivia con un timbre de voz que le resulta extraño. Más ronco, más viejo. Recuerda ligeramente al de la abuela.

—¿Cómo dices?

Lis se pone a la defensiva porque piensa que esto es cosa de su hermana, de su costumbre de llamarlo Pito en lugar de Peter. Piensa que su prima se refiere a eso, pero se equivoca.

—No le gusta que le llames Peter porque su verdadero nombre es Sebastián. ¿Verdad que sí, pequeño?

El niño se gira hacia ellas y contiene el llanto para responder.

—Sebas —dice, y vuelve a refugiarse en Nora, que escucha la conversación con un gesto divertido, como si no la sorprendiera. Lis, en cambio, está tan impactada que necesita verificar que el césped sigue siendo verde y la corteza del sauce, rugosa. Sin demasiada reflexión, creyendo que ya todo es posible, grita:

—¿Y tú quién eres?

—¿Yo? ¿Cómo que quién soy yo? ¡Pues Olivia! ¿Quién voy a ser?

Nora se carcajea, como si su hermana acabara de decir la cosa más graciosa del mundo y, de pronto, Lis entiende que todo es una broma, una broma pésima que le han gastado para reírse de su psicosis. Ha sido culpa de su marido. Jaime las habrá llamado y les habrá hecho comprender por qué es tan grave que alguien como ella no responda al teléfono durante unas horas, explayándose en cada detalle morboso: los gritos que daba aquella noche de camino al hospital; lo que los psiquiatras dicen que dijo y lo que dijo ella misma durante días; su llanto de duelo cuando se reencontró con Peter, que ya no era su Peter, a la salida del internamiento; lo que hizo con el biombo del salón y las cortinas de las habitaciones la primera vez que la dejaron sola en casa y las preguntas que le dirigía al niño cuando pensaba que nadie la oía, ¿eres tú?, ¿eres tú realmente?, hasta que la amenazaron con quitarle la custodia y entonces empezó a comportarse. Por eso dijeron: los fármacos están funcionando. Lo que siempre funciona es el chantaje.

De todo eso se han burlado a través de esta farsa y es tan cruel que no puede entenderlo. Pierde el equilibrio, pierde el orgullo y empieza a llorar al ritmo del llanto de Peter. Llora, buscando a su hijo, pero son las demás las que la abrazan. También Erica, con el bote de Betadine en las manos, que acaba de incorporarse a la escena y, por tanto, no la entiende. Se deja abrazar por quienes la agreden, la zanahoria después del palo, porque esto también es estar en familia, el significado de la familia, familias que duelen, familias que matan pero que no te dejan sola cuando te derrumbas.

Olivia vuelve a hablar:

—Tienes algo en el vientre. Una bola de luz de un color que no es el tuyo.

Esta vez se dirige a Erica. Por la cara de sorpresa que pone su hermana, diría que también se burlan de ella, y esto ya sí que no lo entiende.

178

V. Palabras en clave

I

Erica está sentada en la taza del váter con su copa menstrual en las manos y ni una gota de sangre en ellas. El flujo rosado de esta mañana ha resultado ser un falso aviso. No está menstruando, y es que tampoco le tocaba. Demasiado pronto. Día veintitrés desde el comienzo de su última regla. Una anomalía sin precedentes. De pronto, recuerda un concepto que manejaba Lis a todas horas cuando su obsesión era embarazarse y se pasaba el día en foros de fertilidad, chateando con otras mujeres que vivían a la espera de un primer signo, previo al test de embarazo, que les confirmara que esta vez sí: el sangrado de implantación. La herida que deja el embrión al adherirse a la parte interna del útero, el primer mordisco del huésped. Sabe que es imposible porque hace meses que no tiene sexo, menos aún del reproductivo, pero todo lo que pasa hoy parece *a priori* imposible y luego se confirma, así que, por primera vez, tiene miedo. Hasta ahora había asistido a una especie de carnaval sin repercusiones, un puesto esotérico en el jardín de casa por el que su hermana, su prima y ella han desfilado disciplinadamente, de una en una, a escuchar el diagnóstico que les correspondía. Olivia pasaba consulta a la sombra del sauce llorón, tras la cortina de hojas, ella en pie y la paciente acostada sobre una tumbona de jardín, tan médico en este plano como en el siguiente, la médium en el reverso de la cardióloga, y decía cosas como esta:

—La luz de Nora es lila, pero se oscurece en los márgenes. Del cerco externo brotan hilillos negros que se mueven, coletean, y parecen renacuajos. Tengo que extirparlos porque están obstruyendo los poros e impidiendo que su energía se limpie.

Y entonces empezaba a pellizcar el aire con su precisión de cirujana y Nora sufría espasmos abdominales que eran fruto del esfuerzo de contener las carcajadas pero que, para un espectador sugestionable, daban fe de que algo se resistía a abandonar su cuerpo. Erica debería haber sido ese tipo de espectador, pero le ha costado un poco suspender su incredulidad, y ahora, sola y desnuda de cintura para abajo y, por tanto, honesta, piensa que es en parte porque se ha sentido suplantada. Cínica por envidiosa. Y es que es ella la que siempre ha creído en estas cosas y es ella, por tanto, quien debería haber protagonizado este episodio, no la ramplona de su prima. Se resiste a aceptar que Olivia tenga más de bruja que ella, más de la abuela que ella, pero lo cierto es que ha probado alucinógenos en una docena de ocasiones y jamás le han provocado algo semejante. Colores en movimiento, objetos con ojos, formas de caleidoscopio... Nada muy distinto de lo que logra ver cuando entra en trance meditando, aunque sí que ha tenido experiencias de disolución muy fuertes, la constatación, tumbada sobre el césped y en contacto con la tierra, de que su yo no acababa en los límites de su piel sino que su piel la conectaba con una maraña oculta de raíces y micelio que eran extensiones de sus propias neuronas y le permitían pensar como un árbol y como una seta y como el hongo descomponedor que transforma la muerte en sustrato, y también transmutaciones animales, convertirse en oso y en lobo y en una divinidad asociada a las pitones, pitones azul coral. Fue después de un viaje de ácido, de hecho, cuando decidió ser vegana, aunque ni siquiera fue una decisión. Sencillamente, despertó sabiendo que jamás podría volver a ingerir nada de origen animal. De pronto, guardaba el recuerdo de haber sido un animal ella también y lo habría sentido como una forma de canibalismo.

Sí, ahora que lo piensa, ha tenido su buena dosis de experiencias transpersonales, psicomágicas y extrañas, que han confirmado su creencia en vidas anteriores y en un inconsciente colectivo transespecie, pero nunca nada similar a lo que está viviendo Olivia. Lo que está viviendo Olivia es insólito y aparatoso, un reclamo de plató televisivo, y por eso Nora se lo toma a risa, Erica tiene que hacer esfuerzos para mantenerse escéptica y la pobre Lis, que ya venía impresionada de su aventura en la casa en ruinas, está atrapada en el delirio como si ella también hubiera consumido el estramonio. Desde que ha empezado el circo, se comporta como un apóstol, como miembro numerario de una secta liderada por Olivia, a la que sigue a todas partes, ofreciéndole sorbitos de agua de la cantimplora de Peter, secándole el sudor de la frente y exigiendo que, cada vez que habla, las demás guarden silencio. También ha encendido una discusión bastante fea sobre el niño, sobre la idoneidad de que él también se sometiera a la clarividencia de su tía, que es algo que ni Nora ni Erica consideraban prudente.

Nora ha dicho:

—Que no se nos olvide que no es más que nuestra Olivia de siempre bajo el efecto de las drogas. ¿Más divertida? Sí. ¿Psicótica y potencialmente peligrosa? También.

Y Lis ha reaccionado con una agresividad que no es habitual en ella:

—Claro, porque los psicóticos siempre somos peligrosos.

—No quería decir eso, Lis, perdona.

—Ya, pero lo has dicho. Al igual que decías antes que la Lavinia, la chismosa malnacida esa que se niega a castrar a su perra y todos los años arroja al río bolsas llenas de cachorros, no es que sea mala, es que está loca. Mira, hay locas hijas de puta y locas que no, como, no sé, como la gente ¿normal?

—Error mío, prima. Me lo revisaré. Te lo prometo.

—Pero, Lis —ha intentado mediar Erica—, lo que quería decir Nora es que una persona tan drogada como Olivia igual no es buena compañía para un niño.

—Pues no sé qué decirte. Yo vivo drogada precisamente para que no me quiten al niño.

Nora ha proferido una de sus carcajadas sardónicas y ha aplaudido.

—*Touché*. Nada que añadir.

La franqueza de su hermana, que suele pasar de puntillas por todo lo relacionado con su enfermedad, también la ha pillado a ella por sorpresa, que ha insistido por rutina, sin demasiada vehemencia.

—Pero es que es muy pequeño. Se va a asustar.

—No, querida. Él es el único que no está asustado. ¿No os dais cuenta?

Al final la han dejado hacer, hacer de madre, y ambos, el niño y ella, han entrado en el consultorio de la mano, serios y circunspectos y más parecidos que nunca, con los hombros caídos y ese mismo gesto en forma de uve invertida en el entrecejo, como si vibraran a la misma frecuencia. Qué día extraño, ha pensado Erica entonces, mientras Olivia les susurraba una retahíla muy rítmica, casi un rap, que ha durado diez minutos durante los cuales Peter no ha dejado de atender con la atención de un adulto o de una serpiente hipnotizada. Qué día extraño, y eso que aún no había llegado hasta aquí, hasta este retrete pequeño e incómodo, con ganas de confirmar que seguía menstruando y que, por consiguiente, nada de lo que alucina Olivia es cierto en el sentido en el que son ciertas las cosas que acontecen fuera de los sueños, es decir, literales.

Cuando ha llegado su turno, su prima le ha impuesto las manos sobre el vientre y, con esa voz que parecen dos voces simultáneas, una aguda y una grave, ha dicho:

—Erica, no estás sola y nunca más lo volverás a estar. Tu luz es rosa fucsia, muy intensa, y la de quien viaja en tu vientre aún es blanca, porque sigue estando allí donde todos son blancos, pero tendrá color, pasará por todos ellos hasta detenerse en uno que dictará el sentido de sus pasos, y será feliz e infeliz y vivirá y morirá y se reencontrará contigo para nacer de nuevo y repetirlo todo igual salvo por un detalle.

Erica ha entendido que Nora no hubiera podido reprimir la risa, no tanto por lo disparatado de la situación, que también, sino porque la presencia de Olivia, su voz distorsionada y el movimiento de sus manos en torno a esa carcasa invisible que, al parecer, las rodea a todas, concitaba una sensación de sobrecarga, un cosquilleo a la altura del pecho que invitaba a la risa como desahogo. Ella, sin embargo, no ha expulsado la tensión por la boca, sino que la ha sentido desviarse hacia su región sacra, concentrándose entre sus caderas como una fuente de calor vibrante e incómodo que pedía liberarse de otra forma. También por eso ha corrido al cuarto de baño. También por eso está aquí, para masturbarse. Pero, al empezar a hacerlo, descubre que su clítoris se ha adormecido. La excitación no se origina en su cuerpo, sino en ese exocuerpo que solo Olivia es capaz de ver, y tampoco es cuestión de pedirle a su prima que la alivie, así que tendrá que aguantarse.

Lo cierto es que hay mucho que aguantar y reprimir, no solo las ganas. El pensamiento mágico quiere hacerse con el volante, con la bicicleta de la abuela que sabe oculta en el cobertizo, entre las pacas para atizar la gloria, y pedalear hasta el pueblo antes de que cierren los comercios para comprarse un test de embarazo. Pero sabe que lo que la diferencia de Lis es que ella siempre mantiene el pensamiento mágico a raya. No lo niega, como Nora y como Olivia (aunque quién sabe qué hará Olivia después de lo que está viviendo), pero se asegura de que ocupe un lugar restringido, un espacio amurallado del que solo ella decide cuándo y cómo sale. Es algo que aprendió de la abuela, que compaginaba sin interferencias las sesiones de espiritismo y las de regateo en el mercado de los lunes, las infusiones de ruda y los Sintrom, el misticismo y las tijeras de podar. Cuando alguien como el marido de Lis se intentaba burlar de ella —«me han dicho que te hiperventilas para hablar con los muertos»— no tenía problema en adecuarse a las exigencias materialistas de su interlocutor —«son técnicas de respiración, querido, que vienen con su poso de tradición y de mito; si no juegas, no funcionan»—. Por eso nunca la tomaron por loca. Le concedieron la excentricidad, sin camisa de fuerza ni estigmas. Ojalá estuviera viva para hacérselo entender a Lis. Y para tantas otras cosas. Se mató sin terminar de darles el cursillo de supervivencia que cada generación que está de salida imparte a la que ocupa su lugar. No a hacer fuego con pedernales, ni a orientarse en mitad del bosque a través de las estrellas, ni a despellejar perdices y liebres, como hacen los hombres con los hombres en las películas americanas, sino a camuflarse entre cazadores de brujas. Hace un rato, a la salida de la casa abandonada, se lo ha intentado explicar ella misma a Lis. Que el problema no son las cosas que ve, sino lo que hace con ellas, y el terreno que les permite conquistar. Pero no ha querido escucharla. Erica no cuenta con el don persuasivo que tenía la abuela. Se lo repetirá, en cualquier caso, tantas veces como sea necesario, hasta que el mensaje cale. Por el momento, se lo recuerda a sí misma. No confundas lo imposible con lo improbable. No te sugestiones para lo que no quieres que ocurra. Porque no lo quieres, ¿verdad?

¿O acaso sí?

A Erica se le ocurre de pronto que tal vez Olivia no haya visto una verdad, un hecho objetivo en su vientre, sino un deseo; no el futuro sino un futuro posible. La posibilidad de un bebé con sus pecas. Un niño al que educar a su gusto, saltándose los horarios y las normas; al que sacar de clase con la excusa de una visita médica y llevar de excursión a la playa, a recoger caracolas y conchas de las que tienen agujerito y se pueden engarzar en hilo de pita. Alguien con quien compartir una intimidad absoluta y perfecta, que borre el recuerdo de todas las anteriores que fracasaron. Vaya. Parece que su imaginación ha estado aquí otras veces. Conoce el terreno. Pero se olvida de sus condiciones materiales. Una mujer sola que encadena trabajos temporales en hostelería y vuelve a casa de sus padres cada vez que está en el paro no es una madre, es una hija. Ella todavía es hija. Y hermana pequeña. Y tía de Peter. Nieta ya no. Ahora, heredera. Tampoco debe olvidarse de esto; en adelante tendrá esta casa, un lugar en el que arraigar y desde el que construir una vida que podría albergar otra vida. Quizás ha venido aquí para esto, para inaugurar un nido. También se lo dijeron las cartas. Aquel dos de copas tan pertinaz con el que la recibió la baraja de la abuela y que el manual de interpretación asociaba a embarazos y proyectos creativos. Hay tantas señales que sería obtuso desoírlas. Desconoce su naturaleza exacta, no sabe si es ella quien las invoca a través de un deseo reprimido, o si es alguien, desde otro plano, quien las pone ante sus ojos para que ella las interprete, pero es innegable que están ahí.

—¿Erica? ¿Estás bien?

—¡Sí, sí! ¡Ya voy!

Se sube las bragas con prisa y deja la copa menstrual sobre el lavabo en el que también se enjuaga las manos. Al abrir la puerta, su hermana la empuja de nuevo hacia el fondo del baño y se encierra con ella. Trae a Peter en brazos, muy formal y muy serio. No ha dejado de estar así desde que Olivia lo sentó en su diván-tumbona. Ni siquiera se queja de los picotazos que le ha dejado el rosal en las piernas. Parece que está en otro sitio.

—Nora anda de los nervios porque Olivia dice que quiere visitar a todas las vecinas del pueblo para ofrecerles su don —le cuenta Lis, y las dos se ríen—. No deja de repetir: «Tenemos que abrirnos al mundo, hay que abrir la casa al mundo».

—Es una pena que no vaya a recordar nada de esto.

—¿Por qué no lo va a recordar?

—Por el tipo de droga que ha tomado. Provoca amnesia.

—Bueno, lo importante es que nosotras recordemos lo que nos ha dicho. Parece todo tan real que no me puedo creer que sea culpa de una planta... ¿Tú qué opinas?

—A ver, yo creo que sí que está intuyendo cosas. Que se le ha disparado esa capacidad que tenemos todas de prestar mucha atención a los detalles y hacer predicciones. No sé. Es típico de estas drogas. También hay gente que adquiere el don de ver la música a través de diagramas de colores y cosas así.

—Eso mismo ha dicho Nora. Pero pensaba que tú lo verías de una forma menos...

—¿Menos qué?

—Menos científica.

Lis sienta a Peter sobre la lavadora y abre la ventana del baño.

—¿Te importa si fumo?

—¿Desde cuándo fumas?

—Me lo ha dado Nora. Tengo un sabor raro en la boca que me recuerda a cuando fumaba.

—Vale. Haz lo que quieras.

Erica no deja de pensar que Peter se va a caer de la lavadora, que es peligroso que esté ahí, pero el niño sigue tranquilo y decide arriesgarse, dejarlo estar. Lo que la sorprende es que Lis no haya visto el peligro antes que ella y, más aún, que fume despreocupadamente de espaldas a él. No sabe si esto es algo bueno o malo. Le gusta ver a su hermana, la de las normas inviolables y la tensión continua, relajada y casi imprudente, pero algo le dice que esta es la típica borrachera que acaba en llanto, un pico de euforia, que nunca dura.

—Oye, ¿y a ti qué te ha dicho?

—¿Olivia? —Erica resopla—. Que estoy embarazada.

Lis se lleva la mano a la boca y reprime un grito.

—¿Estás embarazada?

—No, Lis. No estoy embarazada.

—¿Pero lo has comprobado?

—¿Comprobarlo? ¿Ahora? No, claro que no. No tengo un test de embarazo. Y ni aunque lo tuviera. Es imposible.

—Ya, eso es algo que todas hemos dicho alguna vez, y luego, susto.

Lis comienza a revolver en la cajonera de plástico donde se acumulan los enseres de baño. Descarta bastoncillos para los oídos, tubos de pasta de dientes, maquinillas de afeitar y, finalmente, encuentra lo que buscaba.

—Estaba segura de que quedaría alguno de cuando estaba con la *in vitro*. Llevaba decenas de ellos en el bolso. Qué horror.

—¿Mamá, qué es eso? —pregunta Peter.

—Es una tira reactiva. Haces pipí, y cambia de color.

—¿Yo puedo?

—No, amor, es para la tía.

Erica recibe el sobre de plástico y no sabe cómo reaccionar. Haga lo que haga será absurdo, pero lo mejor es mantener contenta a Lis, y entretenida, fuera del cerco de Olivia, que le dispara el imaginario que peor le sienta, aquel por el que la encerraron.

No sabe por qué le tiembla el pulso si sabe que no va a pasar nada.

—¿Quieres que te dejemos sola?

Querría estar sola si esto fuera en serio, pero no es más que un juego, así que los invita a quedarse. Lis le tiende la copa menstrual, limpia de sangre, y ella se vuelve a bajar las bragas para orinar en su interior. Introduce la tira reactiva hasta la marca y Lis cuenta por ella hasta diez.

—Ahora hay que esperar unos minutos. Primero se marca la raya de control y luego, ya si eso, la otra —le explica, pero lo que sucede sucede a toda prisa. La tira absorbe el líquido, se empapa de abajo arriba, como una esponja o un suceso paranormal, y aparecen dos marcas rosas, una más fuerte que la otra, ambas incuestionables. A Erica se le cae de las manos porque está temblando.

—Esto está mal.

—Hay falsos negativos, pero no falsos positivos.

Lis está pletórica y Erica no sabe si es la típica reacción de una mujer que piensa que va a ser tía o la de un creyente que acaba de encontrar pruebas de la existencia de Dios. Cae de rodillas al suelo y vomita a sus pies.

—¿Tía, estás bien?

—Tranquilo, Pito —contesta aún tosiendo, y su hermana la reprende:

—No le llames así, por favor. Ahora es Sebas.

Y entonces vomita de nuevo.

II

—Está bien, Olivia, de verdad. Si quieres salir de casa, tú misma, pero no cuentes conmigo. Yo me quedo.

Ya han pasado cinco horas desde que su hermana empezó a alucinar y Nora está exhausta. Si su viaje no acaba pronto, le preparará una infusión con los tranquilizantes de la abuela, la meterá en su cama y dormirán juntas por primera vez en años. Por lo que ha averiguado en internet, donde abundan *papers* y noticias sobre intoxicaciones con estramonio —nada sobre sus efectos mágicos, es una droga con muy mala prensa—, tiene que vigilar sus constantes vitales, ponerle el pulsioxímetro regularmente y asegurarse de que no se le adormecen los músculos que regulan el sistema respiratorio hasta que hayan transcurrido ocho horas desde la ingesta, pero esto es lo último que está dispuesta a hacer por ella. Para todo lo demás necesitaría un cuerpo de recambio, o una buena raya, y tiene que evitar las situaciones que le hagan extrañar la ayuda química, hacer lo que se pueda con lo que se tiene: un comienzo de jaqueca y los miembros entumecidos por un dolor que solo mejora con el dolor agudo, a base de puñetazos. No puede seguir a Olivia a su mundo de las maravillas, hay que decretar el cierre y, a efectos prácticos, en lo que a su hermana le incumbe, poco importa que haga o que deje de hacer, que exprima o malgaste las posibilidades de su estado alterado de conciencia porque, pase lo que pase, mañana lo habrá olvidado. Se encuentra allí donde los violadores quieren tener a sus víctimas. No en la sumisión, sino de camino a una amnesia segura. Carta blanca. Una interacción sin repercusiones. Mentiría si dijera que no ha sentido el poder que confiere estar a solas con alguien que despertará sin conciencia de su tiempo contigo. Desde el instante en el que se ha confirmado que la culpa la tenía el estramonio, las semillas que se había guardado en el bolsillo de los pantalones y que su hermana, indiscreta como siempre, ha probado para determinar qué eran, Nora ha sabido que podría hacerle cualquier cosa, decirle cualquier cosa, y salir indemne. Así que se ha hecho la pregunta: ¿qué quiero exactamente de ella? ¿Cuál es la pieza que robaría si mi hermana fuera un museo? Se le ha ocurrido hacerle daño. Derramar la infusión de valeriana hirviendo sobre su cabeza, para ver qué ocurría, es decir, qué le ocurría a ella, a Nora, cómo le hacía sentir. Pero no ha tenido arrojo. Le ha faltado una emoción violenta que animase el gesto, cualquiera de las que le suscita su hermana habitualmente, ya sea cuando le reprocha que deje los platos sin fregar, cuando ridiculiza los titulares de los medios para los que escribe o desdeña sus quejas sobre el incremento abusivo de los precios del alquiler diciendo cosas como «ya sabías que tu carrera no tenía futuro». En un día normal, con su dosis normal de anfetaminas, el recuerdo de esas anécdotas habría bastado para concitar su ira y traducirla en violencia, pero el cansancio que siente también afecta a las pasiones. Nada se desea, nada se odia, cuando el grueso de la energía se concentra en la contención de un impulso y solo en eso. Así que ha optado por algo distinto. Se ha atrevido a ser honesta.

—Diría que eso que ves, la tinta china que me sale por la nariz, es una proyección imaginaria de algo que no es imaginario. Creo que hace tiempo que lo intuyes pero que no acababas de unir los puntos, y la datura lo ha hecho por ti.

—¿Quieres decir que...?

—Que soy adicta. A cosas que se esnifan. Sobre todo al speed, pero tampoco le hago ascos a la cocaína, ni al metilfenidato, ya sabes, eso que recetan a los críos con TDAH, ni a químicos de investigación, análogos que se compran por internet como el 3-FPM o la sintacaína, aunque estos tienen la peor resaca de todas, efectos cardiacos muy desagradables, y vienen en cristales difíciles de triturar que escuecen como lejía. No, lo que más me gusta es el speed. Eso está claro. Comencé a consumirlo en contextos de fiesta, o sea, de fiesta; «contextos de fiesta» es lo que diría un psicólogo, ¿no crees? Uno de esos asesores que diseñan el plan nacional contra las drogas. Quiero decir que al principio me metía rayas los sábados por la noche, para despejarme del alcohol y seguir bebiendo y tener conversaciones muy intensas y muy elocuentes con gente a la que me quería follar, pero un día, un domingo por la mañana, me desperté con una resaca terrible y justo me llegó el encargo de una revista en la que quería entrar desde hacía tiempo porque pagaban el artículo a más de cuarenta pavos y la pieza era para ya, tenía que ponerme a escribir después de haber dormido tres horas y con el hígado atrofiado, así que me acordé de que me había sobrado un poco del pollo de aquella noche y me desayuné una raya. Me despejé y me sentí más lista que nunca. Escribí como nunca. Y así empezó todo.

Nora se ha soltado a hablar creyendo que el objetivo era asustar a Olivia, herirla de una forma sutil, más sutil que una quemadura, pero la hermana impresionable y moralista que se habría echado a temblar con una confesión de este tipo no estaba allí con ella. En realidad, Nora hablaba sola, contra una pared con rasgos y formas humanas, atenta pero inexpresiva, y le ha gustado el modo en que su voz rebotaba contra ella, el desahogo que le hacía sentir. Hay muchas cosas que nunca había dicho en voz alta, y no era consciente de lo mucho que necesitaba expulsarlas, sacarlas de sí misma en orden, sometiéndolas a algún tipo de lógica que, en este caso, era la lógica del lenguaje.

—En la fiesta de cumpleaños de Peter, en el cuarto de baño, con el pollo y el billete escondidos en la caña de la bota; en un autobús nocturno con la uña del dedo meñique; en casa de mis antiguos suegros, antes de emprender una ruta por la montaña; en la sala de espera de tu consulta; en la funeraria en la que incineraron a la abuela, y en su casa: sobre la bañera en la que se suicidó y hasta en el corral de sus gallinas cuando aún había gallinas. Para trabajar, para leer, para tejer las manoplas que os regalé las pasadas navidades...

—Parece que alardeas de ello —ha observado Olivia sin ninguna emoción, como si expusiese un dato objetivo.

—Puede ser. Pero no estoy orgullosa. Es todo lo contrario.

—Igual te enorgullece que, a pesar de todo, sigas viva.

Ha sido a partir de ahí cuando todo se ha vuelto verdaderamente extraño. Olivia le ha puesto una mano en el pecho, a la altura del corazón, y ha empezado a canturrear un mantra incomprensible y gutural con una voz que no parecía la suya. Nora se ha echado a reír y, al cabo de un rato, se ha dado cuenta de que le caían lagrimones por los pómulos; de que no estaba riendo sino llorando, y no le ha gustado sentirse así, incapaz de controlar sus respuestas emocionales. Se ha apartado de su hermana bruscamente.

—Creo que deberíamos salir a que te dé un poco el aire.

Y Olivia ha asentido. Se ha puesto en sus manos como una niña pequeña, como una hermana pequeña que escucha y obedece. Esto es un peligro, esto que te habla es el perchero, pisa por aquí, no te asustes. La ha obedecido en todo hasta ahora que se ha hecho tarde y, como los niños, siente el peso del día encima. Quiere salir a la calle, ofrecerles su visión a las vecinas del pueblo. Se queja de que las primas y ella viven encerradas en una burbuja, de que no se puede heredar una casa sin heredar también sus vínculos, y lo hace en términos pomposos y con la vista fija en un punto lejano, como si leyera de un teleprónter:

—Tenemos que abrirnos al mundo.

Hay dos Olivias, la visitante y la residente, y también hay dos Noras. Está la que piensa que sería divertido abandonar aquí a su hermana y dejarla sembrar el caos por la aldea y la que se siente obligada a cuidarla, a protegerla de las consecuencias de sí misma, porque no está siendo ella misma. Sigue teniendo el poder de lastimarla, y sigue sin ser capaz de hacerlo. No al menos a esta versión de Olivia que lo ve todo pero no sabe nada, que es cándida como un animalillo y ha depositado su confianza en ella. Solo tiene ganas de atusarle el pelo y prepararle un vaso de leche y besarla en la frente antes de dormirla. Así que intenta calmarla. Tiene experiencia con esto. Con los drogadictos que a última hora se enconan con algo absurdo, conducir hasta la provincia de al lado en busca de un motel de carretera donde sigue la fiesta, llamar por teléfono a una exnovia, regresar al restaurante donde se cenó la noche anterior para reclamar que el vino estaba picado. Hay que dialogar con ellos, sin condescendencia y sin recordarles que están así por culpa de la droga, porque eso tiende a reforzar las fijaciones.

—Me parece muy bien que quieras confraternizar con las señoras del pueblo, pero igual primero te informas de sus costumbres. A estas horas están todas cenando un trozo de queso frente a la tele, con los pies sobre las brasas y con la bata puesta. Y en bata no se reciben visitas.

—¡Pero todavía hay luz! ¡Hay que aprovechar la luz!

Justo entonces, suena un teléfono móvil y Olivia sale corriendo hacia la tumbona en la que ha dejado su bolso. A Nora no le da tiempo a intervenir. Cuando llega a su lado, su hermana ya tiene el aparato pegado a la oreja, y dice:

—Claro. Pero está cansada porque hoy ha aprendido mucho.

—¿Quién es? —pregunta Nora, y no obtiene respuesta. Intenta hacerse con el móvil para ver qué nombre aparece en la pantalla, pero su hermana es bastante más alta que ella y no lo consigue. Al otro lado de la línea se distingue una voz masculina. Un hombre monologa sin inmutarse por el silencio de Olivia, que escucha y asiente con la misma expresión neutral con la que ha escuchado antes a Nora.

—Tienes miedo —dice al fin—, y el miedo asfixia. A ti y a quienes tienes cerca. Debes depositarlo en un objeto sin dueño, en una piedra, por ejemplo. Sí, eso es. Coge un cuarzo blanco, vierte tu miedo en él, y entiérralo en algún solar remoto.

Olivia se aleja el teléfono de la oreja y mira la pantalla como si no entendiera.

—Te han colgado, ¿no?

—Eso creo.

—¿Quién era?

—El marido de Lis.

—¿Y qué quería?

—Nada. Controlarla. Voy a llamarlo yo ahora.

—Ay, joder... Ni se te ocurra. Dame eso.

—¿Por qué? ¿Qué pasa?

De pronto, la Olivia visitante parpadea en el cuerpo de su hermana como un aviso de batería baja. Lo ve ocurrir. Una exhalación profunda con la que se vienen abajo sus hombros y sus cervicales. Un vahído. Un cambio de marionetista. O casi. Cuando vuelve a erguirse, no es del todo la Olivia de siempre, pero tampoco la anterior. Está muy pálida y hace un ruido extraño con la garganta, como si quisiera tragar y no tuviera saliva. Nora se preocupa porque ha leído que esto es un efecto indeseado de la droga.

—¿Estás bien?

—Estoy muy cansada. Quiero tumbarme.

Nora le rodea los hombros y la dirige hacia el caminito de baldosas que desemboca en la puerta principal de la casa. Finalmente, el viaje se aproxima a su fin, y siente alivio, fantasea con el colchón de su cama, con hundirse en sus muelles del siglo anterior, pero también recuerda lo que implica el regreso de su hermana a este plano, o lo que debería implicar, y pregunta:

—Oye, ¿aún te acuerdas de todo?

—Sí, pero ya no quiero hablar de ello.

Nora se inquieta. ¿Y si la dosis no ha sido suficiente como para provocar amnesia? ¿Y si al día siguiente recuerda todo lo que le ha contado? Se le acelera el pulso y Olivia, como si lo adivinara, le estrecha la mano con suavidad. Nora se tranquiliza al instante y se pregunta si no será cierto que su hermana ha logrado canalizar fuerzas ocultas, el poder de las curanderas que alivian dolores somáticos absorbiendo como aspiradoras la energía viciada del paciente. Por supuesto, ha sido y es escéptica en relación con lo que ha sucedido esta tarde porque conoce como nadie los delirios que pueden causar las drogas, pero también cree, basándose en su propia experiencia, que lo alucinatorio es un lenguaje en sí mismo, con sus propios valores de verdad. Toda droga fue chamánica en su origen. Todo yonqui busca lo trascendente. Y quizás lo encuentre.

Entran en la casa cogidas de la mano como hermanas sin conflicto, hermanas que se quieren, y lo cierto es que ahora mismo la quiere con una intensidad que oprime el pecho, casi tanto como cuando era pequeña y todo lo que hacía lo hacía para ganarse su aprobación. Pero daba igual que se leyera los libros más gordos de la biblioteca de la abuela o se aprendiera los nombres de los integrantes de sus grupos preferidos. Siempre estaba en medio, siempre recibía un empujón de Olivia, sobre todo para abrirse paso hacia su padre, al que se negaba a compartir. Esta es la primera vez que se siente necesitada y querida por ella, y no durará. El carruaje volverá a ser calabaza. Olivia dormirá y volverá a ser Olivia.

—Necesitamos una contraseña. Una palabra clave —dice entonces su hermana.

—¿Para qué?

—Para recordar.

Nora se queda muda porque siente que su hermana se ha colado en su cabeza, que acaba de leer sus miedos.

Olivia se explica:

—Verás, lo he entendido y resulta que no puedo ser consciente de lo que he aprendido hoy, porque eso me distraería de mi verdadero camino, pero creo que podemos archivar la experiencia como si fuera un libro de la biblioteca, para que no se pierda para siempre. Le ponemos un código, un nombre específico, y así, cuando lo oiga, podré acceder a ello.

La solución que propone Olivia, tan pragmática, es propia de la Olivia de siempre, así que hay que darse prisa. Nora empieza a buscar y descartar palabras como si fuera a resolver un crucigrama. Podría ser cualquiera, pero busca una en concreto, aún no sabe cuál. Justo en ese instante, pasan por delante del cuarto de baño de abajo y oyen un trasiego atípico en el interior. Toses y murmullos y un ruido como de palos de escoba. Nora se desliga de su hermana y avanza hacia la puerta para preguntar si está todo bien, pero Olivia la frena.

—No puedes entrar ahí dentro. No formas parte de lo que le está pasando a Erica.

Tiene razón. Sea lo que sea que esté pasando ahí dentro, no es su trama. Su lugar está con Olivia, escaleras arriba, hacia el dormitorio donde se disolverá esta tarde alucinante. Pero primero tiene que elegir la contraseña. Una palabra que no sea de uso común, que no pueda usarse de manera espontánea y que, al mismo tiempo, signifique algo para ellas.

—Ya está. Allitrot.

—¡Allitrot! ¡Nuestro grito de guerra!

Nora ha recordado una de las pocas ocasiones en las que su hermana y ella estuvieron unidas en la infancia. Dos veranos después de la muerte de su padre ya nadie les guardaba ese respeto solemne que se procura a las supervivientes de una tragedia y tampoco tenían amigos en el pueblo, así que los niños la emprendieron contra ellas, concretamente contra Olivia, a quien veían deambular con sus lecturas voluminosas bajo el brazo y su corte de pelo masculino. Olivia la tortilla. Olivia la tortilla. Canturreaban aquello cada vez que pasaban frente a la verja del jardín y Nora, que aún era muy pequeña para entender lo que significaba, había oído decir a la abuela que lo mejor que se podía hacer con los insultos era darles la vuelta, así que lo hizo de manera literal y comenzó a arrojarles piedras al grito de «Allitrot». Aquel verano lo pasaron refugiadas en el interior de un coche sin motor ni ruedas que habían abandonado en lo alto del cerro, y Allitrot era la contraseña para entrar. No habían vuelto a jugar juntas hasta ahora, porque esto es un juego, lo sabe, y la única forma de jugar bien es creyéndose las normas.

—Pues listo. Cuando digas «Allitrot», recordaré.

—¿Estás segura?

—¿De qué cosa?

Olivia bosteza y aprieta el paso hacia su habitación, pero habían acordado que dormirían en la de Nora, cuya cama es más grande.

—Olivia, ¿adónde vas?

—A mi cuarto, ¿por? Estoy cansada.

Nora no se atreve a seguirla, ni a recordarle que el plan era otro. Esperará a que ronque y, entonces, entrará en su habitación y comprobará que su saturación de oxígeno es correcta. Mejor así, porque habría sido incómodo despertar juntas siendo las de siempre. Se despiden en el hall mientras Nora se esfuerza en no llorar, pero al final lo hace, tan pronto como su hermana se gira y ella se queda sola con su escasez de todo. Malditos los receptores de dopamina. Maldito el efecto de retirada. Maldito el amor que no se nos corresponde y que entonces se nos queda trabado como esas muelas que crecen contra el resto de los dientes. Nora se tumba en la cama y programa una alarma en el móvil para revisar a Olivia cada hora y, con el teléfono entre las manos, aún recostada sobre el cabecero, pierde la conciencia.

III

Al observar a su hermana, catatónica como un ratón que se hace el muerto, al intentar entender lo que le sucede, Lis rememora su propio día D, su propio estupor. El cuarto de baño pequeño, allí donde nunca se marca historia, imbuido, de golpe, de una trascendencia absurda. La segunda raya rosa, que en su caso fue muy tenue. La incredulidad. Y luego el llanto. Qué forma de llorar por algo que deseaba tantísimo. Erica ha vomitado en vez de llorar, pero la inercia es la misma. Vaciar depósitos. Renovar el tanque. Por lo que vendrá. Por lo que vendría. Una intuición dolorosa de que nunca nada es como se publicita ni, mucho menos, como se ha imaginado. Peter nació en diciembre y no hubo paseos por el parque con el cochecito inglés. Ni ratos de lectura al sol mientras él dormía. Él nunca dormía. Por las noches despertaba cada hora a pedir teta, y la jornada comenzaba antes del alba, con sus ojos enormes y siempre abiertos reclamando estímulos, y con esa actividad frenética en el tronco bajo. Pataleos, pedaleos, flexiones. Acababa de nacer y ya estaba entrenándose para huir, para huir de Lis. Con solo dos meses, rodó de un extremo al otro de la cama y se cayó al suelo. Comenzó a arrastrarse a los cuatro y, con apenas cinco, se erguía en la cuna y chillaba golpeando los barrotes para que lo sacaran de allí. La madre de Lis torcía el gesto: lo de este niño no es normal. ¿Tomas café? Igual le estás pasando cafeína con la leche. Pero Lis no tomaba nada que no hubiera aprobado la matrona. Durante todo un año de embarazo y puerperio, siguió a rajatabla cada indicación. Dio paseos diarios, le puso música clásica al feto, hizo yoga para embarazadas y ejercicios perineales con un balón hinchable que quizás, o quizás no, ayudó a que pariese sin complicaciones y sin un solo desgarro. Tenía el mejor moisés, el mejor carrito, la mejor mochila de porteo, los mejores móviles de cuna con luces y sonidos relajantes. Pero le tocó el peor de los bebés. Así lo sentía. Envidiaba a las madres con las que se cruzaba en el parque y en el pediatra, todas con más suerte y siempre dispuestas a alardear de ello. Envidiaba a las que hacían running con el carrito, a las que podían consultar sus teléfonos móviles mientras el bebé se entretenía con juegos de construcción, a las que recibían besos y arrumacos y, sobre todo, a las que dormían ocho horas cada noche y lo habían hecho desde el parto. ¿Cómo podía compararse con ellas? ¿Cómo podía disfrutar de su hijo si estaba sometida al tipo de tortura sin marcas que empleaban en Guantánamo?

Fue entonces, durante aquel primer año de insomnio, cuando comenzó a agrietarse la membrana que sella lo que es real. Sus primeras alucinaciones las vivió de madrugada, con el niño pegado a la teta, cuando, en el espejo de la habitación, se reflejaban formas o personas que se habían escapado del sueño en el que parte de ella aún seguía. Pero nunca le hicieron dudar. Ni la asustaban. Al día siguiente, cuando recordaba lo sucedido, lo recordaba muy lejos y ni siquiera sabía si recordaba bien. Por mucho que el psiquiatra insistiera en que lo que sucedió con Peter y las cortinas de flores pertenecía al mismo rango de experiencias inducidas por el agotamiento extremo, ella supo de inmediato que aquello era distinto. De ahí el espanto. Pero también intuye que el proceso de apertura, ese cambio de percepción que le permitió ver lo que hasta entonces había permanecido oculto, lo facilitaron sus desvelos. Chillidos metálicos cada vez que entraba en fase REM. Como calambrazos a una rata de laboratorio a la que se quiere condicionar para que rechace el descanso. Llantos por la noche y también por el día, y siempre sola frente a ellos, porque se negó a destetar al niño, lo que le habría permitido delegar alguna noche en Jaime, y porque Jaime empezó a trabajar jornadas extensas como nunca. Reuniones de urgencia los sábados. Compromisos impostergables con clientes a la hora de la cena. Tan convenientes. El domingo, al fin en casa y sin excusas, Lis le ponía al niño en los brazos y él se enfrentaba a un pedazo de carne desconocido. Torpeza de artillero inexperto. Al primer llanto, se lo devolvía. Toma, tiene hambre. Toma, solo te necesita a ti, y eso significa que no hay escapatoria.

Pero volviendo al principio, y volviendo a su hermana, Lis quiere saber qué le habría gustado oír a ella entonces, en su propio retrete, en aquel instante de vértigo. Qué la habría calmado y, sobre todo, qué la habría preparado para lo que se precipitaba hacia ella. De entre todas las mentiras e imprecisiones que conformaban su ideario en torno a la maternidad, la que más dolor le acabó causando fue el mito de la similitud genética. Durante el embarazo, interrogó a sus padres y a los padres de Jaime sobre cómo habían sido ellos de bebés, y obtuvo dos posibles retratos robot, no demasiado disímiles, del hijo que les esperaba. Tanto su marido como ella habían sido lo que los cuidadores denominan «niños fáciles», una etiqueta que se adquiere a través del contraste y la comparación con algún otro hermano que no salió tan «fácil». Erica vino movida, pero tú te entretenías desmigando galletas durante horas, le dijo su madre, y Lis se quedó contenta. Se sentó a esperar a que prosiguiera la mitosis como quien carga el tóner de una impresora 3D. Esperaba una fotocopia de sí misma, con algún rasgo del padre, de acuerdo, pero predominantemente ella; una aventura espaciotemporal que le permitiría mecer en brazos a quien fue y nunca conoció. Ahora le parece ingenuo o directamente supersticioso su determinismo hereditario, pero llevaba meses compartiendo espacio con mujeres que chillaban de dolor al recibir la noticia de que jamás llegarían a ser madres genéticas de sus propios hijos. No podía ser intrascendente. No podía limitarse al color de los ojos o al historial médico-psiquiátrico de los ancestros. Pero así era. Eso era todo. Eso es todo. Un cuerpo produce otro cuerpo, pero el cuerpo no es más que un envase.

—Tienes que entender que es como si cayera un desconocido en tu vida. No eliges quién. Solo prometes cuidarlo. Sea quien sea. Tener un hijo siempre es adoptar un hijo. No saber de dónde viene. Quién fue antes.

Erica saca la cabeza del agujero que había creado entre sus muslos y sus brazos y le devuelve una mirada salvaje.

—Cállate, Lis, por Dios. Calla la puta boca.

Lis se siente aturdida, igual que cuando Peter la pega sin aviso, pero no se desalienta; se ha curtido con los golpes y, además, es posible que este sí lo mereciera. Hasta ahora, no había barajado la posibilidad de que su hermana no quisiera un bebé, es decir, al bebé en el que se convertirían este puñado de células, y esta presuposición ha sido violenta. Pero es que hace mucho que piensa que Erica ya es madre. Hay mujeres así. Que sufren la transformación que conlleva un hijo antes siquiera de tenerlo y se entregan a los bebés de otras a la desesperada, para no quedarse sin objeto. Es lo que hizo su hermana con Peter, es decir, con Sebas. Casi lo engulle, casi se lo arranca. Siempre bajo el pretexto de ayudarla cuando estaba tan débil. Lis ni siquiera podía quejarse. Solo dar gracias. Pero hay cosas que no se hacen. No se compite con una madre que se ha pasado un mes fuera de casa y no puede explicar por qué. No te anticipas en regalarle ese juguete que lleva semanas pidiendo ni le consientes lo que está prohibido para que te prefiera por encima de quien pone las normas. Eso no es ayuda. No es juego limpio. Ha deseado que Erica quisiera un bebé porque pensaba que, con un hijo propio, dejaría de saquearla, pero las cosas ya no están donde las dejaron hace unas horas. Su hermana ya no es competencia porque ahora hay una única persona en el mundo que sabe y entiende lo que de verdad necesita su hijo, y esa persona es ella. Se acabó el partido. Lis gana. Y el ganador ha de ser generoso.

—Cariño, ¿por qué no le das un abrazo a tu tía?

El niño lleva veinte minutos quieto, despedazando unas sales de baño que han salido del mismo cajón que el test de embarazo, y esto es poco habitual, pero que no se encolerice cuando su madre le pide que abandone el juego es directamente insólito. Este es el nuevo Peter, es decir, Sebas. Es Sebas cumpliendo su mitad del trato, jurando solemnemente, como lo hizo bajo el sauce llorón, que dejará de castigar a su madre como lo había hecho hasta ahora. Lis lo deposita en el suelo y él solito se dirige con los brazos extendidos hacia Erica, que lo estrecha de forma mecánica y se lo quita de encima con prisas. Y entonces vuelve el nombre. El problema del vocativo.

—Perdona, Pito, pero es que estoy un poco mareada.

Lis quiere callarse y evitar el lodazal, pero el niño la mira de una forma que no admite concesiones. Le exige que cumpla su palabra como él lo está haciendo, y tiene que obedecer.

—Por favor, Erica, llámale Sebas.

—¿Pero qué mierda es esta, Lis? ¿Te das cuenta de que te comportas como una loca? ¿De que todo el mundo va a pensar que te has vuelto loca otra vez?

Erica se incorpora de golpe y arroja la tira reactiva a la basura. Se dispone a abandonar el cuarto de baño, pero Lis la detiene.

—Es lo que quiere tu sobrino. Pregúntaselo. Venga, hazlo.

—¡Es un niño! Un día quiere meter las manos en agua hirviendo y al otro atiborrarse a chocolate, y para eso están los adultos, para decir que no.

—¡Vaya! Esto sí que es sorprendente. Tú hablando de educar. La que lo atiborra a chocolatinas en cuanto me doy la vuelta.

—Yo no soy su madre, Lis. Y no quiero ser la madre de nadie.

Vuelven al punto de partida, al nudo de Erica, y Lis no sabe cómo abordarlo. Le da miedo preguntar. ¿Cómo ha pasado esto? ¿Hay un padre? ¿Qué significa exactamente la palabra «padre»? El terreno es viscoso y lo mejor sería callarse, pero siente que le debe algo, una compensación, porque esa tira reactiva que para su hermana será siempre un duelo a Lis la ha librado de sus dudas, de la imposición de un diagnóstico, de creer a los expertos antes de creer en sí misma. En uno de esos relatos fantásticos en los que la protagonista despierta y parece que todo ha sido un sueño, el test de embarazo de Erica es el souvenir que se exporta del mundo imposible y confirma la veracidad de la experiencia. Olivia tenía razón, y, si tenía razón en esto, no hay motivo para dudar de lo que les incumbe a ellos dos, a su hijo y a ella. De lo que Lis siempre supo. Que Peter no es Peter porque es Sebas. Que salió siendo otro, recordando haber sido otro, de entre las cortinas de flores.

—¿Qué quieres hacer? ¿Te llevo mañana al médico? ¿Quieres que pida cita con mi ginecóloga? Es encantadora, y muy comprensiva.

—No tengo seguro privado.

—Da igual, Erica. Yo me hago cargo.

—Me lo tengo que pensar. Pero gracias.

Erica se abre paso hacia la puerta a través de un corredor muy estrecho entre el lavabo y el cuerpo de Lis y, por un instante, se queda atrapada en el embudo. El punto de unión entre sus cuerpos, los dorsales de Lis contra la tripa de Erica, empieza a palpitar como una herida conjunta y les recuerda quiénes son la una para la otra, lo que debería ser importante.

—Oye, Lis... Tienes que prometerme una cosa.

—Qué.

—No puedes ir por ahí con lo de que Peter no se llama Peter. Por favor. Es peligroso. Podrían volver a separaros.

—Pero se lo he jurado. Hemos hecho un... un pacto de savia.

—¿Un qué?

Erica se ríe y, por un instante, parece que todo se ha solucionado. El niño se contagia y ríe también con ella, dando saltos sobre una baldosa que está suelta y funciona como un pequeño balancín. Lis lo coge en brazos para que forme parte de la conversación, para que suscriba sus palabras, en calidad de testigo, y empieza a describir lo que ha pasado bajo el sauce, lo que han oído y hecho a las órdenes de Olivia.

—Hemos abierto una hendidura en el tronco del sauce y nos hemos manchado los dedos con savia. Luego los hemos juntado y la resina se ha endurecido como pegamento, sellando el pacto. ¿Verdad que sí, Sebas?

—Sí. —El niño ha escenificado el gesto, juntando la yema de su dedo índice con la de su madre, y luego, con su lengua de trapo, ha repetido las palabras de su juramento. Lis le ha entendido perfectamente, pero ha hecho de traductora para su hermana:

—Yo he dicho: prometo respetar quien dices ser. Y él ha dicho: prometo perdonarte porque no sabías quién era. O, bueno, lo ha intentado.

—Entonces... ¿Ya no puedo llamarte Pito? —Erica le revuelve el remolino de pelo que se le ensortija en la coronilla y Lis nota que le tiembla el pulso.

—Ahora Sebas.

—¿Y esto por qué?

—Olivia nos ha explicado que todas fuimos alguien antes pero que, en general, lo olvidamos al nacer. Peter, es decir, Sebas, también lo había olvidado, pero, por algún motivo, lo recordó de golpe en navidades, mientras jugábamos al escondite en el piso de arriba. Y yo lo vi, vi el cambio que le produjo aquello, pero no fui capaz de entender. Pensé que me lo habían suplantado...

Erica se queda callada y Lis es consciente de que podría estar haciendo cálculos sobre si es mejor avisar a su marido o a su madre o directamente al psiquiatra, y sobre qué hacer con el niño, cómo utilizar la coyuntura para robárselo de nuevo, pero siente que no ha tenido opción, o que decir la verdad era la mejor de las opciones, al menos con su hermana. Si su hermana no la cree, no lo hará nadie. La única persona además de su hermana que podría haberla creído está muerta, y el modo en que murió la desautoriza. Frente a un tribunal encargado de determinar su buen juicio, la adhesión de una suicida a su causa le restaría puntos, porque el sentido común de nuestros tiempos dicta que los suicidas están locos. Así que solo le queda Erica. Erica la de las cartas del tarot. La del yoga y las sesiones de reiki. La de las plantas medicinales y la respiración holotrópica y los beneficios de meditar en pirámides; la que le explicó que el karma es algo que se rinde en esta vida pero proviene de la anterior, como las herencias. Lis nunca había creído en nada y ahora se pregunta si debe creérselo todo de golpe, si la confirmación de algo imposible confirma lo imposible en bruto o si todavía existe la superchería, cuán grande es el universo de posibilidades fantásticas que se abre ante ella, cuáles son sus límites.

—Entonces Sebas es el niño de la foto, ¿no? —dice por fin Erica, pero es imposible saber si su tono es conciliador o irónico, así que Lis se limita a encogerse de hombros, con miedo a posicionarse—. Pues habrá que averiguar quién fue y por qué no se va. Qué es lo que quiere.

—Entonces... ¿estás de nuestro lado?

—Joder, Lis, yo siempre estoy de vuestro lado...

Siente que su hermana está a punto de echarse a llorar y teme que, una vez que empiece el vertido, no sea capaz de controlarlo. Es otra cosa que recuerda sobre aquellos nueve meses que arrancaron en un cuarto de baño como este, que los desahogos emocionales no tenían grados intermedios entre el cero y el cien; cada vez que lloraba por algo, lo lloraba todo. El estereotipo de la embarazada hipersensible. Una excusa perfecta para no tomarse sus quejas en serio. Por mucha razón que tuviera, la perdía a través de sus reacciones; el cómo anulaba el qué. Cuando al fin lograba controlar sus lagrimales, ni ella misma se acordaba del origen de la discusión, si era que Jaime no quería acompañarla a las sesiones de preparación al parto o si es que había vuelto a salir de fiesta y la había despertado a las seis de la mañana porque no acertaba a meter la llave en la cerradura. Su marido se negaba a cambiar de ritmo, sin ninguna consideración hacia ella, que, desde el test positivo, no había tenido más remedio que convalecer, pero cada vez que intentaba explicarse llegaban la posesión histérica, el destino biológico y la luz de gas. Ahora piensa que el embarazo la entrenó para la locura. Para aceptar que, dijera lo que dijese, lo diría en balde.

Pero no se puede generalizar y todas las embarazadas no son iguales. Su hermana Erica sabe dominarse. Lo hace ahora, frente a ella, con un esfuerzo que parece deportivo y le marca las venas del cuello y las sienes. Se la imagina rugiendo por dentro como rugen en halterofilia en ese instante clave en el que ya han levantado el peso sobre los hombros y tienen que rectificar la postura. Ruge por dentro para amonestarla por fuera:

—Sí, estoy contigo, pero esto se queda aquí. No podéis ir pidiéndole a la gente que llame Sebas a Peter. No puedes ir hablando de esto, a secas. Tenéis que encontrar una fórmula distinta. Algo intermedio. No sé. ¿Un mote? ¿Tenía Sebas alguno?

La idea no es del todo mala y le derivan la pregunta al niño, que no las entiende. Lis reformula:

—¿Cómo llamaba a Sebas la mamá de Sebas?

—Pichón —pronuncia la palabra con una che sibilante, sedosa, que le da un sonido extranjero, y las dos se ríen.

—¿Te podemos llamar así nosotras? ¿Como lo hacía tu antigua mamá?

El niño asiente y Lis piensa que este es el primer día de su vida como madre en el que las cosas salen sin esfuerzo. Le prometieron que, a medida que transcurrieran los meses, la crianza sería cada vez más fácil, pero, en su experiencia, con cada hito de crecimiento brotaron nuevos problemas sin que se hubiera solventado ninguno de los anteriores. Bueno, es cierto que ahora duerme sin sobresaltos, pero esto no lo consiguió el apego sino el trauma, la separación forzosa a la que los obligó su internamiento psiquiátrico, que implicó el final definitivo de la lactancia materna. No fue un regalo sin contrapartidas. Su hijo dejó de necesitar su cuerpo y empezó a repudiarlo. Su hijo siempre la había repudiado, pero, hasta entonces, su supervivencia había dependido de ella. No hay tanta diferencia entre un bebé y un gato. Todavía no sabe en qué punto sucede el cambio, de la dependencia al amor. Cuándo mirará embelesada a su hijo, como ha visto hacer a tantas madres, y si él llegará alguna vez a amarla. Por el momento, solo han firmado un pacto de no agresión. Han jurado hacerse la vida más fácil.

—Bueno, Pichón, pues ya estaría —zanja Erica, aunque esto no parece un verdadero final para nadie. A Lis le gustaría retenerla un poco más. Tiene muchas preguntas y mucho miedo de quedarse a solas con su nuevo hijo, del silencio convulso que llega después de un día como este, pero ya se ha entrometido demasiado. Debe dejar que su hermana lidie con su propia anomalía.

—¿Vas a estar bien? ¿No quieres que hablemos de lo tuyo?

—Primero necesito entenderlo, pero gracias.

—Se despiden con un abrazo y, al estrecharla, vuelve a sentir un latido, una vibración intensa.

Lis no recuerda que hubiera un proceso mediante el cual aprendió a querer a Erica. No recuerda su llegada. La recuerda siempre ahí, como una parte del cuerpo. Solo es consciente de la disolución de ese vínculo que dieron por hecho, de lo que les ha pasado estos últimos meses. Concluye que es más fácil enamorarse de una hermana que de un hijo. Más fácil, también, dejar de querer a una hermana que a un hijo. Quizás por el esfuerzo, por la conquista. Porque nos aferramos a aquello que más trabajo nos cuesta, para no sentir que fue en balde. La metáfora de la construcción frente a la metáfora del regalo. La metáfora del sudor en la frente.

—Mami.

Los ojos del niño la interrogan. Mami, ¿por qué seguimos aquí dentro? Mami, ¿quién soy? ¿Quién eres? Apenas nos conocemos. Apenas se conocen. Si dos años y siete meses no son nada para un adulto, ¿qué pueden significar para alguien que recuerda haber vivido otras vidas? La fracción es irrisoria. Nunca tendrá tiempo para compensar el tiempo que no han tenido.

—Pichón, ¿qué te gustaba hacer con tu antigua mamá? ¿Qué es lo que más echas en falta?

El niño se queda pensando y, de repente, se arroja contra la esquina de la lavadora. Lis da un grito y el niño empieza a llorar con un desconsuelo que parece forzado. Tiene la ceja enrojecida pero no hay sangre. Aun así, coge el rollo de papel higiénico y se lo entrega.

—Cura, cura —dice, y Lis entiende. Busca Betadine en los cajones, lo sienta en sus rodillas y comienza a limpiarle su herida inexistente con movimientos lentos y cuidadosos. El niño apoya la cabeza en su pecho y cierra los ojos.

—Ahora canta —ordena, y Lis no sabe qué canción es la adecuada, con qué se arrullaba a los niños que crecieron hace un siglo en esta aldea, pero promete averiguarlo.

—Será todo como tú quieras —le dice, y el niño, ahora casi un bebé, se chupa el pulgar como nunca antes lo había hecho, y sonríe.

IV

Olivia pensaba que el viaje había terminado, que ya no habría más visiones, pero, al tumbarse en la cama y cerrar los ojos, lo único que cambia es el enfoque. La mirada se dirige hacia dentro e irrumpe una voz que reverbera en su nuca, que es familiar pero que no es su propia voz:

—*Dos, tres, tris, Olivia se va a dormir.*

—¿Abuela?

—*Dos, tres, tris, Olivia se va a dormir.*

—¡Abuela! ¿Pero cómo voy a dormir si me estoy quemando por dentro?

—*No tengas miedo. Este es tu regalo.*

Al principio es una bola de energía que se concentra en su región sacra. Da vueltas como un tornado de fuego. Una hoguera circular entre las caderas, dentro del útero, en un doble fondo que esconde el útero. Parece sexual, pero no lo es. La voz la insta a dormir, pero no está dormida.

—Por qué rebufo.

—*Te estás transformando. No te resistas.*

Olivia jadea. Como un animal. Como un lobo. Como un perro. Porque siente una tensión insoportable, una energía que la excede, y tiene que expulsarla por la boca. Pero hay más. La energía que nace en su pubis se extiende a lo largo de sus extremidades y toma el control de sus articulaciones, las distiende, las descoyunta, es doloroso pero no es insoportable. Sus brazos se alargan y las muñecas se pliegan para que el peso de su cuerpo recaiga en los carpos, sólidos y acolchados. Está a cuatro patas sobre las sábanas y, en la oscuridad, visualiza una lámina anatómica. La pata de un mamífero cuadrúpedo. No sabe cuál, pero alguno grande. Esto es ahora: un lobo, o un coyote, o un perro rabioso. Aunque por poco tiempo. La energía transformadora le sube por el cuello y llega a su rostro. Los labios se le hinchan, se adelantan, se afilan. Se vuelven hocico y siente que responden como belfos a las señales químicas que porta el aire. ¿Qué es esto? Un gato. No: un conejo. Apenas descubre un disfraz, comienza la transición hacia el siguiente. Ahora son protagonistas sus dedos, que se crispan en torno a un vacío del tamaño de una lima, como garras de ave. Visualiza un pico. Varios picos. No sabe nada de pájaros. ¿Un águila? ¿Un cóndor?

—*Nombrar no es importante.*

Debería estar volando, pero ha vuelto a la tierra. La toca con un pie. El otro se mueve a través de su pantorrilla, del tendón de Aquiles a la corva, acariciando los gemelos, una y otra vez, como en un movimiento de baile, como si fuera un flamenco. Es un interludio gracioso. Se ríe, libera tensión, pero enseguida es otra cosa. Huele a polvo. Repta. Sus manos siguen en garra de ave, pero las falanges se movilizan, se mueven a toda velocidad, como si tocara el piano. Esta es muy fácil. Esta me la sé. Soy una araña. Y después un alacrán, o un escorpión. Piernas rectas y juntas; la conciencia de un impulso venenoso; y los dedos en pinza. Se quedan así un buen rato, porque las pinzas son el punto de unión entre la tierra y el agua, la puerta hacia el mar. Un escorpión en el agua es un cangrejo. Una nécora. Un buey. La comida preferida de Olivia. El plato que nunca falta en las celebraciones importantes. Aquí en el mar comienza a transformarse en alimento y se despierta su conciencia, es decir, su culpa. Conciencia de haber sido aquello que depreda. Está empapada en lágrimas y quiere que esto pare, así que dice lo que siente que tiene que decir, lo que cree que ha aprendido:

—Lo entiendo, lo entiendo. Contengo la memoria de todo lo vivo, y todo lo vivo es sagrado. No volveré a comer animales. Seré como Erica. Lo juro. Ya puede parar. Ya lo he entendido.

—*Qué vas a entender, niña. Esto no tiene que ver contigo ni con tu culpa. No tienes que hacer nada con ello. No hagas nada.*

Con un movimiento brusco, sus brazos se abren en cruz y se comban hacia dentro. Ve una mantarraya, su estructura de cometa, nadando sobre sus ojos. Imposible saber si es ella, o si encarna a un pez que la mira desde abajo. No siente más esqueleto que el que acaba en sus dedos y, pronto, deja también de sentir los dedos. Experimenta un movimiento sin huesos, una libertad de tentáculo, de pulpo o de calamar, y la tensión articular de haber sido mamífero y ave es un recuerdo de pesadilla, algo a lo que no quiere volver. Mejor anémona y gelatina. Mejor un coral blando y quieto, fluorescente, en colmena. Piensa que ha llegado al final del recorrido y que el regalo es esta paz prehistórica y simple. Piensa que todo ha terminado, pero aún queda una parada. Levita sobre el colchón, o así lo siente, y sus manos adoptan un nuevo mudra, el saludo de *Star Trek*, la bendición de Aarón, en forma de uve. Por los dedos se le escapa toda la energía que ha animado sus transformaciones y sabe que ahora es Dios, que Dios es esto, la fuente original que anima la materia, el lugar del que todas provienen y al que todas se dirigen, el escalón jerárquico inferior a un coral, la disolución absoluta. Dura apenas un instante y, cuando aterriza, se apaga el generador de su vientre y vuelve a su estado normal, vuelve a ser ella y a estar a oscuras, con los ojos cerrados pero despierta, capaz de analizar lo vivido a través de una subjetividad propia, con los ojos y el ego de Olivia.

—Qué hago con esto. Qué se hace con esto.

—*No siempre hay que hacer algo. No todo es productivo.*

—Pero sucede por una razón. La planta que ha hecho esto existe ahí fuera, al alcance de todos, desde que el mundo es mundo. Es un nutriente más. Y necesita que lo consumamos. Está ahí para algo. Igual para ayudar a la gente a enfrentarse a la muerte. O para que entendamos que somos uno con el planeta y sus animales, y frenemos el cambio climático.

—*Para. Olivia. Ya.*

Su razonamiento se interrumpe por culpa del dolor, un golpe súbito en la coronilla que llena la oscuridad de patrones caleidoscópicos en movimiento. Estrellitas. Flores. O células dividiéndose sin parar. No son muy distintas de las que ve cuando sufre migrañas con aura, salvo porque ahora se expanden a lo largo de todo su campo visual, sin restringirse a los márgenes del ojo. El dolor también recuerda al de sus jaquecas, pero es más intenso y localizado, traza una circunferencia nítida alrededor de su cráneo, como si proviniera de una corona de espinas. Instintivamente, se lleva una mano a la cabeza para deshacerse de lo que sea que le han clavado, pero solo palpa cabellos.

—*Concéntrate en el dolor. Mira dentro.*

—Qué me está pasando.

—*Esto también es medicina. Aprende.*

—No lo soporto.

No lo soporta y se tapona la boca con un nudo de sábanas para no gritar como una parturienta, para no despertar al niño, y este recuerdo de Peter, esta deferencia, es su último recuerdo de esta vida y la bisagra que le permite despertar en la anterior, en una de ellas, porque su sobrino está ahí. Es un hombre maduro, casi un viejo, que limpia vendas manchadas de sangre junto a su lecho. La habitación es austera, sin más decoración que una serie de clavos como percheros de los que cuelgan trozos de armadura, espinilleras, una cota de malla y un caparazón metálico. El casco, con un florete manchado de barro oscuro y restos de una lanza que lo atraviesa, está en el suelo, abierto como una calavera que grita. Quiere preguntar quiénes son, dónde están, cuáles son sus nombres, pero el dolor le impide hablar y pronto comprende que el dolor es tan grande porque se está muriendo.

—Olivia.

Siente una presión en la mano derecha.

—Olivia.

Esta no es la voz de la abuela. No viene de dentro.

—Estoy aquí contigo. No tengas miedo.

Es su hermana Nora, que no está aquí con ella, pero sí con su cuerpo físico, allí donde se lo ha dejado olvidado, y su contacto la reconforta, aleja el dolor por un instante para regresar después a trepanarla. Exhala un grito que no nace en su garganta sino mucho más abajo. La sábana que mordía sale disparada de entre sus mandíbulas y, en apenas un instante, todo ha acabado. Vuelve a ser coral, a sentirse coral, sin huesos, sin cráneo, sin receptores para el dolor. Qué rápido ha sido. Se sale tan rápido como se entra. Es algo que todo el mundo debería saber.

Ahora Olivia está al volante de un coche. Sus manos son masculinas y el vehículo espacioso. Piel beis. Buenos materiales. Pero no parece moderno. ¡Tú cállate!, le grita a su hijo en el asiento de atrás y su mujer le pone una mano sobre la pierna para que se tranquilice. Su mujer es Lis. En realidad, no es ella. Apenas se parecen. Pero es ella. Lo sabe del mismo modo en que sabe que el de atrás es su propio hijo. Lo sabe como se sabe en los sueños, donde a menudo se sueña con personas conocidas que se muestran con cuerpos extraños. Pero esto no es un sueño, porque siente el traqueteo del coche sobre una carretera llena de baches, y huele a trigo y al perfume intenso de su mujer, y el dolor ha vuelto, le revienta la cabeza y le distrae del volante. Al igual que el niño. Terco. Quiere bajar la ventanilla y sacar el brazo. Le gusta sentir la fuerza del viento en dirección contraria a la del vehículo. Pero a él le aterra calcular mal las distancias y amputárselo. Vas a cobrar, mocoso, vas a cobrar. Se gira hacia su asiento y le da una colleja. Lis grita. No por esto. No puede ser por esto. Por haberle pegado. Es por otra cosa. Regresa al volante y lo ve. Tarde. Un ciervo colosal. Y es demasiado tarde. Lo embiste y el impacto lo propulsa primero hacia atrás, contra el asiento, y luego, de rebote, hacia delante, hacia la cornamenta. Oscuro. El dolor óseo. Entre los ojos. Un grito espantoso y de nuevo es libre. Tan rápido. Es muy rápido. No da ningún miedo. Ya no.

—Olivia, por favor, despierta.

Quiere volver con Nora pero sabe que aún no ha terminado. Su abuela se lo recuerda.

—*No te rindas. Ya queda poco.*

—Lo sé.

—¿Qué dices? ¿Qué es lo que sabes? —pregunta su hermana.

—Falta un recuerdo. Solo uno.

No es el peor, pero es el que más duele.

Ya está aquí.

Lo primero que hace es buscarse las manos, para reconocerse, para saber quién es ahora, o cuándo, y encuentra un dibujo, el trazo en blanco y negro de unas manos regordetas e infantiles. Mira a su alrededor y enseguida comprende. Ve a través de viñetas. Viñetas de cómic. ¿Mafalda? Sí. Está en un cómic de Mafalda, pero este no es el mundo de Mafalda, es su mundo, su pueblo, sus amigas del pueblo, el chamizo. Tiene un rotulador en las manos. Colorea una te. ¿O es una ele?

—*Esto no es importante.*

Al otro lado de la calle se oyen gritos. Un grupo de hombres como en una procesión religiosa, portando una talla, un hombre, un bulto.

—No quiero mirar.

—*Pero vas a hacerlo. Ya lo has hecho.*

—Por favor, abuela...

—¿Estás con ella? ¿Estás con la abuela? —La voz de Nora la apremia. Quiere que retransmita lo que está viendo, y Olivia decide hacer el esfuerzo. Intentarlo, al menos.

—No. Ella no está aquí. Tampoco tú. Eres muy pequeña para ir a las fiestas. Estoy sola. Cruzo la calle sola, sin mirar hacia los lados por si vienen coches, y pienso que mamá me va a chillar, que me va a regañar por esto, me va a pegar con la mano abierta y me va a dejar las mejillas como quemadas por el sol y entonces diré que me he quemado con el sol aunque yo siempre me echo crema por mucho que esté asquerosa y además me la dejo secar, no como tú, que te la quitas con escupitajos y luego hueles a aliento de perro y encima a ti mamá no te pega.

—Claro que me pegaba. Pero no lo hacía delante de ti.

—Me va a pegar por hacer esto, pero necesito saber qué pasa, porque esos señores son amigos de papá y papá no está. Voy corriendo hasta ellos. Les llego a las rodillas. A la cintura. Intento colarme entre sus piernas y al final lo consigo. Estoy dentro del cerco. Y entonces le veo. Tiene la cara como caída hacia un lado. Como si se le hubiera derretido la mitad de la cara. Papá, papá.

—Olivia, tranquila, solo es un recuerdo. Estoy contigo. Estoy aquí contigo.

—*Avanza. Avanza un poco más.*

Olivia no puede seguir narrando lo que ve porque la atragantan las lágrimas, pero la acción, la viñeta, no se detiene. Su padre está suspendido sobre ella y ella quiere aterrizarlo, abrazarse a sus rodillas para abrazarse después a su pecho, pero tiene los brazos tan cortos que solo alcanza a asirle el pantalón. Tira de la pernera hacia abajo, tanto que lo des-

226

nuda. Bajo la tela opaca de tinta china asoman unos calzones a lápiz, holgados, blancos, de otra época, y, con una vergüenza que la paraliza más que el miedo, ve cómo se escapa de ellos un pene dibujado con malicia, con humor de viñeta cómica. Flojo. Distendido. Con mil arrugas. Cuelga sobre su rostro como un gusano muerto y solo quiere huir de él, evitar que la toque. Se suelta de la pernera del pantalón y cae de espaldas contra el asfalto. ¡BANG! ¡POW! LETRAS ENORMES. Y el dolor. Late unos instantes sobre su nuca, sobre la herida, y luego se disipa y propaga por toda la mitad superior del cráneo. Ve destellos. Estrellas. Que no son estrellas sino bocadillos de cómic con forma de estrella. En los márgenes del ojo. Y sabe que esta es la primera migraña de su historial de migrañas. Eso ha recordado y ya está hecho. La comitiva de hombres se aleja, con su padre a cuestas, y termina su visión. Vuelve a estar a oscuras, con los ojos cerrados, con la mano de Nora estrechando con fuerza su mano, en el cuerpo de siempre, en la vida de ahora, pero con algo distinto, por fin como debe.

—Ya he vuelto.

—Toma, bebe un poco de agua. Te he puesto el pulsioxímetro y oxigenas bien. Estás bien. No te asustes.

—*Dos, tres, tris, Olivia se va a dormir.*

—Estoy muy cansada. Necesito descansar.

—Sí, sí, ya te dejo, pero... ¿qué has dicho antes de la abuela? ¿Que estaba aquí contigo?

—La oigo en mi cabeza.

—¿Y te ha contado algo? ¿Te ha explicado por qué lo hizo?

—Solo quiere que duerma.

—*Recuerda: no hagas nada con esto. Deja que Nora se encargue.*

—Dice que tú te encargarás.

—¿Yo? ¿De qué?

—*Dos, tres, tris, Olivia se va a dormir. Veinte, cero, dos, nos decimos adiós.*

La oscuridad se vacía al fin de voces y, por un instante, le retumban los oídos, duele el silencio por una especie de añoranza, el recuerdo de no estar sola, pero no está sola, está con Nora, y ella se encargará, signifique lo que signifique. Si tuviera fuerzas, le contaría dónde ha estado, qué ha visto y qué ha entendido, porque es la única manera de que su viaje no se pierda para siempre en la amnesia que la aguarda al otro lado de los párpados, pero si la abuela insiste en que duerma es porque insiste en que olvide. La abuela sabe que Olivia es científica, que necesita entender, aplicar, replicar. Que está en ella el gen de los que atisban la magia y la tienen que reducir a algo aprehensible a toda costa, transformando sus teorías en un libro, en una secta, en una religión mayoritaria que destruye ecosistemas y civilizaciones a su paso. Si esto era un regalo, solo puede y debe dar las gracias, y eso hace:

—Gracias, gracias, gracias —dice en voz alta, y Nora, ingenua, le responde:

—No me las des. Me gusta cuidarte.

VI. El rito

I

En el hall del piso de arriba, sentada sobre el
primer peldaño de las escaleras, Erica espera a que
despierten su hermana y sus primas y, mientras espera, hace cuentas. Una y otra vez los mismos cálculos que anota en los márgenes de un libro para colo-
rear que le ha quitado a Peter, o acaso a Sebas —qué
importa, este es el menor de sus problemas ahora
mismo—. Hace años que guarda el registro de sus
menstruaciones en una aplicación para el móvil y,
gracias a ella, sabe que sus ciclos son regulares, de
entre veintisiete y veintinueve días, y que, en función de esto, ovula dos semanas después de que co-
mience cada nuevo sangrado, pero intenta delimitar
una fecha más precisa con la información que ha
obtenido en internet, en webs y foros para futuras
mamás, siquiera por sentir que, a través de diagramas y aritmética sencilla, tiene el control sobre algo.
Su cuerpo es un cuerpo y no un reloj, así que las fe-
chas son flexibles, pero tampoco lo pueden ser en
exceso. La hormona que detectan los test de embarazo no empieza a segregarse hasta que se implanta
el embrión, y esto sucede, en casi todos los casos,
ocho o diez días después de ovular, lo que significa
que, si la implantación tuvo lugar ayer mismo, con
ese sangrado rosáceo que confundió con la regla,
ovuló en torno al 25 de junio y fue fértil entre el 20
y el 27, porque un óvulo vive un máximo de dos

días desde que se desprende, pero un espermatozoide puede aguardar cinco al acecho, acorazado en un entorno hostil, amenaza latente. De manera que entre el 20 y el 27 del mes pasado, durante la semana en la que terminó su contrato en el complejo rural, sucedió algo que no se explica, algo que no recuerda.

Bebió de más esos días, lo reconoce, y se siente avergonzada por ello, pero es que eran sus últimos días en las cabañas y le tocó hacer turno de noche en el bar de la piscina, una barra al aire libre, rodeada de espinos de fuego y farolillos de luz solar, abierta en honor de los veraneantes que podían sufragar las tarifas de temporada alta y los gin-tonics con frambuesas de la huerta en la que tanto había trabajado. Hubo un huésped, un sueco que estaba haciendo el Camino de Santiago en bicicleta, que la invitó a uno de esos tragos carísimos que ella misma preparaba. Tenía una empresa de domótica. Era muy alto y rubio y de acento duro y voz suave. Le pareció atractivo y puede que fantaseara con llevárselo a su habitación, pero, si mal no recuerda, aquella fue la noche en la que reventó el depósito de agua y estuvo achicando cubos junto a su jefe hasta el amanecer. Luego se tomaron una copa de pacharán casero en su despacho y él la instruyó sobre los licores artesanales que se elaboran con las plantas de la comarca, sobre todo con el ajenjo, y Erica le dio las gracias por todo lo que había aprendido a su lado durante aquellos meses, rememorando lo torpe que era al principio con la azada, aquella ocasión en la que casi se amputa un pie, los bancales que parecían tumbas, y rieron y brindaron y luego se fueron a dormir. Eso fue todo. También recuerda a un grupo de veinteañeros alemanes con los que jugó al billar en recepción, y a unos borrachos que se cayeron a la piscina e intentaron arrastrarla con ellos cuando se prestó a ayudarlos, a por la pelirroja, a por la pelirroja, y a un señor mayor, casi un anciano, que la invitó a su cabaña para enseñarle una espada napoleónica con la que viajaba a todas partes y a quien, por supuesto, rechazó con mucho tacto, y una resaca que fue peor que las otras, pero ni siquiera sabe cuál. Una mañana, sencillamente, no se despertó. Cuando abrió los ojos, en el jardín principal al que daba su ventana ya estaban preparando las mesas para la comida, con sus arreglos florales pero sin ella, y no recordaba, no recuerda, cómo llegó a su cama ni con quién estuvo antes ni por qué nadie se preocupó de que no acudiera a su puesto de trabajo a la hora habitual. ¿Quién la cubriría? ¿Fue Gloria, la de mantenimiento? Sí, seguro que fue ella, porque no doblaba turnos esos días y era la que más temprano despertaba para conectar el sistema de riego y abrir la verja principal. ¿Quizás la vio llegar borracha, o en compañía de alguien, y por eso le hizo el favor de sustituirla sin preguntar ni decir nada? Tiene su número de teléfono. Podría localizarla. Pedirle ayuda para reconstruir aquella noche en blanco. Pero no puede. No sabe cómo. No sabría qué decirle porque no sabe qué decirse a sí misma. ¿La pregunta es «qué hice» o «qué me hicieron»? ¿Se puede ser víctima de algo que no se sabe si ocurrió?

Siente que hay una masa que prolifera entre sus costillas como un kéfir violento o uno de esos hongos que parasitan a las hormigas y las revientan desde el interior y, de repente, deja de respirar. No puede respirar y no es una licencia poética. Su garganta se ha cerrado como aquella vez que sufrió un shock anafiláctico por culpa del picante de unos chiles con forma de fresa. Nada entra y nada sale. Pide aire y su tráquea exhala el sonido de un globo al deshincharse, y luego silencio. Me voy a morir. Se va a morir, y todo ha sido tan corto, tan rápido, en tan poco tiempo que no deja nada tras ella. Se va a morir con veintisiete años y un bebé en el vientre, es decir, con un bebé que no será, que probablemente nunca habría llegado a ser pero que ahora siempre estará en duda. Su cadáver convertido en un ataúd que meterán en un ataúd más grande. Y la cremarán, porque no tiene sentido la tierra si no es para alimentarla, para fundirse en ella, y los ataúdes modernos son cápsulas de putrefacción, impiden las filtraciones, que se complete el ciclo natural de la materia. Le habría gustado un funeral celeste como los que ofician en el Tíbet, su cadáver a la intemperie, expuesto a los elementos, comida para los buitres en lo alto de la peña que lleva el nombre de su madre. Le habría gustado viajar al Tíbet, y a la India, y a Disneyland con Peter o con su propio hijo, con algún hijo propio, no necesariamente este que germina mientras todo lo demás se apaga, aunque puede que también con él, con ella, que no se sabe de dónde procede, cómo llegó a existir; criarlo en esta casa, transformada en un hogar colectivo, entre muchas manos y al ritmo lento de las estaciones; no como el grano que se elige y se cultiva sino como la planta silvestre que brota de forma espontánea entre los adoquines del porche. Cosechar. Criar. Reconvertir cimientos. Envejecer.

No es justo que se lo quiten.

No quiere marcharse.

Y lo cierto es que aquí sigue. ¿Cuándo se agota el oxígeno? ¿Cuánto falta? En esto es taxativa: si va a morirse, que sea ya, porque lo peor siempre es la espera. Aunque desde que ha dejado de hacer esfuerzos por respirar, su apnea se ha vuelto plácida. Se ha tumbado en el suelo, ha cerrado los ojos y sus músculos se han relajado como cuando está en savasana, en la postura del muerto con la que finalizan las rutinas de yoga. ¿Cómo es posible? ¿Quién se pone cómoda a esperar la asfixia? Puede que los suicidas. Puede que la abuela se sintiera así antes del apagón, mientras el agua de la bañera se coloreaba de rojo y su tensión se desplomaba y hacía balance, ella sí, de todo lo que había construido y propiciado en una vida. Pero Erica no es la abuela. Erica no quiere ni puede matar a nadie y quizás por eso, de forma paradójica, ha pensado que la única manera de acabar con su embarazo era acabando consigo misma. Mejor ir contra la casa que contra el huésped. No a la violencia, pero, si se torna indispensable, antes contra una misma. Por todas las diosas. ¿Ha sido eso? Sí, ha tenido que serlo, porque, en cuanto recibe la idea y la rechaza por absurda, vuelve a respirar. Sobrevive.

Los pensamientos que nos prohibimos son los más peligrosos. Progresan a escondidas y emergen sin verbo, somáticos, en el lenguaje de la enfermedad y el síntoma. Es lo que le ha ocurrido a Erica, que ha concebido en términos de culpa y asesinato su deseo de abortar un embrión de pocos días y de inmediato lo ha silenciado porque implicaba razonar como el enemigo, como las fundamentalistas que acosan a mujeres a las puertas de las clínicas ginecológicas. El derecho al aborto es un derecho y por tanto ni se problematiza ni se discute. Este es su ideario, y así lo ha mantenido desde que adquirió conciencia política, pero ahora su cuerpo tiene dudas, preguntas, planteamientos indebidos. ¿Cuándo es demasiado tarde? ¿Cuándo se deposita el alma en el cuerpo y cómo puede nadie estar seguro de los plazos? Jamás diría esto en voz alta, pero ha estado investigando la legislación vigente, la que existe para garantizar su acceso a esas pastillas que hoy mismo acabarían con su dilema, y todo le resulta sospechoso. Le escaman los argumentos científicos que se escudan en la viabilidad, la prohibición de abortar más allá de la semana veintidós porque es a partir de este punto cuando un feto puede progresar fuera del cuerpo de la madre; la idea de que nos ganamos el derecho a vivir a través de la autonomía; que no somos sujetos mientras somos dependientes. Le escaman también los supuestos de las leyes prohibicionistas, las excepciones que contemplan los que se proclaman provida. Que el aborto sea un crimen porque la vida es sagrada, pero que la vida deje de ser sagrada si, por ejemplo, es fruto de una violación. Cómo puede ser. Cómo se justifica algo así salvo culpando al producto, tratando al bebé como a un producto, vaya, que, al igual que sus congéneres con anomalías cromosómicas, sale defectuoso. Es un razonamiento cruel y, sin embargo, concita una suerte de consenso. En general, o en su experiencia, abortistas y antiabortistas conceden que es inhumano obligar a que exista un niño concebido por la fuerza. Quizás no debería desoírlos. Erica siempre ha confiado en la sabiduría popular, en las intuiciones compartidas. ¿El fruto de su vientre es fruto de una infamia? Suma dos más dos. No te hagas la tonta. Amnesia. Sexo sin profilácticos. ¿Cuándo has dejado que un desconocido se te corriera dentro, por las diosas? La palabra «violación» le parece muy grande, pero está claro que alguien le hizo algo que no estaba permitido. Solo le faltan los detalles. Nunca sabrá si hubo inconsciencia o forcejeos, una droga en la copa —quién sabe si la misma con la que se intoxicó ayer Olivia— o más alcohol del que tolera. Probablemente la opción más fácil. Lo que no debía hacer y aun así hizo. Tampoco ella está exenta. Conoce el mundo en el que vive. Conoce los riesgos. Es adulta. Se niega a que se la infantilice al descargarla de toda culpa, a que su culpa se descargue sobre alguien que aún ni ha nacido, el chivo expiatorio perfecto, un no-ser, un bebé.

—¿Llevas mucho tiempo despierta?

La voz de Nora la sobresalta y se seca las lágrimas y los mocos con la manga del pijama, aunque no vaya a servir de mucho.

—¡Erica! ¿Estabas llorando?

—Me estaba muriendo.

—Mira que eres dramática. A ver, qué ha pasado.

Erica se esconde en el pecho de su prima y esta se lo toma a risa, le atusa el pelo como si fuera un gato, se pensará que está jugando a dejarse mimar, pero no es eso. Es que es incapaz de mirarla a los ojos mientras le cuenta lo que le ha ocurrido. Al mismo tiempo, a pesar de la vergüenza, necesita contárselo, verbalizar los pensamientos que están prohibidos para que no vuelvan a manifestarse como un arma blanca que nace en su cuerpo y se clava en su cuerpo, para suprimir los instintos suicidas que ha descubierto que tiene. Como tenía la abuela. Como un rasgo de familia que hay que exorcizar. Así que habla. Tampoco demasiado porque es lo que tiene la amnesia, que obliga a la elipsis. Las frases le salen breves, entrecortadas, como si su historia estuviera armada con titulares de noticias que nunca llegó a leer. A medida que ella avanza, el cuerpo de Nora se tensa. Ya no le acaricia el pelo. La aprieta contra sí con una firmeza que no recuerda a un abrazo sino a una contención. Sabe que quiere decir algo. Que se está conteniendo, esperando a que Erica termine. Que tiene opiniones fuertes sobre el tema y no se va a limitar a ofrecerle consuelo. Un fastidio, su prima. Siempre tan convencida de todo.

—Tía, pero ¿te das cuenta de lo que me estás contando? ¿De lo que significa?

—Pues, bueno... Qué quieres que te diga. Supongo que sí.

—Tienes que denunciarlo.

—¿Denunciar el qué? ¿Pero me has escuchado?

—Tú misma me has dicho que alguien debió de ver algo. Deja que me encargue. Dame los números de teléfono y yo hago las llamadas. Vamos a ver si podemos aclarar qué pasó, y luego tomamos medidas. Esto no se puede quedar así.

Erica se echa a llorar de pura frustración. Cómo es posible que sea tan difícil obtener ayuda. Que esté tan vacía esa frase que nos insta a buscarla en los momentos de crisis. La gente no sabe enfrentarse al dolor de los demás, aceptarlo, acompañarlo; solo sabe dar consejos que no se han pedido, para sentir que han hecho algo más que blindarse. Asqueada, se libera del brazo de Nora y baja corriendo las escaleras, con la intención de huir lo más lejos y rápido que le sea posible.

—¡Erica! ¡Espera! ¡No quería...!

Que la jodan. No tenía en mente esta dimensión policial y ejemplarizante de su prima, pero, ahora que ha surgido, lo tiene claro. Que la jodan a ella y a sus feminismos de mierda, llenos de mujeres que hablan de explotación pero se atiborran de carne y de leche y que solo se preocupan por las víctimas que se parecen a la imagen que les devuelve el espejo. Si no huye ahora, la enredará en conceptos, politizará su relato hasta que ya no sea suyo y la obligará, además, a aceptar esa palabra que Erica no quiere para sí. Ha escapado justo a tiempo, porque sabe cuál sería el siguiente paso. 1) Señala un culpable. 2) Nombra lo que te han hecho en los términos en los que yo quiero que lo hagas. Di violación, violación, violación. Que la etiqueta te hará libre. Pero aún recuerda las discusiones que tuvo con Nora, que llevaba años sin comer carne y predicaba en calidad de experta sobre cuestiones animalistas, cuando Erica decidió hacerse vegana. La ofensa de su prima cuando Erica llamó violación al trato que merecían las vacas lecheras, inseminadas a la fuerza y privadas de sus terneros nada más nacer. En aquella ocasión, se le afeó que utilizara el término. Ahora, se le afea que no lo haga. ¿Por qué es Nora quien siempre decide cuándo está bien y cuándo no? ¿Quién se ha creído?

Escalón a escalón, réplica a réplica, Erica se enciende tanto con este asunto que casi se arrepiente de no haberse quedado a discutir, pero tiene que entender que el día de hoy no está escrito para esto. Que su misión es tomar decisiones propias, actuar en su propio nombre, y sabe que solo será capaz de hacerlo en contacto con la tierra y a través de lo que esta le regale. Si tiene que acabar con su embarazo, no lo hará en la consulta aséptica de alguna ginecóloga para niñas ricas donde todo el mundo te sonríe como si fuera tu cumpleaños, ni humillándose ante las presiones de los objetores de conciencia de la sanidad pública, porque ya ha leído sobre esto. El aborto es libre sobre el papel, pero luego, al menos en su región, cuesta encontrar hospitales donde los médicos se presten a realizarlo. La derivarán de centro en centro, de un hospital comarcal a otro de provincia, hasta que se tope con alguna ginecóloga de guardia que esté próxima a finalizar su contrato y que, por tanto, no tema represalias, y para entonces ya no serán pastillas sino un aspirador en el útero, y no habrá proceso, ni despedida, porque entrará dormida y saldrá atontada, y se la despachará con prisa y con vergüenza. Y bastante tiene con su propia vergüenza como para compartirla, como para imponérsela a nadie.

Los vínculos sagrados solo se disuelven de forma sagrada; lo sabe bien. Cuando terminó su última relación, aquella que, por un instante, pensó que la insertaría en el cuento colectivo que pasa por el altar y la maternidad planificada, se despidió con la combustión de dos coronas de laurel trenzadas en forma de ocho. Fue entonces, en esta misma casa y no en aquel bar de carretera donde se acabó el viaje que tenían previsto, donde se liberó del pacto. Es el rito y no la palabra lo que nos despide para siempre, y Erica cruza el tramo asfaltado que separa el jardín de la huerta abandonada por la abuela en busca del rito. Por supuesto, lo encuentra. Una parte de sí misma, la que olvida todo lo que habría que retener para ser una persona exitosa, sabe que crecen arbustos de ruda en un extremo de la finca, y conoce el uso de la ruda desde que empezó a interesarse por la botánica. Se la recomendó la mujer de su jefe contra el síndrome premenstrual, contra esos calambres tentativos que provocan la ansiedad de las cosas que están a punto de llegar pero no llegan, porque estimula los movimientos uterinos y puede inducir la menstruación, pero es evidente que no existe para eso. No está en la naturaleza para que las hosteleras preserven su sonrisa hospitalaria durante todos los días del mes. Se marchita y reflorece sin descanso para dar respuesta a dilemas que ya existían antes del capitalismo. Para hacer que prime el derecho a la libertad por encima del derecho a la vida. Como siempre, es una cuestión de dosis.

Mientras cosecha los mugrones más tiernos, mientras se impregna de un olor a amoniaco dulce que se quedará a vivir bajo sus uñas, recuerda lo que leyó en un libro sobre la prohibición de consumir carne. En aquella novela sobre una tribu adoradora de una seta alucinógena estaba prohibido matar animales porque solo los hongos deciden lo que vive y lo que muere. Los hongos, descomponedores de materia, revelaban que, para el correcto equilibrio de un ecosistema cerrado, es tan importante el número de organismos que se alimentan del medio como el número de cadáveres que lo alimentan. Tan nocivo un cementerio de ganado como una plaga de gatos o de conejos. Siguiendo esta lógica, piensa Erica, no es lo mismo asesinar algo que existe fuera de tu cuerpo que algo que anida en su interior. No puede ser lo mismo sangrar unos coágulos que apenas diferirán de una regla copiosa que enterrar un cuerpo en el jardín. Tiene que ver con la basura generada y este hijo futurible aún no es basura apenas. Si hay un momento para desecharlo, por tanto, es este. Ahora o nunca. En infusión o en tisana. De un solo trago y con los ojos cerrados. Para no quedarse atrapada en un trauma que ni siquiera recuerda, en un término que solo victimiza. Será como si nada hubiera sucedido, y eso es lo único que la escama. En su experiencia, no hay hueco para lo irrelevante, toda pieza es una viga, y sabe que esta decisión es y será por siempre un fantasma. Otro más en la casa. Un compañero de juegos para la abuela, para que no esté tan sola. Quién sabe. Qué más da. Ahora mismo, solo quiere quitárselo de encima.

II

—¡Erica! ¡Espera!

El grito la saca del sueño, pero Lis no sabe si ha ocurrido dentro o fuera del mismo porque lo cierto es que estaba soñando con su hermana. Eran una especie de sirenas, sumergidas sin buzo ni escafandra en el océano, y aún puede ver la melena roja de Erica en suspensión, compacta y suave como una cola de pez o como un alga, y sentir la ligereza con la que nadaban muy cerca del fondo marino. Qué placer. Qué maravilla. Anoche se durmió de puro agotamiento a la vez que Sebas, antes de las diez y sin recurrir a los químicos, y esta es la primera mañana en meses que despierta descansada y con un recuerdo amable del lugar en el que ha estado. A escasos centímetros de su piel, sin miedo de rozarla en un descuido, el niño aún ronca y, por la expresión en su rostro, diría que también está en un buen sitio. Son más de las nueve, pero no lo quiere sacar de ahí. Qué prisa tienen. Ninguna. Alarga el brazo hacia la mesilla de noche, procurando moverse lo menos posible, y, de un tirón brusco, arranca el teléfono móvil del cargador. Jaime siempre la regaña cuando hace esto. ¿Cuántos cables nuevos tendré que comprarte para que aprendas que así se rompen? Tampoco le gusta que coma junto al ordenador, porque el teclado acaba lleno de migas, ni que le preste la tablet a Peter. Es muy celoso de los aparatos electrónicos que, como siempre repite, él ha pagado, pero también desconfía del uso que hacen de ellos. No soporta, por ejemplo, que Peter vea dibujos animados en YouTube, porque los elige el algoritmo y es muy posible que encubran propaganda ideológica rusa, así que los días en que más cansada termina, cuando no le quedan fuerzas para leer cuentos hasta que el niño cierra los ojos, se acuesta a su lado a ver episodios del Bueso el Sabueso con un libro de emergencia bajo la almohada. Tan pronto se oye el sonido de la llave en la cerradura, lo sustituye por la tablet. Este es su secreto. Uno de tantos. Como esa cuenta personal que se abrió en Instagram con alias y con candado para postear fotos personales en las que a veces aparece el niño sin tener que pixelar su rostro antes. Su marido es tan inflexible que la vuelve mentirosa y, en un sentido esencial, esto ya era así antes de su crisis y antes incluso de que el niño naciera. Todo matrimonio se sustenta en la tolerancia adquirida hacia las manías y arbitrariedades del otro, o así lo cree ella. Cree que después del arrebato, después de ese periodo de suspensión del juicio que hace posible que nos embarquemos en proyectos de vida con personas que jamás aprobarían un test de compatibilidad con nosotras, llega la anagnórisis, el rostro irreconocible que emerge de entre las cortinas, y la disyuntiva de la que se sale soltera o casada. Después de haberse apeado muchas veces en esta fase, con Jaime se sintió mayor para emprender todo el proceso de nuevo. Quería ser madre pronto y le pareció que, desprovisto de toda aura, tampoco estaba tan mal. Seguía siendo atractivo, pasaba muchas horas fuera de casa, y respetaba su vocación y sus espacios privados. No sabía que, una vez que naciera el niño, lo primero sería irrelevante, lo segundo problemático y lo tercero imposible. Y nada la podía preparar para lo que ocurriría cuando su juicio se pusiera en duda.

Desbloquea el teléfono móvil y contiene la respiración. Tiene diecisiete llamadas perdidas de Jaime y seis de su madre. La más reciente la ha recibido hace pocos minutos y confirma que la obsesión persecutoria de su marido no se aplaca con el descanso nocturno. Y eso que ayer fue descuidada pero no cruel. Antes de acostarse le mandó un mensaje disculpándose por la desconexión. *Se me ha olvidado cargar el móvil. Día intenso. Ya te contaré.* Se sonríe al releer esta mentira. Ya te contaré. Como si pudiera confiarle un ápice de lo sucedido. Como si su relato no contuviera todos los elementos que le habrán quitado el sueño esta noche. Se imagina su insomnio y casi siente compasión por él. Casi. Me da miedo que le hagas daño, le dijo un día, al principio del todo, cuando acababa de salir del internamiento. Lis llevaba un rato peleándose con el niño, tratando de inmovilizarlo, porque necesitaba un cambio de pañal y se resistía a que lo desvistiese con puñetazos y patadas, con aquella rabia furiosa con la que la recibió después de su ausencia, y Jaime observaba la escena desde el umbral, sin ofrecer ni prestar ayuda, evaluando. Me da miedo que le hagas daño, dijo, pero no lo suficiente como para intervenir y alejar a Peter del supuesto peligro. Me da miedo que le hagas daño, pero se fue a Nueva Zelanda a grabar localizaciones para un corto durante un mes, cuando Lis aún no se valía por sí misma y no tuvo más remedio que ponerse en manos de su madre y de su hermana, por cuya ayuda siempre se paga un precio demasiado alto. No, Jaime nunca ha desconfiado de ella, ni de lo que pudiera hacerle al niño. Aquella frase fue una amenaza. Un aviso. Ahora puedo caracterizarte como quiera, decía. Ahora puedo quitártelo todo. Sin mover un dedo. Con una palabra. Así que compórtate. Y así lo hace. Devuelve la llamada perdida y se establece conexión al primer pitido.

—Buenos días, amor.

—¡Bueno! ¡Por fin! Pero tú, pero tú, pero... —Jaime tartamudea cuando está muy enfadado. Las palabras de arranque son como un tapón que se resiste a salir y que, cuando finalmente sale, precipita la velocidad del discurso retenido. Lis intenta aprovechar estos segundos de titubeo, aunque sabe que no servirá de nada.

—Lo siento, Jaime, de verdad, fue un despiste. No había pasado antes y no volverá a pasar, te lo prometo.

—¿Pero tú, pero tú te crees que puedes llevarte a Peter sin estar localizable? ¿Sabes lo que es eso? Es un secuestro.

—Venga, por favor, no exageres...

—¿Que exagero? ¿Que exagero mi preocupación por una mujer que hasta hace unos meses decía que a su hijo lo había suplantado un ladrón de cuerpos? —Lis nunca dijo eso, nunca habría usado esas palabras que provienen de una tradición cinematográfica que no es la suya, pero está acostumbrada a que la reescriba y la parafrasee como le viene en gana, así que se resigna—. ¿Tú te crees que yo vivo tranquilo cuando te llevas al niño por ahí?

Es el colmo que diga algo así porque este viaje era una obligación a la que habría preferido enfrentarse sola. Su regreso al lugar del pánico. Su reencuentro con las marcas de la abuela, que están por todas partes, repitiendo una y otra vez su muerte. Cuánto más fácil habría sido lidiar con ello sin la presión adicional del niño. Pero Jaime nunca puede cubrirla porque nunca tiene vacaciones. Trabaja incluso cuando no está trabajando. Los domingos por la mañana se va al despacho a contestar mails pendientes, porque cualquier cosa que haga, por pequeña que sea, requiere una concentración absoluta que no es posible si ellos están cerca.

Lis alarga la mano hacia su bolso, donde guarda su medicación, y se calla la respuesta que le gustaría, la que Jaime se merece, colocándose un tranquilizante debajo de la lengua. Los fármacos también son un bozal.

—¿Me estás escuchando?

—Ajá.

—¿Y por qué no dices nada?

—Porque estoy tomando mi medicación —balbucea sin apenas mover la lengua.

—Bueno, algo es algo. Tu madre se quedará tranquila, que ese era su mayor miedo.

—¿Cómo, que mi madre qué? —Lis engulle sin querer la pastilla que debería haber disuelto en su frenillo. Ahora tardará más tiempo en hacerle efecto. Fabuloso.

—¿Qué querías que hiciera si tenías el móvil apagado? Llamé a quien pensé que podría saber de ti. Ya otro día si eso hablamos de lo de tu prima Olivia, que no sabía yo que le diera al pimple, pero... Madre mía. Lo que nos faltaba.

—Mira, Jaime, te voy a dejar.

Lis cuelga el teléfono y lo arroja sobre la moqueta. Es intolerable. Es humillante. Si lo ha soportado estos meses ha sido porque la culpa le pedía redimirse a palos, y también por el efecto entumecedor de los fármacos, pero estos, por algún motivo, ya no la enlentecen ni la ciegan. Está despierta y lúcida y necesita recordar por qué no sale corriendo en este mismo instante. Se gira entonces hacia el niño y le acaricia la mejilla. Él parpadea un par de veces antes de abrir los ojos. La mira con detenimiento, con esa atención adulta que antes llegaba a inquietarla pero que ahora le recuerda que está ante un ser extraordinario.

—Mamá, ¿estás enfadada?

—No, mi amor. Buenos días.

—Mamá, ¿estás triste?

—¡No! —Lis se ríe y se acerca a besarlo, pero Sebas se aparta y persiste en su interrogatorio. Necesita diagnosticarla. Él también. Después de todo, le han enseñado a temer sus estados de ánimo. Las señales que podrían augurar una nueva separación forzosa.

—¿Cansada?

—Nada de eso. Estoy muy contenta y va a ser un día genial. ¿Qué te apetece que hagamos?

—Hoy Sebas quiere ir a su casita de antes. A la de las piedras.

Necesitaría contrastarlo con su hermana, que presta mucha atención a los hitos de crecimiento, pero Lis siente que, en las últimas veinticuatro horas, el niño ha trampeado el sistema gradual que rige la adquisición del lenguaje y, de un salto, se ha convertido en un hablante experto. No hace falta pedir aclaraciones sobre el lugar al que quiere ir. Ella también está impaciente por regresar a la casa abandonada. Se ve a sí misma trabajando en esa mesa de camping roñosa, bajo el foco de luz natural que se filtra por los agujeros del techo, y siente una emoción reconfortante. Le recuerda a su antiguo cuarto de revelado. A aquello que claudicó. Es una pena que no tenga aquí su cámara de fotos, porque le encantaría capturar lo que le sugieren esos interiores decaídos. Quizás la ayudarían a entender por qué siente esa casa de nadie más propia que la que fue de la abuela. Por qué le encantaría vender la que ha heredado para reformar la que no le pertenece.

—Pues habrá que vestirse. Ropa cómoda. Venga, túmbate, que te cambio.

Todo lo que antes era una lucha ahora es fácil. Peter se tumba en la cama, se baja él mismo los pantalones y levanta las piernas para ayudarla con el cambio de pañal. No hay gritos ni patadas. No hay reto. La transformación es tan grande que a Lis la atraviesa un temor de cuerda floja, de algo que no puede sostenerse ni durar. También lo experimenta con relación a sí misma. Le enseñaron que la enfermedad era un lugar de residencia, que debía recelar de los cambios bruscos, de la alegría súbita, potencialmente maniaca, y ahora, sentirse bien le dispara las alarmas. Es como si se hubiera dejado los fuegos encendidos. Late el recordatorio de que hay cosas graves que no se han resuelto, que solo están dormidas y, a poco que piense, emergen. Ahí está su marido, ahí siguen las llamadas perdidas de su madre, a la espera de que las devuelva, y ahí está la promesa que le hizo a Sebas, tan difícil de sostener frente a los otros e incompleta hasta que no averigüe quién está detrás del nombre que ha suplantado a su nombre.

—Mamá, ¿estás preocupada?

—No, hijo, pero tengo hambre. Vamos a desayunar.

Nada más salir del dormitorio, ya desde el piso de arriba les llega un olor nauseabundo y difícil de identificar. Recuerda a la fruta podrida, por las notas dulces, pero es más agrio y atraviesa el hueco de las escaleras en humaradas de vapor. Cuando llegan al piso de abajo, descubren que Erica ha rescatado el camping gas y lo ha encendido en mitad del salón con un perol gigantesco encima. Lis lo reconoce; es el que utilizaba la abuela para freír el tomate y esterilizar los tarros en los que después lo embotaba. Sumergida en la condensación, apenas un espectro pelirrojo, su hermana revuelve el contenido, del que asoman palos y hojas, con una paleta de madera. Traza círculos tan amplios que parece bailar con el fuego. Y, absorta en el proceso, no los ve llegar.

—¿Qué estás haciendo?

Lis está acostumbrada a las rarezas esotéricas de su hermana y no le inquieta en absoluto que se haya transformado en una bruja, pero la mirada que le devuelve es otra cosa. Conoce esa mirada, el brillo, la contractura asimétrica de los párpados, porque se la he encontrado en el espejo muchas veces y sabe que esconde un cortocircuito.

—Perdona, perdonad, es que se ha levantado el viento y se me apagaba el fuego ahí fuera.

—Ya, no pasa nada, pero ¿qué es eso?

Erica tarda en contestar y luego dice una palabra que no significa absolutamente nada para Lis.

—Ruda.

—Ah, muy bien, y ¿para qué?

Su hermana la mira como pidiendo auxilio y susurra:

—El niño... No puedo decírtelo con él delante.

—Vale, vale, le pongo el desayuno y vuelvo.

Lis no entiende lo que acaba de pasar y toma de pronto conciencia del modo en que han debido de verla los otros, desde fuera, durante estos últimos meses. Se pone en el lugar de su madre, que fue la primera en acudir a sus gritos cuando Peter salió transformado en Sebas, y ve a una mujer que se protege de su propio hijo arrinconándose en una esquina, que le toca el rostro y lo aparta, lo toca y lo aparta, como si su piel quemase. Mira a través de los ojos de Jaime y la descubre una mañana sacando planos cortos del niño que duerme, en mitad de un desorden de fotografías de álbum familiar, jugando al juego de las diferencias. Entiende el desconcierto. Entiende que la etiqueta ayuda a controlar el miedo: loca. Se ha vuelto loca. Tiene sentido y el sentido apacigua. Pero no entiende por qué no fueron más allá de esa primera intuición. Por qué apenas le pidieron que les explicara lo que no entendían. Nunca un ¿qué haces?, ¿te puedo ayudar?, ¿me cuentas lo que está pasando por tu cabeza? Lo mismo en el hospital, donde se internó voluntariamente con todo el muestrario de gestos de sumisión que conoce y, a pesar de ello, la enfermera descubrió que se había guardado el estuche con las tijeritas para las uñas de Peter en el bolsillo del camisón y llamó directamente a los celadores para que la ataran a la cama. Si le hubieran preguntado, les habría podido aclarar que no tenía intención de suicidarse con un set de manicura infantil, que el estuche con dibujos de jirafa fue el último objeto de su hijo en el que reparó antes de abandonar su casa y que por eso se lo llevó y se aferraba a él, pero en aquel lugar nadie tenía afición por las preguntas. No conoce profesión en la que los especialistas muestren menos interés por su objeto de estudio que la psiquiatría. Por suerte, ella no es la psiquiatra de Erica, sino su hermana.

Después de lo que ha pasado, Lis tiene prisa por dejar al niño con su potito y su cuchara, pero, de camino a la cocina, este se para frente al buró, lo inspecciona con el interés de un perito y comienza a revisar sus cajones.

—Vamos, Pichón, que hay que comer algo.

Sigue siendo terco. En esta versión amable, tampoco es fácil distraerlo de sus focos de interés absorto. Parece un animal que sigue un rastro olfativo, porque antes de encontrar lo que quiere, lo que parece que ya sabía que encontraría, descarta todo tipo de objetos absurdos: un mantel de hule con dibujos navideños, tapones para los oídos, marañas de cables de cascos baratos, desechables, de los que reparten en los autobuses; fajos de folios con impresiones de páginas web, un rosario y, finalmente, la caja de pinturas de cera. Deben de tener la edad de Erica, por lo menos, porque ella fue la última niña que pintó en esta casa antes que él, pero parecen nuevas, brillantes y hasta apetecibles.

—No, cariño, no son para comer. La comida está en la cocina. Ven conmigo.

Lis le sirve el desayuno y extiende sobre la mesa de la cocina el reverso de las impresiones que había en el cajón, como si fueran servilletas en las que también se puede pintar. Sebas comienza a hacer dibujos en círculo, garabatos concéntricos que recuerdan a tornados y remolinos, a los movimientos que realiza Erica en el puchero, y Lis lo deja absorto en su trazo, fantaseando, quizás, con que todos los viajes acaban en un regreso al punto de origen.

Mientras se aleja de él, a la altura de la puerta que comunica con el salón, Lis se topa con Olivia, sin más color en el rostro que el de sus ojeras violáceas. No había vuelto a verla desde su espectáculo de videncia, y entonces no era ella misma, así que la abraza como si se reencontraran después de un tiempo.

—Dime, ¿cómo estás? ¿Te sientes bien? ¿Recuerdas algo?

—Necesito que dejéis de preguntarme todas lo mismo.

—De acuerdo. No te molesto más, pero ¿le puedes echar un ojo al niño mientras desayuna?

Olivia se encoge de hombros y Lis regresa junto a su hermana, que está envuelta en una humareda aún mayor, encapsulada en la niebla. Atraviesa la cortina y aparece junto a ella.

—Erica, ya estoy aquí, me ibas a contar...

—La decocción está lista, pero no puedo dejar de dar vueltas, y vueltas, y más vueltas... Siento que si dejo de hacerlo me va a pasar algo horrible.

—Bueno, eso es que igual no está lista del todo, ¿no? Vayamos con calma. ¿Por qué no me dejas la cuchara y me encargo yo un rato?

Erica obedece. Le muestra un brazo que, más que temblar, convulsiona, y Lis se lo acaricia suavemente hasta que la tensión va cediendo.

—Me estabas contando que esto es ruda...

En cuanto empuña la cuchara de palo, Lis entiende que ha tomado el control, que está en una situación de poder en relación con su hermana porque ella es ahora mismo poco más que un cachorrillo aterido, y es consciente de la responsabilidad que implica, de la necesidad de medir cada gesto y cada palabra, pero se siente extrañamente confiada, segura de sí misma. Se aproxima a una bestia que ya no le da miedo. Le da miedo perder a su hijo, quedarse atrapada con Jaime de por vida para no perderlo, que la vuelvan a ingresar, que la aten y la mediquen hasta el punto de necesitar pañales... Pero esto, lo que viene antes de los correctivos, lo que nada más es miedo, ya no le da miedo. Sabe qué es lo que hay que hacer porque sabe qué es lo que le habría gustado que hicieran con ella, y, mientras se dispone a escuchar con toda su imparcialidad y su atención a Erica, se pregunta si no podría ser siempre así, que gente como ella hoy ayude a gente como ella ayer, lejos de cualquier consulta, sin transacciones económicas, en un espacio seguro. Es la primera vez que piensa en esta casa como un espacio seguro. No lo es, pero podría llegar a serlo.

III

—¿Te acuerdas de algo?

La pregunta de su hermana abre un espacio que está en negro. Qué día es hoy. Cuándo es hoy. Es de mañana, eso está claro. Acaba de despertar en la habitación que le asignaron al llegar, en la que da al gallinero, y la luz que se cuela por la celosía es incipiente. No huele a café pero hay algo al fuego. No le duele la cabeza. No le duele nada.

—¿Qué hora es?

—Son las nueve y cuarto. Has dormido diez horas.

Está claro que ha habido un salto en el tiempo, porque hace un instante era ayer, recogía los platos de la comida y los apilaba en el fregadero, y de pronto es hoy. Todo está como debería salvo por su ropa. Ha dormido con ropa de calle y los cercos de sudor de sus axilas se extienden hasta las coderas de la camisa de lino. Está hecha un asco y Nora no guarda las distancias. Debería sentirse incómoda, pero en verdad le da lo mismo. No le importa su peste, ni la cercanía de otro cuerpo, ni le duele la cabeza. Se ha deshecho de algo esta noche. Su nuca está más ligera, como si se hubiera rapado el pelo. Pero no está calva: lo ha comprobado.

—Supongo que tengo mucho que contarte... —suspira Nora, y Olivia querría estar de acuerdo con ella, querría desvivirse por saber lo que le ha

255

pasado, pero hay una barrera, un desinterés que no puede ser honesto, que tiene que significar otra cosa o existir en virtud de algo, quizás para protegerla.

—Igual me haces un resumen, que necesito urgentemente un café.

Estramonio, visiones, un bonito espectáculo de magia en el jardín. Olivia recuerda haber masticado esa semilla oscura que se encontró en los pantalones de Nora y es lo último que puede verificar. De ahí en adelante, su hermana podría estar jugando con ella a reimplantarle recuerdos que nunca acontecieron, porque todo es inaudito y nada resuena. Apenas siente un ligero interés farmacológico:

—¿Y dices que tiene atropina, como las gotas para dilatar las pupilas?

—Eso he leído. Pero tú veías bien.

—No sé yo qué decirte...

—Escucha. Hay una cosa que no te he contado. Es que me acabo de enterar y estoy un poco en shock.

A Olivia se le están clavando los salientes del cabecero y ajusta su postura, protegiéndose las lumbares con la almohada. Al desplazarla de sitio, aparece un objeto que había permanecido oculto, algo sobre lo que ha dormido toda la noche y que, por supuesto, no tiene la más mínima idea de cómo ha llegado hasta allí.

—¡Joder! ¿Y esto? ¿Sabes algo de esto?

—No, ¿qué es?

—Nada, no es nada.

Olivia coge el talonario, su talonario personal de recetas, lo último que recuerda del día de ayer, el arma del crimen, y lo esconde apresuradamente en el cajón de la mesilla de noche. Se le ha acelerado el pulso un instante pero vuelve a estar tranquila. No siente ninguna urgencia por revisar aquello que tanto llegó a obsesionarla. No siente urgencia por nada, la verdad, y, aunque este vaciamiento es agradable, como estar de vacaciones de una misma, le preocupa por el modo en que apunta a que ya no parece ella misma.

—Bueno, lo que te decía, que resulta que acertaste en lo que le dijiste a Erica. Que está embarazada. Me la he encontrado ahí fuera, hecha un lío, porque es que... En fin, es que es muy fuerte...

—Lo siento, Nora. Ahora sí que necesito un café.

Olivia aprovecha el desconcierto de su hermana y se escabulle a toda prisa. Camina descalza sobre la moqueta ennegrecida y sin ninguna clase de aprensión. De hecho, disfruta de ir descalza porque sucede algo curioso con las plantas de sus pies, un agarre nuevo, como de ventosas o tentáculos que la enraízan en lo subterráneo y hacen que su espalda esté más recta, sus cervicales más libres. Despertar de esta droga es lo contrario a despertar de las benzodiacepinas o del Zomig —las únicas sustancias psicoactivas que había probado hasta ahora, siempre con fines analgésicos, siempre contra sus migrañas—. Los fármacos le hacen pensar en una ola de calor en pleno asfalto y esto otro en lo que provoca un chapuzón de agua helada. Se pregunta si habrá estudios al respecto, aplicaciones terapéuticas para estos psicofármacos que arrojan las cunetas, pero su curiosidad no llega al punto de animarla a entrar en Google. Le interesan más sus pasos, lo agradable que es el tacto del tejido que envuelve la casa cuando se libera el miedo a la suciedad y, a medida que avanza, otros hallazgos. Al llegar al salón, por ejemplo, el césped del jardín que atisba a través de los ventanales es de un verde que parece artificial, pero no artificial como el plástico sino como un cuadro impresionista. Le hace pensar en fotogramas retocados, en una película que vio hace tiempo, no recuerda cuál, tendría que preguntárselo a Lis, que es la experta en esto, pero Lis está envuelta en una nube de vaho, cocinando algo de dimensiones colosales junto a Erica. Que se encarguen ellas de cocinar por una vez sí que parece una anomalía cósmica, y no así las tonterías que le ha contado su hermana con la emoción de una mística novata. La racionalidad de Olivia está blindada con los muros de un embalse. Un viaje psicodélico y un puñado de coincidencias no bastan para convertirla. La única teoría excéntrica, más de ciencia ficción que religiosa, que estaría dispuesta a sopesar es la de la simulación. Podría ser, después de todo, que el desarrollo tecnológico humano haya abierto la posibilidad de generar multiversos digitales tan precisos y engañosos que sus habitantes no sean capaces de distinguir sus propios píxeles, y, en dicho caso, dice la estadística que hay más posibilidades de habitar alguna de las muchas copias que la original. Esta es la única concesión que está dispuesta a hacer ante la deriva supersticiosa que parecen haber tomado el resto de sus familiares en la casa, muy al estilo de la abuela, pero sigue firme en su apuesta por la casualidad y el caos. No cree que haber predicho que Erica estaba embarazada impugne la lógica materialista. Es la predicción de tarotista estándar para una mujer en edad fértil que aún no tiene hijos. Sus dudas, si acaso, provendrían de otro sitio, no de la anécdota sino del cuerpo, de lo que sucede en él, y esto debería ser farmacológico. Aunque menudo fármaco. Sigue sin dolerle la cabeza.

Tiene muchas ganas de salir a la calle, a medir las tonalidades de esta nueva paleta de colores que se le ofrece, y visualiza insistentemente la huerta, invadida por las malas hierbas, quemada y arcillosa, con la incomodidad que le inspira una montaña de platos sucios, o, más bien, con la incomodidad que le inspiraba antes, porque, desde que ha despertado, se siente de lo más tolerante hacia el desorden que encuentra a su paso. De hecho, es como si su compulsión por la limpieza se hubiera trasladado afuera. No le molestan sus legañas ni sus cercos de sudor, los restos de hojarasca desperdigados por el suelo ni los juguetes de Peter con los que tropieza, pero le indigna que las frambuesas de la abuela estén sepultadas por los rastrojos. ¿Cómo han podido permitirlo? Por poco que sepa sobre el campo, sabe que el mes de julio no es para plantar y que tampoco es buena idea airear la tierra porque está demasiado seca para voltearla; tendría que regar durante horas para hundir la pala unos centímetros. Pero algo habrá que se pueda hacer. Arrancar los cardos, por ejemplo. Podar los setos que se desparraman en los márgenes y ya no delimitan, solo agregan desorden. Tiene claro que esto es lo que quiere para hoy. Una forma distinta de afrontar el duelo, honrar la memoria de su abuela cuidando de las cosas que le eran queridas y no ahondando en las miserias que siempre abrirán interrogantes. No olvida el talonario que ha brotado de entre sus sábanas, pero considera que está bien donde está, a salvo de su indiscreción y sus remordimientos. Se hará un café, por tanto, y se enfundará los guantes de trabajo.

Al llegar a la cocina, sucede algo que no entiende. Se cruza con Lis, que justo sale por la puerta hacia el salón, pero Lis ya estaba en el salón, acaba de verla removiendo un caldero junto a su prima, y si no era ella, entonces, ¿quién? Mira hacia atrás, rebobina sus pasos, y comprueba que Erica está sola. Ha debido de ser una distorsión óptica propiciada por la humareda que la envuelve, pero renueva esta sensación de ligera irrealidad que la acompaña.

—¡Olivia! ¿Cómo estás? ¿Recuerdas algo?

—Necesito que dejéis de preguntarme todas lo mismo.

—Perdona, perdona. ¿Me puedes vigilar un segundo al niño?

Peter está pintando en la mesa de la cocina una serie de garabatos idénticos que parecen agujeros de antimateria y que no ayudan a rebajar el tinte inquietante que se ha adueñado de la atmósfera. Por primera vez, Olivia está preocupada. ¿Y si sufre daños neurológicos por la toxina que ingirió ayer? ¿Y si la droga ha avivado una psicosis latente, de esas que al parecer son genéticas, y estos cambios perceptivos son el comienzo del brote? Mejor no pensar mucho en ello, no sea que se autosugestione. Lo más probable es que solo necesite un café, como lleva diciendo desde que ha despertado, así que enciende la cafetera y se sienta a esperar junto al niño.

—Hola, ¿qué dibujas?

—Son para la fiesta.

—Ah, ¿vas a dar una fiesta?

—Con mi mamá, bueno, con Lis.

—Qué bien. ¿Y me invitas?

Peter elige uno de los dibujos, el que está hecho en rojo y lila, y Olivia piensa que es una combinación de colores fascinante. Visualiza un campo de amapolas y lavanda, tan nítido que parece un recuerdo, pero no sabe de cuándo o de dónde proviene. Igual es el color quien recuerda y no ella. Pero qué dices. No seas absurda.

—Sí, toma. Esta es tuya. —El niño dobla el folio por la mitad, para que parezca una tarjeta, y se lo entrega.

—Muchas gracias. Es precioso. ¿Y cuándo es la fiesta?

—Por la tarde. Como tú dijiste.

El niño habla mejor de lo que recordaba, diría que mejor que cuando llegaron, por improbable que parezca, pero aún tiene la lengua de trapo, así que Olivia decide ignorar esto último que ha dicho, dando por hecho que no ha entendido bien. Esquiva su mirada, por miedo a que la conversación continúe, y se entretiene analizando el dibujo, que está hecho en el reverso de un folio con impresiones en formato web y algo que parece un índice de contenidos. Lee:

1. Importancia del tema.

2. Conceptos generales.

3. Efectos del consumo de derivados anfetamínicos durante el embarazo.

Se sobresalta. ¿Qué es esto? O mejor dicho: ¿de quién es esto? El primer nombre que le viene a la cabeza es el de Erica, como es obvio. No le sorprende que su prima, a la luz de su reciente giro argumental, se haya preocupado por lo que consumió en alguna de sus juergas y haya estado investigando al respecto —aunque debería saber que, durante las primeras semanas de gestación, el mayor riesgo que se corre es el de un aborto involuntario—, pero no tiene sentido que lo hiciera antes de saber de su embarazo, es decir, antes de ayer por la noche, y en esta casa no hay impresora. Tendría que haber ido y vuelto ya del ciberlocutorio del pueblo, haber leído y desechado ya sus copias antes de las diez de la mañana, y ¿por qué imprimir lo que podría haber leído perfecta y más discretamente en el móvil? ¿Quién imprime para leer, a estas alturas? Intuye la respuesta, pero aun así pregunta.

—Peter, nene, ¿dónde has encontrado estos papeles?

—¡Pero, tía! ¡Peter no!

—¿Peter no qué?

—Pichón.

—¿Pichón? No entiendo, cariño.

El niño se frustra a lo grande: pucheros, congestión, lágrimas propulsadas por la ira. Arroja sus ceras de colores contra Olivia y, tras el desquite, se queda tranquilo, pero convincentemente triste. Adultamente triste. Olivia no sabe qué hacer y agradece que venga Lis en su auxilio.

—¿Qué ha pasado?

—No lo sé... Le estaba preguntando de dónde ha sacado estos folios.

—Los ha encontrado en uno de los cajones del buró, junto a la cajita de pinturas. No serían importantes, ¿no? Estaban rodeados de basura.

—Espera. Ahora vuelvo.

Olivia se encamina hacia el mueble que ha mencionado Lis y, de repente, sin saber de dónde ha salido, se choca con su hermana. Hasta ahora, no había sentido que las demás la estorbasen; después de todo, les sobra el espacio. La casa está muy mal distribuida pero, con una reforma, podría convertirse en hotel, una pequeña casa rural que, con habitaciones dobles, acogería a una docena de huéspedes. Ellas solo son cuatro y, aun así, esta mañana se estorban. Confluyen en un mismo punto, como si el fuego que ha encendido Erica las convocara.

—¡Joder, Olivia! ¿Estás ciega?

No tiene ganas de contestar al grito de su hermana con otro grito, y en esto también se desconoce.

—Perdona. Voy distraída.

—¿Y se puede saber qué andas buscando ahora?

Olivia se sonríe por el énfasis con el que Nora ha marcado el «ahora», y es que comparte su hartazgo. En efecto, no ha hecho más que revolver cajones y armarios desde que llegó, siguiendo pistas que solo eran rastros, simples huellas de vida. Ya ha tenido bastante con la gincana y la novela de misterio. Ha despertado libre del dolor y, como si estuviera asociado a él, libre también de esta necesidad compulsiva por revolver y resolver. Está lista para abandonar el juego, pero, paradójicamente, la casa no deja de poner ante sus ojos todo lo que antes le ocultaba. Ahora que ya no le importa es cuando le permite entender. O así sería si la casa fuese un ente consciente, porque, por favor, Olivia, no caigas tú también en la literalidad de las metáforas. *Pero es que así lo siento, abuela, siento que estás jugando a algo conmigo y esta es la última ronda.*

—Mira, he encontrado esto —le dice a Nora, y, mientras su hermana se entretiene con el reverso del dibujo de Peter, ella saca el cajón de los goznes y vuelca su contenido en el suelo. Los folios que rescata tienen partes subrayadas con los colores de las ceras con las que está dibujando Peter. Se habla de un repunte de cardiopatías congénitas entre los hijos de las que el estudio señala como «madres de la efedrina», mujeres de clase media en la España de los sesenta que se engancharon a un fármaco anfetamínico que se recetaba para el control del peso. «Son las mismas que se harían adictas al Optalidón en los años ochenta y a las benzodiacepinas durante los dosmiles», propone el autor, «por una dependencia que jamás se trataron y que fue mutando en virtud de los vaivenes de las agencias del medicamento». A Olivia le molesta el estilo académico del texto, porque dista mucho de ser académico. ¿Dónde están las referencias? ¿De dónde se extraen las conclusiones? Es obvio que en los años sesenta nacían más niños con cardiopatías congénitas que hoy, sencillamente porque apenas había medios para realizar diagnósticos prenatales. Y, en cuanto al uso y abuso de sustancias durante el embarazo, Olivia siempre ha desconfiado de sus efectos objetivables sobre el feto. Después de todo, no se puede experimentar con embarazadas. Lo que sí se puede hacer y se hace, por eso de que es mejor prevenir que curar, es aterrorizarlas, prometerles malformaciones monstruosas si no dejan el tabaco o si se toman dos copas de vino, y culpabilizarlas, *a posteriori*, de cualquier cosa que haya salido mal. Contribuyen a ello la rumorología de las vecinas, las insinuaciones de las matronas y artículos supuestamente serios como este. ¿Dónde se publicaría esta bazofia?

Olivia, que estaba en cuclillas, cae sentada de golpe y el ruido alerta a su hermana, que acude de inmediato a su lado.

—¿Qué pasa? ¿Qué pasa?

No sabe muy bien cómo explicarle lo que exhuma este hallazgo y piensa que es mejor que llegue por sí misma a sus propias conclusiones, así que se limita a entregarle el folio que tiene los subrayados más relevantes. Nora lo ojea deprisa y asiente:

—Sí, yo ya estaba al corriente.

—¿Cómo? —Olivia siente que vuelve a ser ella misma, lo que significa que esta rabia es lo que la define, lo que la ayuda a reconocerse, y no le gusta esta idea, no le gusta ser esto—. ¿Y no pensaste que sería, no sé, generoso contármelo? ¿A mí que llevo obsesionada por entender por qué la abuela hizo lo que hizo desde el puto día en que lo hizo?

—Calma, Olivia, tía, que no me estás entendiendo. Digo que yo ya sabía que la abuela era una yonqui, joder. Me lo contó ella misma, que había pasado por todo: las anfetaminas, los barbitúricos... Hasta el jarabe para la tos que llevaba codeína. Le ayudaba a tener visiones. Lo que no sabía era esto otro. Lo de... lo de...

—¿Lo de nuestro padre? ¿Que se drogara estando embarazada?

—Lo de su culpa. Que se sintiera culpable por esto. Me pone muy triste.

Olivia se sosiega, porque ella también está triste y la tristeza es una emoción tranquila. La prefiere a la rabia. Y es consciente de que, ayer mismo, se habría enfrentado a este descubrimiento con rabia. Se habría enfadado con su abuela por haber hecho algo imprudente, algo que sabía peligroso, a pesar de que el destino de su padre no habría cambiado en absoluto. Se habría enfadado porque el enfado es su reacción automática ante todo lo que la zarandea. Pero hoy no es ayer. Durante la noche han pasado cosas que no entiende. Cosas que le ayudan a entender lo que está pasando.

—Lo peor de todo es que no tenía motivos para sentirse culpable —le dice a Nora, y descubre que está a punto de echarse a llorar—. Lo de nuestro padre era una cardiopatía genética, no congénita. Supongo que no lo entendió bien. No se lo expliqué bien.

—Los conceptos suenan bastante parecidos. Yo también me habría equivocado.

Nora le aprieta la mano y el gesto le suscita una impresión extraña, le recuerda a algo que no recuerda, ¿es esto un *déjà vu*? Cierra los ojos para controlar mejor sus nervios y sus lágrimas, y la oscuridad está llena de colores como antorchas en movimiento. Piensa con una voz que no es su voz. *Ya puedes liberarte del peso*, se dice, le dice. *Ya puedes dejar de comportarte como yo*, se dice con la voz de la abuela, le dice la abuela, y Olivia asiente con los globos oculares, asiente hacia el interior del cráneo, hacia el origen de esa voz que no es su voz pero suena cada vez más como ella misma.

IV

Primero su prima y ahora su hermana. A Nora no hacen más que abandonarla a mitad de frase, cuando está a punto de decir algo importante —cuando está a punto de decir algo, lo que sea—, y tiene ganas de volverse a dormir para despertar de nuevo y hacerlo mejor esta vez. Se tumba sobre la cama de Olivia y se tapa de arriba abajo con una sábana que aún está húmeda de sudor y huele concentradamente a ella. Cierra los ojos y busca un eco, las sensaciones de cuando estuvo aquí hace unas horas, para revivir la anomalía y recordarse que de verdad sucedió. Si Olivia no quiere escucharlo, se lo va a contar a sí misma, para fijarlo en la memoria, porque intuye que las cosas que no pueden ser se olvidan como olvidamos lo que nos sucede en sueños. El materialismo decreta una amnesia colectiva sobre aquello que no encaja en sus límites; el hipocampo trabaja por asociación y por contexto, y no se fija lo que no se parece a nada. Esa es su tesis. Aunque podría ser que lo que intenta recordar sí fuese un sueño. Después de todo, se había dormido y la despertó la alarma del móvil al cabo de una hora. Se arrastró a la habitación de Olivia como una sonámbula, profundamente narcotizada por las hormonas de la fase REM, y fue entonces cuando oyó sus gruñidos. Parecía un animal o un paritorio. En sordina, eso sí, porque se había metido la funda de la almohada en la boca, pero el efecto amortiguado solo hacía que el dolor se imaginara más profundo. Nora se llevó un susto terrible y aquello debería haberla despejado por completo, asegurando que estuviera lúcida para lo que estaba por venir, pero nunca se sabe. Pronto comprobó que Olivia estaba dormida, o en una fase intermedia, porque reaccionaba a algunas de sus palabras, no a todas, y, de vez en cuando, se dirigía a alguien que no estaba allí. Le midió las pulsaciones y la saturación de oxígeno, comprobó su temperatura, y entendió que lo que le pasaba no era fisiológico, que era un tramo distinto de su viaje, así que se limitó a acompañarla. Le dio la mano, que ardía como el suelo de la gloria, y entonces comenzó a sentirlo. Una estampida subcutánea. Bultos palpables, densos, como tumores del tamaño de una cucaracha grande, que nacían en sus muñecas y se movían a toda velocidad a través de sus brazos. No sintió que tuviera que llevarla a urgencias porque aquello no se parecía a ningún mal conocido. Se parecía a cosas que se ven en las películas de ciencia ficción. Algo estaba abandonando su cuerpo, y lo hacía un palmo por encima de la coronilla. Allí se disolvían los cuerpos extraños, y allí se llevó las manos Olivia cuando gritó con tanta fuerza que su mordaza salió por los aires. Entonces, lo jura, su cuerpo se arqueó tanto que dejó de estar en contacto con el colchón. Estaban a oscuras y podría haber visto mal, es cierto, pero buscó las piernas de su hermana, las acarició de arriba abajo, y no encontró puntos de apoyo. En la mitad superior de su cuerpo, solo sus dedos rozaban la colcha, sin tensión, sin agarre, simplemente acariciando el lugar del que se habían desprendido. Regresó de golpe al plano horizontal, como un fardo de paja que cae desde lo alto, y ya no se movía ningún bulto bajo su piel. No sabe lo que vio su hermana durante aquel episodio, pero sabe que estuvo conectado con lo que Nora percibía con sus propios sentidos. Sin haber consumido ninguna droga alucinógena, estuvo dentro de la alucinación de Olivia, y esto es extraordinario. Esto no se lo explica.

Siendo sincera, sucedieron muchas cosas a lo largo del día de ayer que no se explica, pero hasta entonces, hasta la experiencia en esta cama, había logrado mantenerse escéptica o, al menos, reírse de todo, que no está segura de si es o no es lo mismo. Después de dejar a Olivia por fin tranquila, como una durmiente cualquiera, volvió a su habitación y las cosas ya no le resultaron tan graciosas. Se acababa de producir un fallo en el sistema. Las últimas veinticuatro horas han colisionado contra todo aquello en lo que cree. Ha visto y pensado de un modo que solo se articula con el lenguaje de la religiosidad y la cháchara new age, por lo que le falla el vocabulario, le falla el marco filosófico, y, sin embargo, se niega a usar otro. Resulta que tiene convicciones que está dispuesta a blandir incluso si se corrobora que son falsas, porque lucha por un mundo que se rija por ellas, por mero pragmatismo, por compromiso con lo tangible, sin importarle su valor de verdad. Suena ridículo por trascendente, pero, durante su insomnio, no paraba de pensar en la división de cuerpo y alma. Ahora que todo es posible, ahora que Peter dice que fue Sebas en una vida anterior y su hermana fue claramente poseída por un espíritu que no era ella, parece obligatorio concederles un gol a las teologías dhármicas, pero el karma es una mierda clasista, una forma de justificar las injusticias sociales desde la burbuja de un monasterio en lo alto de un risco. Si cada quien cosecha lo que sembró en otro tiempo, para qué movilizarse en favor de los que nacieron con mala suerte, ¿no? Lo sagrado despolitiza y por eso no va con ella, a pesar de que, por primera vez, sea capaz de concebirlo. Todas las teorías que la interpelan desde que se hizo adulta y consciente parten de una crítica al dualismo platónico, de un malestar con las esencias, y ¿qué otra cosa es el alma que se reencarna si no una esencia inmutable? Inmutable como lo son las jerarquías y los sistemas de opresión para los que siempre han creído en ella. En el alma. Qué palabra cargada de connotaciones peligrosas. ¿Acaso no hay otra que dé menos miedo? Nora no quiere un alma. No quiere la promesa de una vida después de la vida. Se conforma con una que discurra dignamente, para ella y para sus congéneres. Vende su alma a cambio de condiciones materiales dignas y un tejido simbólico que no silencie a los de siempre. Este es su credo. Porque es pobre y porque es mujer, claro.

Algo habrás hecho.

¡Algo harías en una vida pasada!

Aunque nada muy grave, tranquila, que naciste blanca en el primer mundo.

En fin. Estos son los callejones por los que ha discurrido su insomnio y entonces, recién salida de la cama, sin haber conseguido dormir más de dos horas, se ha encontrado con Erica y por supuesto lo ha hecho mal. La ha interrumpido. La ha presionado. Le ha dado miedo el sesgo de su relato, que se sintiera como no debía sentirse, avergonzada y culpable, atrapada en el cepo de la cultura de la violación. ¿Cómo es posible? Tanto misterio por un lado y tanta realidad irreductible por el otro, sin que los planos dialoguen entre sí. Anoche, mientras palpaba esos bultos de materia extraterrestre que atravesaban el cuerpo de Olivia, tuvo un delirio de grandeza, pensó que si oponía sus manos conseguiría absorberlos, limpiarla de ellos, y cree que este deseo imposible de sanar por arte de magia es reflejo de la frustración con la que se enfrenta a esta vida en esta tierra. Todo está mal y no hay nada que pueda hacer para cambiarlo. Si tuviera que definir su actitud en una frase, sería esta. La lleva tatuada en algún sitio. No se sabe dónde.

La mañana avanza y se escuchan voces, pasos y el rechinar de cubiertos que provienen del piso de abajo. Están todas menos ella, pero no se siente invitada a la fiesta. Por respeto a Erica, para no agraviarla de nuevo, decide que se quedará escondida un poco más, hasta que el día arranque definitivamente y se dispersen por sí solas. Descarta dormirse de nuevo, así que se libera de la sábana y se incorpora resoplando. Al fin aire que no huele a nadie. Busca su teléfono móvil y, al verlo sobre la mesilla, recuerda esa especie de libreta que ha escondido antes Olivia. ¿Qué ha sido eso? Todo es tan raro que lo que solo es un poco raro ni siquiera se registra. Casi lo había olvidado. Abre el cajón y se topa con un talonario de recetas. Pensaba que ya no existían, por eso de la tarjeta electrónica, pero la más reciente está fechada hace seis meses. Debe de ser un privilegio de médicos, recetario personal, a la vieja usanza. Todas llevan la firma de Olivia y su número de colegiada. Son auténticas, vaya. Utilizables. Nora está atónita. He aquí el gran misterio sobre el alijo de la abuela y otro regalo del más allá, para su uso y disfrute. Anfetaminas de farmacia como las señoras de antes, como la abuela, que le confesó que, de no haber sido por ellas, no habría podido criar a sus hijos y despachar en el negocio y sostener la cabeza erguida al mismo tiempo. A ella no la mataron las drogas, no. Igual porque eran buenas. Madre mía.

Nora no había vuelto a tener ansia por consumir hasta ahora. De hecho, tiene varias llamadas perdidas de Rober y había decidido ignorarlas, porque todavía no sabe qué decirle con relación a su oferta y, sobre todo, por si acaso. Lo cierto es que no se encuentra tan mal. Lo cierto es que, por mucho que se riera de sus ademanes de cirujana del aire, cuando su hermana le manipuló eso que visualizaba en torno a ellas como una segunda piel, como un cerco de partículas de polvo en diferentes colores, sintió alivio en un lugar que no aparece en las láminas anatómicas. Y, desde entonces, está mejor. Ya no le tiembla el pulso, ha despertado sin esa presión en las sienes que ayer le impedía pensar y apenas siente los efectos típicos de una resaca menor. No teme a su cuerpo, que demuestra una resiliencia increíble, y ese es el problema. Cada vez que toca fondo, se dice que es la última, pero tan pronto emerge, siquiera un poco, recupera la confianza. La confianza para volver a tentar a la suerte. ¿Sería realmente distinto si lo hiciera con fármacos legales? ¿Está realmente segura de que la abuela no pagó un precio, después de todo? Contempla el talonario como si fuera un elemento simbólico, no se sabe si un regalo o una prueba, caído de esa dimensión que estuvo a punto de palpar a través de los ojos de Olivia. Ningún objeto es un simple objeto después de lo que ha pasado y este es particularmente inquietante. Quiere alejarse de su influjo, pero tampoco se atreve a renunciar por completo a él. Al final, decide esconderlo de su hermana, siquiera en su propio cuarto, y lo guarda al fondo del armario, entre las cajas de zapatos viejos de señora muerta que ninguna se atreve aún a inventariar. Si no logra contener su impulso, volverá por él y cumplirá una especie de fantasía política, rellenará una receta psiquiátrica sin la mediación de un psiquiatra. ¿Y luego qué? Está claro que en el pueblo no puede presentar una receta sospechosa que lleve el nombre de su hermana, pero en la ciudad sobran farmacias donde nadie la conoce y nadie tiene ganas de hacer preguntas. Los dispensarios de los aeropuertos y los centros comerciales, los que abren veinticuatro horas y emplean a trabajadores precarios que no han dormido ni dormirán hasta que finalice su contrato. Allí todo es seguro. Allí todo se entiende. Pero no, para, no quiero seguir con esto, no quiero romperme para producir mejor, quiero parar de producir, parar del todo.

Huye de la habitación para huir de sus ideas y aterriza en el hall, al pie de la escalera que aún no se atreve a bajar. Por el hueco sube un vaho que huele a especias del páramo, asciende una columna perfecta, como si sus pies estuvieran suspendidos sobre el mismísimo puchero, y se asoma entre los barrotes a comprobar su origen. La condensación es tan espesa ahí abajo que apenas se aprecian los muebles del salón, pero distingue el fuego azulado del camping gas y, por algún efecto acústico que podría tener que ver con la forma abovedada del tejado bajo el que se encuentra, también la conversación que mantienen Erica y Lis junto al fuego. Un fragmento de ella. Un corte significativo:

—... lo que pasa es que no puedo hacerlo. Lo he intentado y me tiembla el pulso. Hazlo tú, por favor, oblígame.

—Pero, Erica, yo no puedo obligarte a nada. Yo solo puedo apoyarte, hagas lo que hagas. Y sigo pensando que sería mejor esperar unos días, pedir cita con la ginecóloga, hacer las cosas bien...

—No digas «bien» cuando nada de esto está «bien», joder. Tú piensas que todo se soluciona pagando a alguien para que resuelva nuestros...

Erica se ha debido de dar cuenta de que estaba levantando la voz, de que prácticamente gritaba, porque, a partir de este punto, prosigue susurrando. Nora ya no entiende más que palabras dispersas, pero siente que ha entendido lo importante. Por mucho que hayan compartido infancia y compartan un presente similar en muchas de sus carencias. su prima no es como ella. Cuando Nora se vio en una situación similar —similar, que no idéntica: ella tampoco tenía muy claro quién podía ser el padre de aquel desastre porque había demasiados candidatos, pero al menos recordaba el sexo desastroso que había conducido a ello, al menos a ella no la habían violado—, se sintió como si hubiera contraído una enfermedad parasitaria, como aquella vez que metió los pies en un río con sanguijuelas y solo era capaz de gritar: sacádmelas, sacádmelas, con el juicio nublado por el pánico. Mientras se supo embarazada, le daba aprensión su cuerpo, como si ya no fuera del todo suyo, y solo quería que aquello acabara cuanto antes. Lo peor fueron los trámites y los obstáculos, los tres días de reflexión —¿cómo que reflexión?, ¿qué clase de reflexión que no hubiera hecho antes de entrar en la consulta se iba a dirimir en tres días?— y la regañina moralizante de la ginecóloga. Cuando terminó de limpiarse por dentro, cuando hubo sangrado hasta el último trocito de tejido incipiente, se le saltaron las lágrimas de alivio. Y no fue hace mucho. Apenas tres años. No fue el típico embarazo adolescente cuando, según se dice, aún no estás lista para procesar la experiencia. Acababa de cumplir los treinta y daba igual, porque su actitud no ha cambiado desde que hojeara aquellos primeros libros sobre sexualidad en la escuela. Los embarazos y los partos son su idea del terror psicológico. Pero Erica no es así. No es como ella. Erica tiene ese instinto que todas deberíamos tener, la sonrisa y el suspiro cuando pasa frente a un carricoche, conocimiento experto sobre las distintas fases del proceso —episiotomías, lactancia, primeros alimentos—, como si la materia fuese de interés generalista; y esa pasión por Peter que tanto indigna a su madre y que al resto les parece incómoda por excesiva, un poco desesperada. Es obvio que Erica se enfrenta a este golpe de la mala suerte —no hables así, no digas «mala suerte» cuando es violencia sistémica— desde un lugar cargado de conflicto, y seguro que la forma que adoptó la visión de Olivia no ha sido de gran ayuda. De nuevo la mierda del alma. El cerco. El anillo de luz. Todas tenían uno menos Erica, que guardaba otro en el vientre. Nada más oírlo, a Nora se le atragantó, y así se lo dijo a Olivia:

—Ah, muy bien, perfecto, ahora resulta que los embriones tienen alma desde el primer día, vale, sigamos, que aún tienes que confirmar la inmaculada concepción.

El espíritu que se había adueñado de su hermana no era capaz de descifrar la ironía —y por eso está segura de que fue un espíritu y no la propia Olivia quien predijo y dijo esas cosas—, así que su comentario pasó inadvertido, pero ahora regresa y resuena, insistente como un estribillo. Sugiere algo que no tiene que ver con entonces sino con ahora. Pero qué. Lo tiene en la punta de la lengua, casi, casi, pero se resiste. Entonces, desde el piso de abajo, a través de la columna de aire por la que también se filtran los aromas de la decocción, se vuelve a escuchar la voz de Erica, que esta vez solloza:

—Lo que pasa es que no quiero que llegue a este mundo con una historia tan fea. Imagínate cuando me pregunte por el padre.

—Pero, amor, si eso te preocupa tanto, se le puede contar una mentira piadosa. Tampoco sería tan terrible.

—Yo no podría hacer eso. No podría.

La conexión neuronal que faltaba, la pirueta que le sugería el inconsciente, se concreta de golpe. Ya sabe lo que tiene que hacer por Erica, que no es hablarle de la cultura de la violación ni obligarla a poner una denuncia, sino sugerirle algo increíble; no politizarla sino recurrir a ese imaginario absolutamente despolitizante que les legó la jornada de ayer y que permite deshacer lo que no tiene solución. Mentirle a ella para que pueda hablar con su futuro hijo sin tener que mentirle. O que nadie mienta. Que una druida confirme que el fruto de su vientre es fruto de una inmaculada concepción, y que todas se queden para siempre con la duda. Intuye que esto es lo que habría hecho la abuela, porque no es tan distinto a lo que hizo por ella cuando era niña y oía voces. La realidad es maleable; hay una interpretación posible para cada cuerpo; y es mejor cambiar la realidad que alterar los cuerpos, porque son estos los que al final enferman. Sabe que no será sencillo porque va a necesitar la ayuda de Olivia. Va a necesitar un milagro para perpetrar otro. Pero cosas más raras se han visto en esta casa.

VII. El futuro y la fiesta

I

—Así que es el cumpleaños de este niño tan guapo. ¿Cuántos haces, pequeñín?

—Tres —miente Sebas, y le muestra tres deditos a Lavinia, la vecina de la casa verde, que es la primera invitada en llegar. Miente porque su cumpleaños será en diciembre, pero, aquí en el pueblo, nadie lo sabe, y a Lis le ha parecido una buena excusa, la mejor para convocar a las oriundas, con las que nunca se han relacionado fuera de los festejos marcados por el campanario, sin que resultara demasiado sospechoso. Lavinia ha sido la primera, pero sabe que vendrán muchas otras. El niño ha ido casa por casa repartiendo invitaciones, y es difícil decirle que no a un niño. Tampoco tienen nada mejor que hacer. Vendrán las que siempre han venido, las que se decían amigas de la abuela y le regalaban escabechados de caza y cestas de fruta a cambio de que les echara las cartas sobre la mesita del porche, y las que nunca le dirigieron la palabra y le decían bruja a la salida de misa, sobre todo estas, hambrientas de chismorreo. Pero a Lis no le importa porque ella también les quiere sonsacar información. Se producirá un intercambio pacífico de datos, entre pinchos de tortilla, patatas fritas y vino dulce servido en menaje de papel, bajo una guirnalda de globos y piñas que cuelga de árbol a árbol. Llevan todo el día trabajando en esto. Por algún motivo, sus primas se han prestado a colaborar sin hacer demasiadas preguntas y con el entusiasmo de los cumpleaños verdaderos. Olivia ha preparado los entremeses y ahora mismo está ayudando a Nora a armar las sillas plegables que esta ha rescatado del fondo del cobertizo, donde casi acaba sepultada por pilas de leña y bicicletas infantiles con roña. Del vertedero familiar ha rescatado algún juguete en buen estado —un tractor con pedales y unas palas de ping-pong— y lo ha envuelto para regalo, para seguir con la farsa, mientras le guiñaba un ojo al niño y cantaba:

—¡Feliz no-cumpleaños! ¡Feliz no-cumpleaños a tiiii!

La única que se mantiene al margen de los festejos es Erica. Después de quemarse esta mañana con la infusión de ruda hirviendo que se le ha caído de las manos, después de alejarse por fin del camping gas y dejar que Lis le curase las quemaduras con el ungüento de abeja y saúco, se ha vuelto a la cama, y ahora lleva aquí con ellas poco más de diez minutos, tumbada en la hamaca del sauce en una actitud vegetal. Lis no se atreve a molestarla; su intervención de antes ha sido intensa e inútil, extenuante para las dos, y agradece que lo haga Lavinia, que corra ella los riesgos. La sigue a una distancia discreta, oculta tras su espalda, como una cobarde.

—¿Tú eres la pequeña de la Amaya, no?

Erica lleva unas gafas de sol oscuras y el único gesto que hace es para reajustárselas.

—Y tú eres la que nos pinchó el depósito de agua por aquello de las fincas que el abuelo no quería venderte, ¿no?

—¡Erica! —Lis se interpone de un salto entre ellas, pero Lavinia la aparta suavemente, con un gesto conciliador, y contesta:

—Ay, mujer, mira si no ha llovido desde aquello. Tu abuela y yo enterramos el hacha de guerra hace mucho mucho tiempo, y nos queríamos como hermanas.

Erica suelta una risotada sardónica y Lis intenta reconducir la conversación hacia su terreno.

—Tu familia es de aquí de siempre, ¿verdad, Lavinia?

—Sí, hija, por parte de padre, de aquí de siempre. Pero mi abuela materna era de Cañizar. Se la trajeron en un carro tirado por bueyes para casarla con mi abuelo, que era su primo segundo, y eso fue todo lo que viajó en su vida, qué te parece.

—Muy respetuoso con el medio ambiente —dice Erica, y las dos la ignoran.

—¿Cuánta gente vivía aquí a principios de siglo?

—Pues poca, pero mucha más que ahora. Tú piensa que había maestra, y un colmado que era una especie de taberna donde ahora se reúnen los de la asociación, y que todas las casas abandonadas de la calle del Caño tenían gente, familias enteras...

—Ya, es que justo te quería preguntar por eso, porque el niño se ha colado hoy en las ruinas y, bueno... Espera, que te lo enseña él mismo. ¡Pichón! Ven a enseñarle a Lavinia las fotos que hemos encontrado en la casita.

Lis se da la vuelta y el niño ya no está donde lo había dejado, jugando con su arenero en el porche. Apenas se ha despistado unos minutos, pero han sido suficientes para que desapareciera del campo de visión que abarca ella desde el centro del jardín. O ha entrado en la casa, o ha traspasado la verja. Empieza a llamarlo a gritos y, en mitad de la urgencia, se le olvidan los sobrenombres que han pactado:

—¡Peter! ¡Peter! ¿Lo habéis visto vosotras?

Nora y Olivia niegan con la cabeza, con cierta expresión culpable, pero aquí la única culpable es ella. Cómo ha podido pasarle esto. Y cómo ha podido él marcharse de esta fiesta que organizan en su nombre y por su nombre. Bueno, aunque ahora tenga recuerdos de una vida adulta, sigue siendo un niño; caprichoso, voluble, irreflexivo. No seas injusta. Mejor date prisa.

Abre la puerta principal de la casa y, de una ojeada rápida, descarta que haya nadie en el piso de abajo. Podría haber subido a los dormitorios, pero ¿para qué? ¿Igual en busca de su peluche? Sí, es posible. Le gusta mostrárselo a las personas que recién conoce. Lis coge impulso y atraviesa el salón de salto en salto, sube las escaleras corriendo y, casi por superstición, comprueba que no esté escondido detrás de la cortina de flores. Esta vez no le da miedo tocarla; le da miedo que el niño tampoco esté ahí, oculto en sus sombras, y no lo está. Se encuentra con un desconchado nuevo en el papel de la pared, tan reciente como su llegada a la casa. Resulta que, como un lugar cualquiera, este también decae. Casi humano.

La última opción que se le ocurre, la que menos le gusta porque el camino hasta allí es peligroso, es que haya huido a la casa abandonada, a su casita, como la ha llamado al despertar, al decirle que quería volver a ella. Sí, seguro que está allí porque lleva todo el día pidiendo que lo lleven y es tremendamente terco. «Sebas, o hacemos la fiesta o vamos a la casita, pero las dos a la vez no se puede», y puños cerrados. Así que reanuda la carrera, escaleras abajo, salón a través, pero esta vez no sale por la puerta que da al jardín sino por la del garaje, que es la forma más rápida de acceder a los caminos del pueblo. Atraviesa el umbral resoplando, con su cuerpo más excesivo que nunca, con su cuerpo entero como un pecho enorme que bota, y allí donde menos lo esperaba, allí donde se para a tomar aire para seguir buscando a su hijo, se lo encuentra. Se los encuentra. A su marido y a él, junto al coche recién aparcado. Jaime está descargando unas bolsas de comida del maletero, como si quisiera quedarse a cenar, y el niño desenvuelve un paquete, algún regalo inútil que le habrá traído de la ciudad este padre inútil y entrometido, esta vergüenza de padre que le escogió. Recuerda la angustia de su hermana por la posibilidad de traer un hijo de genealogía deforme al mundo, un hijo sin padre, un hijo sin mito, y le duele no haber sido capaz de transmitirle lo que sabe. Que un niño con padre es un niño con carga, un futuro de pleitos y chantajes, la peor de las noticias. A ella también le dijeron que hacerlo sola era imposible, y tenían razón, es imposible, porque el nivel de responsabilidad y entrega que se exige hoy en día a los cuidadores es trasunto de lo que se les exige, al mismo tiempo, en sus empresas —y no tiene nada que ver con la crianza de subsistencia que practicaron sus bisabuelas, que se llevaban a los niños a arar cada madrugada, confiando en que los mayores cuidaran de los más pequeños, y que al bebé de turno lo dejaban solo en la cuna, con las manitas atadas para que no se hiciera daño a sí mismo, y así era que sobrevivían seis de cada ocho—, pero criar junto a un hombre no asegura criar en compañía.

—¡Hola! ¡Aquí estás! Mete esto en la nevera, anda, que son congelados.

Lis está tan furiosa que solo concibe moverse para dar un puñetazo, así que, en pos de la higiene, prefiere no hacer nada, quedarse quieta. Por una vez, se limita a observar. No aparta la vista como hace por costumbre, por supervivencia, sino que se fuerza a mirar atentamente al hombre con el que está casada, al hombre que paga las facturas para que le cuide al niño y le cocine, al hombre con el que aún tenía sexo antes de que la internaran, protocolario y escaso, como una obligación contractual, pero sexo, después de todo. Y piensa: menudo estómago, amiga. Qué tragaderas. Lo que se hace por miedo. Lo que se hace por un hijo (que de pronto decide que no es propiamente hijo tuyo; que se recuerda de otra); la capacidad de disociación de la psique. Cualquier divorcio con niños es traumático, pero un divorcio con el historial psiquiátrico en tinta fresca es una muerte segura, una renuncia, y hasta ahora no se había planteado esa opción, la opción de renunciar. Porque una madre que abandona a su hijo es una mujer que fracasa en la única prueba en la que el fallo no es trágico, sino monstruoso. Pero de repente, mientras observa a su marido bajo una luz que proyecta todo el odio que ha ido macerando a lo largo de estos últimos años, bajo esta luz que desfigura y bajo la cual el monstruo es sin duda él, ya no está segura de nada. El niño debe estar con su madre, por supuesto, pero no a cualquier precio. No a cambio de un sacrificio tan grande que, tarde o temprano, se convertiría en un reproche. Además, si Jaime hiciera aquello con lo que amenaza y le quitara la custodia, ¿qué haría después con el niño, si no sabe ni cuál es el cajón de sus calcetines? Esto es lo más triste de todo, que tampoco lo cuidaría él sino su madre, o una niñera. Pero así lo han hecho siempre los ricos. Y las ricas. En el fondo, que no te críen los que son de tu sangre es una suerte de privilegio. Un cordón sanitario en torno al peligro que suponen los espejos deformantes.

El sonido rasgado del papel de envolver termina, al fin, y Sebas grita de contento.

—¡Una excavadora! ¡Una excavadora! ¡Mami, mira, con pala!

Lis toma aire y se dirige hacia ellos. Jaime ha dejado las bolsas en el suelo, sin vigilar, y el niño empieza a embestirlas con su nuevo juguete.

—Peter, haz el favor, ¿eh? No empieces a dar por culo, que acabo de llegar.

Lis se prepara para la tragedia. Huele el berrinche, la cólera del niño que no quiere que le digan Peter, y las explicaciones que tendrá que dar, por esto y por la falsa fiesta de cumpleaños que sigue su curso en el jardín, cada vez con más voces, imparable. Hay una bomba a punto de estallar y tiene que desactivarla. No puede permitirse una explosión, ni siquiera una voladura controlada, porque para contentar a su marido, para convencerlo de que todo sigue bajo su control y entendimiento, tendría que traicionar a su hijo, y esta disyuntiva se resuelve fácilmente. No hay dilema. Solo necesita contundencia. Más que la palabra precisa, un tono infranqueable. Allá vamos:

—Vete.

Le ha faltado volumen. Su marido estaba de espaldas y, o bien no la ha oído, o bien ha decidido fingir que no la oía. Recoge del suelo a Sebas, que está llorando, y encara a Jaime a una distancia que no le permita escabullirse. Lo arrincona contra la esquina del garaje, aliento contra aliento, y repite la orden.

—Vete. Ya has visto que estamos bien. No te quiero aquí.

Sabe que está utilizando al niño de escudo. La capacidad de contención emocional de su marido no es muy alta, pero hay ciertos límites a lo que puede hacer o decir en presencia del hijo, y por eso se aferra a él. Que la perdone. Le da un beso en la frente y ya está lista para el contragolpe. Pero no acaba de materializarse. Jaime empieza su réplica tartamudeando, como de costumbre, y esa «te» que no llega a concretarse en un «tú» se cronifica, se vuelve angustiosa, aunque solo para él. Están tan cerca —nunca más volverán a estar tan cerca, nunca sin el espacio de protección que solo rompen los amantes— que observa en vivo su proceso de congestión; la vena que le atraviesa la sien, cada vez más gruesa; el cuello henchido y palpitante; todo listo para una descarga que no llega. Su rostro le recuerda a un pene que se llena de sangre, y siente arcadas, pero no afloja.

—¡Que te vayas! ¡Ya, he dicho!

Da un paso atrás para abrirle paso hacia su coche y Jaime, con la «te» aún trabada en la garganta, ofuscado en el fonema como un pájaro carpintero que martillea el aire, se va por fin, sin haber podido contestar. Es una victoria completa. No un cuerpo abatido; un cuerpo desmaterializado. Si no fuera porque el coche se cruza en su huida con Nora, que estaba en la calle, solo el niño y Lis sabrían de esta visita.

—Oye, ¿ese que he visto pasar no era Jaime?

—Sí, pero ya te digo yo que no vuelve.

Su prima la mira con una expresión divertida, y puede que con algo de orgullo. Es la misma que le dedicó ayer cuando Lis la abroncó por cuerdista. Qué persona peculiar, esta Nora. Alguien a quien te ganas a la contra, cuando revientas.

—Bueno, por si sirve de algo, tanto Erica como yo nos vamos a quedar aquí en la casa un tiempo. Hasta que nos echéis, supongo. Y sería genial que el niño y tú también os quedarais. Vaya, que no estaríais solos, no sé si me explico.

Se explica, sí, perfectamente. Y se adelanta a las decisiones que Lis aún no ha tomado, por lo que su primera reacción es de afrenta: quién eres tú para decirme qué; y la siguiente, de vértigo: cómo se ha precipitado el cambio en un instante, necesito que esto se detenga. Pero enseguida baja la energía, el potencial de furia y de miedo, y acepta que Nora ha analizado su situación correctamente. No quiere volver a la casa que está a nombre de su marido, y esta otra casa, esta que tanto ha odiado, es su única opción, porque esta sí está a su nombre. Aunque solo le pertenezca un cuarto, es un cuarto propio, y los problemas de habitabilidad que plantea fuera del contexto veraniego, los inconvenientes que emergen cuando se concibe como un hogar de largo aliento, se aminoran con la presencia de su hermana y de su prima. En invierno, sin alumbrado público ni luz solar más allá de las cinco de la tarde, habría vida en el interior de la casa. Vida y manos. Más ayuda de la que ha tenido nunca. Da miedo la soledad de la aldea, pero es imposible estar más sola de lo que ha estado hasta ahora.

—Oye, Pichón, ¿a ti te gustaría que nos quedáramos a vivir en este pueblo?

Sebas responde emocionado:

—¿En la casita de las piedras?

—No, hijo, en esta, en la de la bisabuela.

El niño baja la mirada y se encoge de hombros. Lis no se conforma con esto. Añade:

—Dormiríamos en esta casa, pero jugaríamos en la casita de las piedras siempre que quisieras. Podemos arreglarla para que esté muy bonita. Para que yo también pueda trabajar allí. ¿Qué te parece?

Ahora sí, el niño asiente complacido y empieza a hacer preguntas sobre los planes de remodelación.

—¿Habrá sofá? ¿Habrá cortinas?

Mientras tanto, la coge de la mano y la guía, siguiendo a Nora, de vuelta al jardín, de vuelta a su fiesta. A Lis le sorprende el gentío que se ha concentrado durante su ausencia. Hay una veintena de personas; más de las que recoge el censo oficial del pueblo. Muchas están sentadas en las sillas plegables que han montado antes sus primas porque no tienen edad para estar de pie y resisten la lordosis que impone el respaldo, resisten el ruido que se acopla en sus sonotones y, cuando ven a Sebas, aplauden.

—Eres igualita que tu abuela —le dice a Nora una anciana que, a pleno sol, se cobija en un pon-

cho de crochet. Después, mira al niño y añade—:
Y tú también me recuerdas mucho a alguien. No
eres de los de la Carmen, ¿verdad? ¿De quién eres?

—Claro que es de la familia, Hortensia. Es mi
sobrino. El hijo de Lis.

—Me llamo Sebas.

—¡Sebas! ¡Como mi abuelo! Ven aquí que te
vea. Acércate.

Lis deja libre al niño y llama a Nora a su lado,
para que él pueda hablar a solas con la anciana, sin
interrupciones adultas que dictaminen lo que es y lo
que no puede ser dicho. Ella, en realidad, prefiere no
oírlos, no saber. No es suyo el vacío biográfico. De la
vida de su hijo lo recuerda y lo recordará siempre
todo, cada pieza, cada hito, cada cumpleaños celebra-
do y por celebrar; recordará esta fiesta por las velas
que se derritieron antes de encenderse, por el calor en
las mejillas y la intensidad de la puesta de sol al otro
lado de la planicie, las primeras gotas de alcohol en
muchísimos meses, esa euforia antes del sopor, el
viento aún cálido que se despertó a última hora e hizo
que las vecinas huyeran pregonando que había llegado el norte, las risas de Olivia cuando su hermana
tropezó con la moto de Sebas y cayó en plancha sobre
una acequia recién cavada, como un cuerpo en la
tumba y, finalmente, la mano huesuda de Erica en su
cuello, acariciándole la papada, eso que tanto odia, y
diciéndole, imposible determinar si en serio o no,
que, si el bebé resulta ser niño, lo llamará Peter:

—Y así volverá a haber uno en la familia.

Lis, con la lengua adormecida, respondiendo:

—Vamos a ser una explosión demográfica. Espero que nos lo perdonen.

II

—No sé, Nora, me sigue pareciendo increíble. Que la respuesta estuviera ahí, desde el principio. He recordado que una de las últimas veces que la visité sí que me preguntó por la enfermedad de papá, y se lo volví a explicar, te juro que se lo expliqué bien, y por eso creo que no había nada que pudiéramos hacer, ¿sabes? Como un cáncer ya muy extendido... Ella tenía su explicación, se había convencido de que las cosas habían ocurrido por su culpa, y no había forma de sacarla de allí. ¿No crees?

Nora asiente, pero más por agotamiento que por convicción. Su hermana lleva horas exprimiendo el tema, y ella ni siquiera siente que sea tan importante. La abuela estaba preocupada, tenía remordimientos, se hacía preguntas sobre su responsabilidad en la muerte de su hijo, vale, es muy posible, lo admite. Pero no significa que se suicidara por eso. Nora no tiene ni idea de por qué se suicida la gente. Ella estuvo a punto de hacerlo una noche, en pleno brote, por culpa de la droga, como casi todo, y solo recuerda que, mientras intentaba abrirse la muñeca con un cuchillo de sierra, rasponazo a rasponazo, perseverante, su cabeza estaba hueca como cuando se pierde la noción del tiempo mirando una mancha en la pared. Le interesa más bien poco este dilema existencial, y menos aún la reconstrucción de los últimos días de la abuela, que no aporta nada a su memoria, al modo en que la recuerda ni a las cosas por las que la quiere recordar. Vaya, que no quiere seguir hablando de ello. Quiere hablar de lo otro. De la otra. De la que está viva. Y, aunque no sabe cómo plantear la cuestión, este es el momento idóneo para hacerlo. Están solas, Olivia y ella, y como no suelen estarlo: trabajando juntas por un objetivo común. Vale que son solo unas sillas, y en el contexto de un cumpleaños de mentiras, lo cual es fantástico, pero la actividad física, por discreta que sea, libera inhibiciones. Es más fácil hablar cuando el foco de atención está en otro sitio, cuando la charla es una actividad secundaria.

—Oye, perdona que cambie de tema, pero hay que hacer algo con Erica —dice, y puntúa la oración con el chasquido a roto que hace el mecanismo en pinza de los respaldos.

—Parece que no está bien, no.

Sus miradas se dirigen hacia la hamaca en la que reposa su prima desde que llegó. Se ha trasladado de la cama allí, con el pijama aún puesto. A Nora le recuerda a lo que hacía su abuelo durante sus últimos días, al modo en que paseaba su convalecencia de habitación en habitación, allá donde hubiera voces, quién sabe si por miedo a morirse solo o para que no aprendieran a vivir sin él antes de tiempo. El cáncer había avanzado tanto que ya ni siquiera podía hablar, así que era una presencia muda y estática en los márgenes de cualquier escena cotidiana. Como un reloj de pared. Como un recordatorio. Erica también está aquí para recordarles que existe y que sufre, y, por una vez, Nora se niega a ser sarcástica al respecto. De pronto, agradece el exhibicionismo y el drama, porque cuánto mejor que la gente señale la herida a que aparezca desangrada sin previo aviso en la bañera.

—¿Es por el embarazo? —pregunta Olivia—. ¿Quieres que le haga un chequeo? Tengo arriba el fonendo y el tensiómetro.

—Es por el embarazo, sí, pero no es eso.

El hallazgo de esos papeles que subrayó y leyó la abuela antes de su muerte, la constatación de que arrastraba esa culpa inmensa, absurda, tan de madre y tan de mujer, ha absorbido tanto la atención de Olivia que esta es la primera vez que Nora tiene oportunidad de contarle lo que le ha ocurrido a su prima. La primera vez que pregunta por ella. Baja la voz y le hace un resumen de la conversación que mantuvieron esta mañana y de la conversación que no debería haber escuchado, pero escuchó. Para atraer su interés, Nora intenta narrar los hechos bajo el marco de la historia que se repite: otra embarazada en la familia que se martiriza, otra víctima del discurso misógino que nos culpa hasta de ser violadas. Fíjate, qué poco avanzamos; no me digas que no tenemos que hacer algo. Pero Olivia no reacciona como esperaba. De hecho, apenas reacciona. Únicamente, cuando el relato de Nora alude a cualquiera de sus experiencias bajo el efecto del estramonio, redobla esfuerzos en el proceso de montaje; se concentra en las sillas. Nora tiene la impresión de que la amnesia de su hermana es una barrera emocional, un comando que se ha grabado en su cerebro para que, cuando alguien dice «ayer», su conciencia escape a otro sitio. Diría, de hecho, que se ha volcado en los preparativos de la fiesta por esa misma razón, para aislarse en la cocina de cualquier eco que la remita a ese lugar vedado, para no tener que recordar. Entonces Nora tiene una ocurrencia, la palabra clave que acordaron anoche. ¡Allitrot! ¿Será posible que funcione? Pero enseguida se disuade. Calla, idiota, que esto es serio. No busques atajos supersticiosos. Hazlo bien. Convéncela con argumentos.

—Y entonces he pensado que podríamos decirle lo que necesita oír. Que igual no recuerda nada porque no pasó absolutamente nada. Que igual este embarazo es mágico como fue mágico lo que pasó... —Nora se censura la palabra «ayer» porque no quiere perder la atención de su hermana.

—¿Pero estás hablando en serio? Ay, por favor, no seas ridícula. Como si te fuera a creer, además.

—A mí no, pero a ti... ¡Ahora eres nuestro oráculo!

Nora intenta decirlo con humor, pero de este modo —debería saberlo a estas alturas— solo se empeoran las cosas con su hermana, que la aparta de un empujón para abrirse paso hacia la última pila de sillas pendientes y no regresa a plegarlas junto a ella. Ya está. Se acabó el idilio, estos cuarenta minutos durante los cuales han compartido un espacio vital estrecho, casi de intimidad. Pecó de optimismo al pensar que podría convencerla de hacer algo así, tan fuera del molde, pero eso no diluye su responsabilidad de hacer algo, en cualquier caso; de decirle algo a Erica que, esta vez, la ayude. Deja el trabajo pendiente en manos de Olivia y se incorpora para dirigirse hacia su prima, hacia su hamaca de enferma. Lis la intercepta entonces con cara de susto. Pregunta por Peter. No sabe. No lo han visto por el césped. Su madre entra corriendo en la casa y Nora comprende que aún se puede torcer más el día, este último que pasarán juntas las cuatro antes de disolverse como una de esas raves ilegales que generan lapsos de intensidad artificial en torno a absolutos desconocidos. A modo de confirmación, suena su teléfono móvil. No es la primera llamada de Rober que recibe hoy, pero esta vez contesta.

—A ver, tía, ya era hora. Que estoy aquí en la puerta de la iglesia. Que casi me atropella una puta cosechadora mientras te buscaba. O sea, este sitio es muy fuerte.

Nora cuelga y sale corriendo como lo acaba de hacer Lis, por lo que las demás se han de pensar que va en su ayuda, a buscar también al niño, y no hacen preguntas. Mientras atraviesa la calle principal del pueblo, se cruza con las vecinas que se dirigen a la fiesta de Peter con sus galas de domingo, siempre un poco fúnebres, jamás veraniegas. La abuela decía que en la infancia se les grabó el frío en los huesos, y que eso no se cura. Son muchas, y muy lentas, y van en dirección contraria. A Nora le cuesta sortearlas y le cuesta también entender por qué lo hace, a qué obedece esta carrera que la está dejando sin las pocas fuerzas que su cuerpo en carestía le ha asignado para hoy, para lo que resta de hoy. Ni siquiera sabe si está contenta o enfadada por la visita. ¿Corre en busca de un amigo o de una raya? ¿Corre para mantener a Rober alejado de su familia o porque es ella la que necesita alejarse? Lo sabré cuando lo vea, piensa, y entonces llega al pórtico y se lo encuentra apoyado contra la puerta con aldaba de la iglesia, bajo la placa de los Caídos por Dios y por España, y sabe que algo va mal porque en lugar de pensar un chiste piensa en la droga, en el olor a disolvente y manzana agria, en la quemazón que sube por las fosas nasales e impacta contra las neuronas que tiran de sus párpados hacia arriba. No va a ser capaz de resistirse. Es demasiado fácil. Oye, ponme una. Allí a la vuelta, sobre el muro del cementerio. Él no se va a negar. No le va a hacer preguntas. Sería la última vez y ya en adelante, como mucho, las que obtuviera con el recetario de la abuela. Pero no, no quiere volver al no-cumpleaños de Peter con esa tensión que solo ayuda a competir. No quiere ceder a la paranoia de que todo el mundo la mira porque tiene restos de polvo en los orificios nasales o exhibe un comportamiento errático. Pero tiene que hacer algo con esta presión que la estrangula por dentro. Es como un orgasmo que no se resuelve. Como vivir en ese estado de irresolución. Y, bueno, un orgasmo podría ser de ayuda. Allí a la vuelta, bajo el muro del cementerio. Él no se va a negar. Solo se sorprende un poco. Nora se explica:

—Mira, chico, ya que has venido hasta aquí, haz algo.

En algún momento, se pregunta si podría fracturarle la muñeca de esta forma. También se pregunta, o lo hace su enfermedad, si es posible que le queden restos de algo bueno en los dedos, y cuánto tardarían en llegar a la sangre. Cuando al fin se corre, siente que ha ganado algo de tiempo, un parche de nicotina, un recambio de oxígeno. Lo justo para conversar con la cabeza puesta en lo importante.

—Bueno, ¿y yo qué?

—Tú nada. —Nora se aleja del muro y camina hacia la era que linda con la iglesia, un mirador desde el que se observan los campos de cereal como una escena oceánica, con horizonte propio.

—¿Y de lo otro? ¿Qué hay de mi oferta? —Rober la alcanza y evalúa el terreno—. El sitio es perfecto... Quiero decir que es el culo del mundo. Que aquí no llegan ni los que se pierden. En fin, tú ya me entiendes. Y a la vez está muy cerca. Apenas treinta kilómetros. ¿Te imaginas que se gentrifica de aquí a unos años? Sí, sí, me imagino el corral ese de uralita convertido en un Starbucks. Y tú aquí, llevando el cotarro, la Reina del Cereal. Es como una serie de Netflix.

—Qué sería, y cuánto.

—Diez kilos de keta y diez de speed.

—No, tío, speed no. —Nora no se atreve a confesarle que desconfía de sí misma, que no quiere ser el lobo que pastorea a las ovejas, así que se inventa una excusa—. Que eso va en la nevera y canta mucho.

—Vale, pues guárdame la heroína. Solo eso. Y te ofrezco el doble. Dos mil al mes.

—¿Cómo? ¿Desde cuándo vendes heroína?

—Estoy ampliando el negocio. Por eso me haces falta. ¿Te interesa?

—No. Lo siento, pero la heroína es línea roja. Y debería serlo para ti también, Rober. Joder. Un poco de cabeza.

—Bueno, bueno, si me vas a dar sermones, me piro.

—Sí, por favor, que me has pillado en mitad del cumpleaños de mi sobrino.

—¿Y no me invitas a la fiesta? Me gustaría conocer tu casa.

—Ni lo sueñes.

Nora emprende el camino de vuelta, radiante porque ha superado el reto, porque vuelve con las manos vacías. Ahora no hay necesidad de correr, pero lo hace de todos modos, puede que porque es así, corriendo, como se aprendió este camino de niña, o porque le gustan los golpes que asesta el asfalto, la vibración que atraviesa su cuerpo desde las suelas de los pies hasta las cervicales. Esto también aplaca el ansia. Como el sexo. Poco a poco va aprendiendo trucos de supervivencia. Correr sacia. Y, aunque enseguida tiene que frenar porque se asfixia, se dice que, cuando esté recuperada, intentará entrenarse en esto, entre los trigales, sudando a expensas de la nieve que acumulen las cunetas, persiguiendo a las perdices, como un titán. Busca nuevas formas de hacerse daño. Socialmente aceptadas, canalizables. Eso necesita. Un desahogo que no mate. Un desahogo que tampoco la haga partícipe de la muerte de otros. Aunque dos mil euros son más que un desahogo. Son la nómina que jamás tendrá. Pero ni se lo plantea. Fuera, fuera. La palabra «heroína» le recuerda a imágenes cadavéricas, ¿y a quién no? A su mano apretando con mucha fuerza la mano de la abuela cuando esta aún vivía en la ciudad, cuando la ciudad aún tenía víctimas de aquello en cada subterráneo. La abuela con su abrigo de visones y la propina lista. La abuela, siempre bajo los efectos de alguna droga, pero implacable con los heroinómanos, los únicos, los auténticos yonquis. Una señora funcional, respetable, altiva, que derrama limosna sobre el suelo, porque el chico no es más que una mancha adherida al asfalto. No, no

300

puede ser cómplice de algo así. Más que cómplice: facilitadora. Porque cómplices lo son todas las que viven dentro del sistema, de uno u otro modo. Es lo que nunca logra que entienda Erica cuando discuten sobre veganismo o cambio climático o cualquiera de estas luchas urgentes que su prima quiere solventar a través de una transformación colectiva en los hábitos de consumo. Hagas lo que hagas, compres lo que compres, patrocinas explotación y sufrimiento. Yo comeré queso, pero tú compras en Amazon, prima. Todas somos responsables. No hay escapatoria. Y, pese a todo, el dilema al que ahora se enfrenta es distinto. No elegir un filete de ternera en la sección de frescos del supermercado, sino criar a la ternera y dejarla en las puertas del matadero. Es distinto porque hay grados de responsabilidad. La distancia mitiga la culpa. Ojos que no ven, pero que aun así saben...

—¡Joder! ¡Cuidado!

A las puertas de la casa, un coche ha estado a punto de atropellarla. Un coche que maniobraba marcha atrás para salir de la cochera y que ni siquiera baja las ventanillas para disculparse. Enfila el camino hacia la nacional y desaparece a toda prisa, a una velocidad que no es de pueblo, que desprecia el pueblo. Gilipollas. Nora apenas ve de refilón al conductor, pero le basta para saber que es Jaime, el marido de su prima, por esa pelambrera de hombre que se quiere parecer a un genio loco. Siempre le ha dado una pereza infinita, con esa pose de cineasta autoral, cuando lo único que hace es pedir subvenciones y mantener los platós surtidos de cocaína. Esto no es ninguna broma. Nora se lo encontró una noche en un bar clandestino donde todo el mundo consumía abiertamente y al cabo de unas semanas, por la época en la que Peter acababa de nacer, el tipo le mandó un mensaje pidiéndole el número de Rober, «alguien a quien pueda hacer un pedido grande, que estamos rodando». En fin. Nunca le gustó, pero lo que siente ahora es más que disgusto. Ahora es rabia y asco, porque sabe que ha venido a controlarlas. A su mujer, antes que a nadie, pero también al resto, a la que le dijo ayer por teléfono que tenía que volcar sus celos en piedras para después enterrarlas y a las demás, por precaución, por si pudieran ser mala influencia, manzanas podridas de locura.

Siquiera por disimular que entiende más de lo que debería, se hace la sorprendida ante Lis:

—Oye, ¿ese que ha pasado era Jaime?

—Sí, pero no te preocupes, que ya no vuelve.

El desprecio en la voz de Lis es definitivo. Reconoce este momento porque ella también lo ha protagonizado muchas veces. Una palabra de la que no se regresa, y su irrevocabilidad se descubre al pronunciarla. Nora tiene ganas de aplaudir, de brindar con ella por el lastre perdido, y entonces, de forma súbita, se unen por sí solos los puntos dispersos. Por fin entiende dónde están, quiénes son y qué es lo que va a pasar en adelante. No es lo que quería, pero es lo único con sentido. Después de todo, predica en contra del derecho a la herencia salvo cuando mitiga el vulnerado derecho a la vivienda. Predica en contra de las residencias vacacionales, pero no en contra de los hogares de acogida, los albergues, las casas de crisis y los jardines de infancia. Y en todo eso se va a transformar esta casa, porque se van a quedar a vivir las tres en ella. Erica, Lis y Nora, con el niño que ya existe y con el que ojalá llegue a existir. Es incuestionable que las cosas van a ser así y de ninguna otra forma posible, y la única duda es el cómo. Porque para alimentar a la tribu van a necesitar ingresos, y, entre las tres, lo único que amasan son tres cuartos de esta finca. Por mucho que Erica tenga un plan empresarial, aun barajando que fuera viable, tardarían tiempo en obtener sus primeros beneficios, y hasta entonces qué. La rendición más que probable de sus primas, devueltas al marido o al jefe con el que nunca se sabe, y la recaída de Nora en la drogoproducción, sesenta artículos al mes para veinte medios distintos porque llenar el depósito de gasoil tampoco es gratis, y una taquicardia que finalmente sí es severa, peligrosa, un ictus, un infarto a los treinta y tres, y, como le ocurrió a su propio padre, que la atención sanitaria esté muy lejos.

No; si va a hacer lo que se propone, si va a extenderle una invitación a Lis, tiene que estar financiada. Así es como funciona el mundo, y no por mudarse a los márgenes despoblados dejan de vivir en él. Aquí las frutas y las verduras no se obtienen por trueque sino con dinero y, a excepción de la carne, todo sale más caro que en la ciudad, porque no están en ese medio rural donde se cosecha lo que se consume ni hay censo suficiente para comprar a gran escala ni vender a precio de cadena. El páramo es frío y es duro. El páramo no se cultiva. Por el páramo se paga. Y quizás aferrarse a sus principios sea un privilegio de clase que no se puede permitir. Es cierto que la distancia mitiga la culpa. Que se vive mejor y más fácil lejos del matadero. Pero las orejeras no están al alcance de todas. Cada eslabón de distancia que nos separa del lugar donde se comete el crimen está monetizado, y quien carece de capital es quien pega el tiro de gracia.

Nora asume su responsabilidad y su lugar en la escalera. Nora se presta, al fin, a ser quien descuartiza la res a escondidas para que las demás solo vean filetes sonrosados en su mesa. Y mientras lo hace, mientras visualiza este sacrificio paradójico que está dispuesta a hacer por el resto, el sacrificio de ser quien sacrifica, quien se expone a individualizar la culpa de un terror que patrocinan entre todas, experimenta una descarga química placentera. Se siente un tipo duro, un héroe de western, con las cartucheras firmes y el peso corporal bien asentado en el centro de la pelvis. El hombre en la sombra que hace lo que se tiene que hacer para que el grupo resista. El que mata a Liberty Valance y luego huye porque los asesinos como él no tienen hueco en las democracias que lo necesitan. A Nora le gustaría no huir, no caer, no acabar entre rejas, pero entre el acto y las consecuencias también hay eslabones intermedios que mitigan el pánico y dilatan el tiempo. ¿Cuánto tardaría la abuela en perder la consciencia tras empezar a sangrar? ¿Acaso no es infinito ese lapso? Entre el delito y la cárcel se abre un margen especulativo, un agujero de gusano en el que cabe el resto de su vida, y va a ser una vida buena, amiga, ya verás. Saca tu teléfono móvil y escríbele a Rober. Dile: acepto tu oferta. Pongo mi cuerpo y mi casa. Yo me encargo. Yo me voy a encargar de todo.

III

Erica sale de la cama, deja su habitación, es decir, la habitación de la abuela; se aleja de ese cuadro de la Virgen, sostenida en el cosmos por un rosario de bebés blancos y gorditos que hoy parece que la hostigan, que la quieren tocar para llevarse un trozo de su carne; sale de ahí, del refugio de la matriarca, y se junta con las demás afuera, en el jardín, en los prolegómenos de la fiesta. Por una sencilla razón: se había recluido para estar sola y no se sentía sola. No sabe cómo explicarlo. No es la sensación conocida de que algo acecha en el punto ciego, ni la inquietud de estar siendo observada, sino el calor que se percibe cuando hay un cuerpo que irradia energía cerca, muy cerca, puede que en el interior de sí misma. Un pensamiento de alivio que brota de pronto en mitad del ancho oscuro de los párpados, la promesa de una compañía que no es más que eso, compañía en bruto, como la que prestan las plantas o los peces de pecera, que simplemente están. Simplemente estoy. Eso le susurran los oídos, y no quiere escucharlo. No quiere pensar que no está sola. No quiere enamorarse de un puñado de células cambiantes, porque si lo hace, si lo hiciera, deshacerse de ellas sí sería asesinato y ya no habría marcha atrás. Pero igual puede enamorarse un poquito, como nos enamoramos a través de las películas. Enamorarse de la idea de. Solo eso. Decirse, decirle:

no serás tú, pero un día habrá alguien que se quede a vivir donde tú estás, y nos tumbaremos al sol sobre esta hamaca, sintiéndonos tan bien, tan abrazados, que no necesitaremos nada de nadie. Las ramas del sauce me acariciarán los pies descalzos y sentiré que lo que me gusta te gusta porque te revuelves como un renacuajo de serpiente en mi tripa. Será fácil y será perfecto. Será con otro y no contigo. Porque tú eres perfecto en la oscuridad placentaria, pero me das miedo a plena luz. Me da miedo parirte y ver tus ojos. El color de tus ojos. Si son muy oscuros me harán pensar en ese hombre que siempre me miraba como si fuese un escaparate de pasteles, y, si son más claros que los míos, en el peregrino sueco que me invitó a gin-tonics, o incluso en mi antiguo jefe, qué espanto. Me pasaré tu infancia jugando al quién es quién, cotejando tus facciones con el recuerdo de un puñado de hombres que se irán difuminando en mi memoria porque nunca fueron nada para mí. Veré en tu sombra no una sombra sino el retrato robot de un padre; al mirarte, veré otra cosa que no serás tú; me pasará lo mismo que a mi hermana; será una tragedia, y no la quiero. No te quiero. Es una crueldad, lo sé, pero así soy. Una madre cruel. Como todas las madres. No he conocido a ninguna virgen ni santa. No seré yo la primera.

—¿Tú eres la pequeña de la Amaya, no?

Qué casualidad oír el nombre de su madre en este instante.

Erica despega su papada del pecho y levanta la mirada hacia Lavinia, la vecina metomentodo. Fue la que llamó a su madre en nombre del alcalde cuando encontraron el cadáver de la abuela y la que se presentó en el crematorio, que no estaba abierto a las visitas, con la excusa de un pastel de manzana que apestaba a mantequilla. No olvidará nunca ese repugnante olor a grasa animal mientras contemplaba el rostro de su abuela en el ataúd abierto, a través de una vitrina por la que pronto empezó a moverse, a desaparecer, como si desde el principio hubiera estado sobre la cinta de una caja registradora. También olía ligeramente a huevos. Fue asqueroso. Y el caso es que aquí está la culpable de la indecencia, inclinada sobre Erica, pidiéndole dos besos. Al inclinarse le golpea el vientre con su bolso de cuero zafio. Qué ganas de decirle: no toque a mi hijo, señora, que está ahí dentro, aunque no lo vea. Pero se tiene que contener, sobre todo por no asustar a su hermana, que viene detrás.

—¡Hombre, Lavinia! ¿Cómo está usted? ¿Sigue arrojando perritos muertos por el barranco del cerro?

Lis la reprende, pasa vergüenza, y Erica no se disculpa porque su hermana se lo tiene merecido. Es increíble que le haya hecho esto en el peor día de su vida. Llenarle la casa de extrañas, de conocidas impertinentes, de las personas por las que la abuela cercó la finca con un muro más alto que el del cementerio. Así le dicen los del pueblo a esta casa: la casa del muro. La de Lavinia es la casa verde, y la de la señora que se aproxima por el porche, recién llegada, es la casa de las frambuesas. Ese sí que es un nombre esperanzador, uno que no está a su alcance porque, a pesar de que la abuela también plantaba frambuesas en el huerto, nunca han echado ni echarán flor en primavera. Se mueren congeladas por culpa del muro. Si Nora y ella se van a quedar a vivir aquí, si van a intentar que esto se parezca a un hogar y más aún si lo van a convertir en un lugar de paso para peregrinos, van a tener que bautizarlo de otro modo. Algo sonoro y con gancho. Que haga alusión al territorio y a las mujeres que atienden la casa. ¿Datura? Es femenino y suena mágico. Suena a lo que vivió ayer Olivia, pero también a las violaciones con burundanga. No, no puede ser Datura. Nadie compra la amnesia.

—Disculpe, ¿sabe dónde está mi hermana?

Había cerrado los ojos y, al abrirlos, descubre que se ha quedado sola junto a Lavinia. Al otro lado del jardín, del otro lado de la mesa corrida que ya han servido con infinidad de entremeses que le provocan náuseas, localiza a Olivia y la llama, agitando los brazos.

—Se ha ido a buscar al niño —contesta la vecina—, que parece que se le ha escapado. Pero tú estate tranquila que aquí en el pueblo no hay de qué preocuparse. Vosotras ya andabais solas con esa edad. Os recuerdo pintando con tizas por allí donde la báscula y erais tan pequeñas que no llegabais ni al pomo de la puerta.

Esta vez, Erica se contiene y no dice lo primero que le pasa por la cabeza: que si el pueblo fuese tan seguro no se le habría matado un hijo al caerle un árbol encima ni se le hubiera quedado tuerto un segundo por culpa de un trozo de paja. Menos mal que no lo hace. Qué mal gusto, Erica. Qué innecesario. La tiene un poco asustada su capacidad para ser cruel. Ella no es así. Yo no soy así. Tengo que calmarme.

Se acerca Olivia por su derecha y la mira como una máquina de rayos X, con intensidad diagnóstica.

—¿Cómo te encuentras? ¿Náuseas?

—¿Estás enferma, niña? —le pregunta otra señora que acaba de llegar. Es la Hortensia, la mujer del alcalde, la del chalet junto al barranco. Viene acompañada de su hija y de sus dos nietos. De pronto hay niños en el jardín, y ninguno de ellos es Peter. ¿Dónde se habrá metido?

—No, nada, me ha sentado un poco fuerte la comida de hoy —contesta, y le dirige una mirada disuasoria a Olivia. ¿Cómo te atreves a sacar este tema aquí con las vecinas? Su prima no se da por enterada. Se sienta en la hamaca junto a ella y prosigue su chequeo. Le mira el pulso, la temperatura y las pupilas. A Erica le resulta agradable verla en acción, reconfortante. Envidia la seguridad que conceden los protocolos. Vivir por y para ellos. Querría recostarse en el pecho protocolario de Olivia y dormir hasta mañana, pero no la van a dejar en paz.

—Mira, para eso, para las malas digestiones, lo mejor es la infusión de romero, de eso que os ha crecido ahí en la esquina, ahí en ese rincón que parece la selva, ¿sabes qué planta te digo?

—Tengo localizado el romero que crece en nuestro propio jardín, señora. Muchas gracias.

—Ay, mujer, no te me enfades, pero es que las de tu edad no soléis conocer ya nada del campo. Claudia, ¿tú sabes identificar el romero? —Se gira hacia su hija, una mujer de pelo rubio muy corto que parece de la edad de Olivia y que está de espaldas a ellas, junto a la mesa, explicándole al mayor de sus hijos que no está permitido zambullir la tortilla en el vaso de Coca-Cola.

—¿Qué dices, ma, del romero?

—Que si sabes cuál es.

—Eso lo sabe todo el mundo —contesta, y arranca y ondea un palito de lavanda en flor que enseguida le quita de las manos el niño más pequeño, el que tendrá la edad de Peter. Erica y Hortensia se miran y se ríen por lo bajo, sin corregirla—. Mira qué bien huele. Venga, ahora id a jugar. —La mujer se aparta de los niños y se dirige hacia ellas—. Olivia, perdóname, ni te he saludado. Es que me tienen loca estos dos.

Olivia se incorpora a recibir dos besos y Erica siente que ha llegado el momento de hacer lo propio; si permanece tumbada, solo conseguirá que le hagan más preguntas, que le aconsejen más remedios para el malestar de estómago que no tiene. Para pasar inadvertida, tendrá que comportarse un mínimo.

En cuanto pisa el suelo, Lavinia le rodea un brazo con sus manos grandes y deformadas por la artritis y la presenta en sociedad, como si, en ausencia de su abuela, se viera obligada a cumplir sus funciones.

—Mira, y esta es la Erica, ¿te acuerdas de ella?

—Ay, claro que sí, ese pelo rojo... ¡No has cambiado nada!

Erica no guarda un solo recuerdo de la hija de la Hortensia. Es demasiado mayor para que pudieran ser amigas de niñas, pero sonríe como si ella también la reconociera, y la deja hablar:

—¿No eras tú la que nos pedía contraseña para entrar en ese coche abandonado que teníais de caseta?

—Creo que esa era mi hermana Nora —apunta Olivia, y mira a su alrededor, como tratando de localizarla.

—¡Nora! Es verdad. ¿Está por aquí?

Olivia susurra algo incomprensible.

—¿Qué has dicho?

—Allitrot. Allitrot era nuestra contraseña.

Se quedan calladas porque Olivia ha hablado con una voz irreconocible, como si se hubiera quedado ronca de repente. En realidad, se parece a la voz que la poseyó ayer por la tarde, aquella con la que le dijo a Erica que veía una luz en su vientre.

—Disculpadme un segundo —dice, y se aleja con prisa hacia el interior de la casa. Su huida coincide con la llegada de un grupo grande de invitados, uno tan nutrido y variado que incluye hasta varones: el primo Severino del abuelo, el que vive solo en la última casa del pueblo y se limita a saludar con un silbido cuando las ve desde lejos, y también Fernando el del tractor, el único hombre joven que vive durante el año en la aldea, el que ara, siembra, fumiga y cosecha todo lo que está al alcance de su vista. Llega por fin, también, el protagonista de la fiesta, en brazos de su madre y seguido por Nora. Erica piensa que es un buen momento para disiparse como ha hecho Olivia, y sigue sus pasos sin que nadie la pare.

El interior de la casa está umbrío y fresco. No hay tarde veraniega capaz de traspasar los poros de esta casa; espera que tampoco haya invierno intemplable. Erica pone las manos sobre la fachada de piedra y la palmea como si fuese la grupa de un caballo. Buena chica. Muy bien. Con las luces del salón-comedor apagadas, tarda unos instantes en ver más allá del umbral que colorean las vidrieras de la puerta, y avanza a través de la estancia casi a ciegas, incapaz de intuir que hay una forma humana sobre los motivos persas de la alfombra hasta que choca directamente con ella.

—¡Por las diosas! ¡Olivia! ¿Qué haces ahí tirada?

Su prima no se incorpora. Tiene las manos sobre el vientre y las piernas abiertas en un ángulo de cuarenta y cinco grados. Si no fuera porque Olivia es Olivia, diría que está haciendo ejercicios de meditación, pero, siendo ella, teme que le esté dando un infarto.

—Erica, túmbate aquí conmigo, que tengo que hablarte.

No ha recuperado su voz corriente, la de este plano. Vuelve a sonar como el producto de una distorsión acústica, como dos voces, una aguda y una ronca, que hablan al unísono. Erica se postra con una suerte de temor reverencial, porque, hoy con más nitidez que ayer, es consciente de que no está ante su prima, sino ante alguien que sabe cosas que no se pueden saber y tiene la llave que atraviesa la membrana hacia los mundos prohibidos, los que tanto ha buscado siempre, siempre con tanto esfuerzo que es hora de aceptar que no se le van a revelar en esta vida de forma directa. Solo a través de Olivia, que, por algún motivo, se metamorfosea en cerradura.

A pesar de esta fresquera natural que es el salón, su prima irradia un calor que se percibe a medio metro de su cuerpo. Cuando le pone las manos en el vientre, Erica grita del susto, porque teme que le vaya a quemar al niño dentro. De hecho, se le ocurre que Olivia está a punto de hacer por ella lo que lleva rogando desde que despertó. Que la va a librar, con sus poderes de otra dimensión, de lo que ella no puede librarse. Y no quiere que esto suceda. Al filo del precipicio, es la suicida que ya no lo tiene tan claro.

—Para, para, por favor... —solloza con el lagrimal como una vena abierta.

—No temas, Erica, porque el bebé que alumbrarás no es hijo de un hombre sino de las estaciones, como los frutos de las zarzas que brotan sin la ayuda del hortelano. Un niño que no es de los cultivos sino de las cunetas. Una semilla que ha llegado a ti por la fuerza del aire. Ella será pequeña y ágil y conocerá este territorio como la palma de su mano. Te arraigará para que no te marches y será tan hijo tuyo como de las otras, porque no es de nadie.

Le retira la mano del vientre pero el calor persiste, como si ahora se irradiase desde dentro. No está sola. Solo estoy. Aquí contigo. Erica se tumba junto a su prima, en la misma posición abierta, como una ofrenda hacia los goznes de la azotea y las tejas del tejado. Como una ofrenda hacia la casa que las envuelve. Ella también es una casa ahora. Transitoria. No un lugar para morir sino un lugar de paso. Necesitaba oír estas palabras como si hubiera sido una caja fuerte a la espera del código. Se oye un clic. Una fuerza externa abre los dedos de sus manos en un mudra que desconoce, y por las yemas de sus dedos se escapan las culebras de aire oscuro de un incendio remoto y ya olvidado.

IV

—Allitrot. Nuestra palabra clave era Allitrot.

Recordar es un golpe en las sienes, un gong que reverbera y vibran los goznes del cuerpo de abajo arriba, de la base de la espina dorsal hasta el cráneo. El instrumento afinado por fin, de golpe, de un golpe de diapasón. Un aprendizaje súbito y también parcial, a la espera de, porque no es que ahora lo sepa todo sino que todo está en ella, y tiene que ir abriendo los archivos de uno en uno, sin saber lo que contienen de antemano. Aprender es recordar. Y recordar es entender ahora lo que hace un instante se ignoraba. La hoja de ruta ante los ojos, y tantas cosas pendientes, tanto por hacer y restaurar cuando a Olivia, en realidad, apenas le restan unas horas. Pronto, tan pronto como el jardín se vacíe de gente y las bolsas de basura se anuden, colmadas del residuo de la fiesta —todo de usar y tirar en las fiestas, el goce de lo que no trasciende—, el sol comenzará a oxidarse sobre su lienzo acuoso y ella empacará lo poco que se trajo consigo para que las maletas estén listas cuando despierte mañana muy temprano, para que nada obstaculice que, a las diez en punto, atienda la primera consulta que le ha agendado su secretaria. Cuando suene el interfono, ya estará vestida de blanco. Ya habrá aparcado el coche en el garaje. Ya se habrá enfadado con el tráfico y con los conductores, gritando a través del claxon con los labios fruncidos, y sentirá ese mal de altura de cuando vuelve a la ciudad, que no es por la altura sino por la contaminación pero mejor decirle así, mal de altura, como es mejor decirle a Erica que su bebé es del cosmos —tenía razón Nora—, porque a veces la imaginación enferma y otras sana, y este es uno de esos casos en los que el pensamiento mágico corrige lo que no puede arreglarse con los guantes esterilizados de la cirugía, hay que quitarse los guantes de vez en cuando, tocar la piel con la piel, ecografiar lo que está debajo sin ayuda de líquidos conductores, a través de esa energía candente que nace en los núcleos: en el centro de la tierra y en la pelvis. Esto es algo que ha entendido en cuanto ha recordado, y esto es lo que hace a continuación:

—Erica, túmbate aquí conmigo, que tengo que hablarte.

Enmendar esto es sencillo, porque ni siquiera tiene que mentir. Al contacto con el vientre de su prima siente la velocidad a la que prolifera la mitosis y, con los ojos cerrados, la ve: estas formas caleidoscópicas que antes predecían la migraña ahora son células en división continua, y se transforman en marañas de raíces, neuronas y micelio por las que fluyen los impulsos electroquímicos. Todo es uno y lo mismo y lo ve porque lo recuerda. Ve la vida que se multiplica en el interior de su prima porque fue esa vida. Fue cigoto y garza y hongo y también el único padre que importa, la fuente de energía que anima las transformaciones. Lo demás es religión, o sea, creencia, o sea, superstición que no se contrasta con las visiones. En el universo de lo sagrado no hay tutores ni dueños. No estamos hechas de genoma sino de una luz brillante que está al principio y al final del ciclo, antes y después de la muerte, y es la luz que se le escapa por los dedos mientras toca el cuerpo de su prima y la cura de una forma tan distinta a como se cura en consulta que casi le da la risa de pensarlo, de pensarse pensando así mientras enciende el *doppler* y conecta la impresora del electro como hará puntualmente mañana, antes de las diez, para atender a su primer paciente. Son dos mundos que no se tocan, que no se pueden tocar, porque se anulan mutuamente. La científica desmiente a la chamana. Y a la inversa. Y por eso sabe que, igual que ha recordado, volverá a olvidar tan pronto como pierda la paciencia en el embudo de la conurbación. Hay una palabra mágica que abre el portal a la dimensión inconsciente, y un ruido de cláxones y motores que lo cierra. Si se va de esta casa en la que de pronto sabe que van a quedarse sus primas y su hermana, si se aleja del umbral y nadie sujeta la puerta, no podrá volver al sitio en el que está. Es irremediable. Como crecer o despertar o morir. Tan irremediable que ya está sucediendo ante sus ojos.

Sigue tumbada junto a Erica y al mismo tiempo pasea por una calle que empieza el día, se mueve entre camareros que montan sillas y mesas, preparando las terrazas, y camioneros que descargan palés. Hace un calor de plástico, le pica la garganta y entra en un bazar a comprarse una botella de kombucha, se la beberá mientras camina, apurando sus tragos en el ascensor, que carraspea en la entreplanta entre el segundo y el tercer piso, que amaga una avería, como si dudase antes de expulsarla de vuelta a su mundo, pero al final lo hace, se abre de puertas y

Olivia entra en el consultorio donde su empleada lleva ya una hora trabajando porque para eso es la empleada, se dan los buenos días, qué tal el fin de semana en el pueblo, ya solo recuerda el tráfico que había para entrar en la ciudad y se queja de eso, de que ha tenido que desayunar de pie porque casi ni llega, ve el rostro de su paciente de las diez, un señor de unos cincuenta años que tiene sobrepeso y al que le recetará, antes que nada, hacer dieta, responsabilizándole de sus factores de riesgo, fingiendo que él tiene algún control sobre lo que le depare el futuro, fingiendo que ella tiene el control sobre algo. El hombre refiere un dolor intenso y síntomas compatibles con la angina, pero sus pruebas están perfectas. Eso no significa que no le pase nada. Olivia intuye que le duele una herida de la que ha muerto muchas veces en el pasado, una herida que probablemente lo mate también en esta vida si acaso no llega a reconciliarse con ella, es decir, si no logra recordar su origen. Este es su diagnóstico, pero se limita a dictaminar que su malestar no es cardiaco en un noventa y cinco por ciento. Necesitaría hacerle análisis de sangre para estar segura al cien por cien. Le pregunta si ha sufrido estrés últimamente, le deriva de vuelta al médico de cabecera. Cómo le va a decir lo que realmente piensa si ya está empezando a olvidar el motivo por el que lo ha pensado, el lugar del que proviene una ocurrencia semejante.

El resto de la vida de Olivia será el producto de una amnesia selectiva que le permitirá seguir con su trabajo, que es importante. Le deparará alguna alegría, algún triunfo, algo de éxito. Ve una sala atestada de gente que aplaude en pie. La aplauden a ella.

Y siente que se le encharcan los ojos por lo que está diciendo, que este es el producto de una vida de investigación dedicada a la memoria de su abuela y a la de tantas otras mujeres a las que la ciencia dejó solas con su responsabilidad y su culpa. No alcanza a entender su verdadero objeto de estudio porque enseguida está en otro sitio que reclama toda su atención, una cama de hospital, y puede estar tranquila porque la contempla desde fuera, así que no es ella la encamada, la que se está muriendo. Mamá le toma el brazo y se lo aprieta como si quisiera hacerle daño. Le clava las uñas y ese es el último gesto, la última palabra. Nora no está allí con ellas. Dónde está Nora. A su alrededor, la casa comienza a transformarse. Cambia el papel de las paredes, desaparece el mobiliario del salón, queda un espacio diáfano con la tarima brillante y lisa como un lago helado y se va ese cuadro horrible de las yeguas que siempre ha estado sobre el sofá. En su lugar entra un gigantesco tapiz circular bajo el que practica yoga un grupo de mujeres con ropa interior térmica. Hace frío. Olivia lo siente por dentro y exhala vaho. Pero ellas no parecen preocuparse por la temperatura, se mueven con precisión, como un mismo péndulo multiplicado por veinte piernas que van y vuelven en torno al eje, en torno a la señora pelirroja que camina entre ellas y les corrige la postura. Erica ha envejecido al estilo de las vecinas del pueblo. Muchas arrugas en torno a los ojos. El resto de la piel, tersa y traslúcida. Tan delgada como ahora. Parece el bastón que hay que llevarse al páramo para ahuyentar a las serpientes, pero con la capacidad y el propósito de atraer a las serpientes. Lleva, de hecho, una pitón azul anillada al cuerpo, como una prenda de vestir, y esto es imposible, así que debe ser simbólico, pero Olivia no tiene tiempo de interpretarlo. Sigue buscando a su hermana, cada vez más ansiosa, cada vez con más miedo, porque no solo recuerda lo que le contó ayer Nora, que está en peligro de sí misma, sino que está recordando un futuro en el que no está presente, y esto solo puede significar una cosa. Abre y cierra puertas al azar. Tras una de ellas, en lo que hoy es un trastero bajo la escalera de caracol, descubre un cuarto de revelado. Bajo unos focos rojizos, colgadas por pinzas, se secan unas impresiones de nieve en suspensión, o quizás sean esporas; sí, eso parece, esporas de setas. A su izquierda, en el recibidor que linda con el aseo, hay un sofá de mimbre sobre el que conversan dos mujeres, una mayor y una muy joven. Reconoce a Lis en la mujer mayor por esa hendidura central en el labio, y por poco más. Tiene el pelo largo y canoso recogido en una trenza que le llega hasta la cintura y, si tuviera que elegir, diría que se parece más a la abuela que a sí misma. Gesticula de una forma que parece coreografiada. Transmite precisión y calma, como si estuviera manipulando armas químicas, y lo cierto es que la desconocida con la que comparte asiento está al borde del grito, crispada, enrojecida, húmeda, temblando. El dolor nos alerta de que hay algo que está roto, es una llamada de atención, no hay que bloquearlo sino encontrar su origen, le está diciendo a la chica, y Olivia se disculpa: lo siento, Lis, ahora no me interesa tu trama; tengo que encontrar a Nora. Sabe que no pueden verla, pero siente que, al hablarle, Lis se distrae un segundo de su retahíla; mira hacia los lados, como si hubiera percibido una anomalía en la configuración de las corrientes energéticas de la casa.

Olivia sube sin rozar las escaleras, como si estuviera sobre una tabla de skate voladora. Es una pena que la preocupación no le esté dejando disfrutar de lo fantástico. Siempre es así con su hermana. Siempre está amarrada al palo de la hoguera, pidiendo ayuda, mientras ella querría estar bailando alrededor del fuego. Pero esta vez ni siquiera podrá salvarla de algo que probablemente habrá ocurrido hace mucho. Avanza sin ningún sentido, para saber lo que pronto olvidará otra vez, para acusar ahora el golpe y así, cuando sobrevenga, quizás duela menos. En el hall sobre el que aterriza, libre de la moqueta asfixiante que tanto odia, se cruza con una adolescente de aire militar, musculoso y con la cabeza rapada, al que es imposible asignar un género. Tiene rasgos familiares, eso sí, los ojos rasgados y una pelusa rojiza alrededor del cráneo, y arrastra una fregona y un cubo de agua con jabón hacia un enorme espacio con literas que ha resultado de la fusión del cuarto de las cortinas de flores con el que da al corral. Olivia vuelve un instante a su cuerpo y a las coordenadas que este ocupa para apretarle la mano a Erica.

—He visto a tu hijo, y es perfecta.

En el extremo opuesto a la habitación de las literas, junto al baño en el que se suicidó su abuela, Olivia se siente atraída por un espacio que desprende calor. En mitad de este invierno castellano, el contraste de temperaturas es tan evidente que lo ve, ve un aura roja-anaranjada que escapa por los intersticios de la cancela, como si ocultara un incendio, pero no es eso. Del otro lado del umbral no hay un incendio sino un puñado de calefactores de butano, humificadores gigantes y un jardín. Un jardín sin flores ni hojas, diseminado en baldas, y una estancia garabateada de grafitis. NO PASARÁN, se lee en el reverso de la puerta. SOLO DROGAS CHAMÁNICAS, ha escrito alguien en la pared principal, y otro alguien le ha corregido: TODA DROGA ES CHAMÁNICA. Un jardín de macetas transparentes que permiten apreciar el sustrato enmohecido, veteado de hebras blancas como telarañas subterráneas, y algunas cabezas de alfiler que emergen apenas, rojas y marrones; podrían confundirse con pulgas, pero Olivia entiende que están cultivando setas. Es decir: la persona con traje de emergencia nuclear que riega con aspersores está cultivando setas. Por su estatura, parece una mujer, pero tiene que aproximarse para comprobarlo. Es más bajita que Olivia. Más compacta. Hecha de nudos nerviosos que le han transformado la espalda en un caparazón de tortuga. Sí, está encorvada y vieja, tiene los nudillos deformes, se la está comiendo la artritis —será por eso que también cojea—, pero es sin duda Nora. Sin verle el rostro, es Nora. Existe y este es su vergel. Puede que también su negocio, el que sustenta la casa. En el extremo opuesto, del otro lado de las macetas, hay una mesa con una máquina de envasar al vacío, montañas de bolsitas de plástico y material de correos. No puede juzgarlo porque ha resultado. El futuro solo se llora o se celebra, y Olivia celebra que están todas vivas.

Están todas vivas pero no están juntas, porque ella se va a marchar, y eso tiene consecuencias.

322

—Venga, Erica, volvamos a la fiesta —dice, y su prima remolonea junto a ella, tan joven e ignorante que se la imagina, como al principio de luz que acarrea en el vientre, en plena fase embrionaria.

—Está bien. A ver si ahora me comporto.

Olivia se busca en los bolsillos y saca un manojo de llaves. Su cuarto de herencia.

—Toma, esto es tuyo, o sea, vuestro.

—¿Cómo?

—Las casas son como la tierra, para quienes las trabajan, y yo me voy a marchar, así que no me pertenecen.

Erica se ríe, pero no intenta persuadirla, no le discute el regalo. Las dos saben que tiene razón. Olivia no sufrirá el invierno, las tardes infinitamente oscuras y encerradas, las reticencias de las vecinas, que dicen que no duran, que estas chicas de ciudad no aguantan el mes de enero, la nieve que colapsa la única rampa de acceso a la nacional, una ambulancia que no llega y un parto que se hace a la antigua, con miedo a la muerte y matronas que son de la misma sangre que restriegan. No formará parte de la toma de decisiones, desconocerá los motivos por los que, de vez en cuando, se adopten medidas desesperadas, y los errores trágicos que tejerán alianzas y ritos de los que perduran. Las juzgará. Se enemistarán. Dejarán de entenderse. Es lo que ha visto, y está bien así. Estarán bien las cuatro, y eso es lo único que importa. Le duele alejarse del futuro que ha entrevisto en esta casa, saberse fuera del trazado que contiene a Nora, perder a Nora, pero le parece peligroso entrometerse e impugnar algo que parecía exitoso, deshacer de un giro de guion lo que ya estaba escrito como una suicida a gran escala, una suicida cósmica que revienta narrativas de futuro haciendo lo que nadie espera, lo que nadie se explica. No, Olivia no es como su abuela, ni como ninguna de las demás. No son familia en virtud de un genoma trágico que corre por su sangre y las condena a una enfermedad compartida. Aquí no hay nadie enfermo. Nunca lo hubo. Y por eso se tiene que marchar, con su maletín, sus bártulos y sus recetas, porque no la necesitan.

Laredo, 8 de marzo de 2022

Agradecimientos

Escribí este libro durante un par de años difíciles y raros como pocos. Iván, Noa, gracias por habernos mantenido en pie, las unas a las otras. Gracias también a Olmos de la Picaza, la aldea llena de medicinas silvestres que nos refugió en plena pandemia: a Enrique, Amalita, Rodrigo, Edu, Casiano, Mari, Marta y Alex, que nos visitó, suministró y arropó cuando estuvimos confinados en una aldea sin servicios. Al territorio y a la casa que inspiraron esta historia. También a Albert Hofmann, por la tecnología.

Ainhoa y Babette, sin vosotras no habría aprendido a mirar el mundo como lo hago ahora, siempre atenta a lo que arrojan las cunetas y las estaciones en mi plato y en mi cuerpo. Cuando respiro a solas y a oscuras, siento que respiramos al unísono.

Todo trabajo creativo es a mil manos. En esta ocasión, he importunado a mucha gente talentosa y experta para que estas páginas resultaran lo más coherentes posible. Al doctor Santiago de Dios, que diagnosticó al padre de Olivia y de Nora; a Alba Urgelés y Sara R. Gallardo, que me compartieron su conocimiento y su experiencia, refinaron mis intuiciones sobre el psistema y me enseñaron a nombrarlo así, con la p por delante y con toda la rabia; a Katixa Agirre, Alejandro Morellón, Mónica Ojeda y Elisabeth Falomir, que corrigieron a marchas forzadas el primer borrador y me ayudaron a pulirlo e incluso a entenderlo mejor; a mi editora, Pilar Álvarez, que me acompañó a lo largo de todo el proceso, leyendo y cuidando del texto como sentí que me cuidaba a mí misma; a Ella Sher, que ya tú sabes, amiga, qué increíble todo; y también a Pablo Martínez, Peio H. Riaño, Irati Mariscal y muchas otras que habéis recibido audios intempestivos con preguntas extrañas a lo largo de estos meses. Gracias totales.

Este libro se terminó
de imprimir en
Móstoles, Madrid,
en el mes de
septiembre de 2022